历代笔记小说大观

[明] 陆粲 郑晓 撰

马镛 杨晓波 校点

庚巳编

今言类编

图书在版编目（CIP）数据

庚巳编　今言类编 ／（明）陆粲 郑晓撰；
马铺 杨晓波校点. —上海：上海古籍出版
社，2012.12（2023.8 重印）
（历代笔记小说大观）
ISBN 978-7-5325-6373-9

Ⅰ.①庚… ②今… Ⅱ.①陆… ②郑… ③马…
④杨… Ⅲ.①笔记小说-小说集-中国-明代
Ⅳ.①I242.1

中国版本图书馆 CIP 数据核字（2012）第 045479 号

历代笔记小说大观

庚巳编　今言类编

〔明〕陆　粲　郑　晓　撰

马　铺　杨晓波　校点

上海古籍出版社出版发行

（上海市闵行区号景路 159 弄 1-5 号 A 座 5F　邮政编码 201101）

（1）网址：www.guji.com.cn

（2）E-mail：guji1@guji.com.cn

（3）易文网网址：www.ewen.co

常熟文化印刷有限公司印刷

开本 635×965　1/16　印张 13.25　插页 2　字数 177,000

2012 年 12 月第 1 版　2023 年 8 月第 2 次印刷

印数：2,101—3,200

ISBN 978-7-5325-6373-9

I·2527　定价：32.00 元

如有质量问题，请与承印公司联系

总　目

庚巳编

［明］陆　粲　撰

马　镛　校点

校 点 说 明

《庚巳编》十卷,明人陆粲撰。陆粲(1494—1551)字子余,长洲(今苏州)人,嘉靖五年(1526)进士,被选为翰林庶吉士,以才补工部给事中。《明史》本传称他"劲挺敢言",但也因此得罪官僚。先因与同官争张福案,被廷杖,诏下狱。后因抗疏,谪贵州都镇驿丞,稍迁江西永新知县。久之,以念母乞归。母殁,毁甚,未终丧而卒,终年57岁。除《庚巳编》外,有《陆子余集》、《左传附注》、《春秋左氏传辩疑》等著作流传。

《庚巳编》文字清约雅健,部分条目如"洞箫记"等文笔婉转生动。其内容多为明初奇闻逸事,包括明初各种社会新闻、祥瑞灾变、刑狱案件、各地风俗等。所载多有出处,或闻之于亲友,或得之邻里故旧。虽不免有荒诞之说,却也不无实事,有的至今仍时有所见,如卷七"产异"中有关连体婴儿的记载,卷九"陨石"载成化间陨石坠落情况等,可为人们的研究提供历史资料。对于生子形体有缺的现象,作者在卷六"赵琪妻"中提出朴素的优生主张,有一定的科学性。书中大量的神狐鬼怪传说,宣扬迷信和因果报应,但也往往反映作者及当时人们渴求惩恶扬善、伸张社会正义的愿望。在书的末篇"张御史神政记"中,作者对"政通神明,精感天地"的清廉官员崇尚备至,就充分反映了他的政治主张。

《庚巳编》有明万历十八年(1590)范钦辑《烟霞小说》四卷本,万历四十五年(1617)沈节甫辑《记录汇编》十卷本。后《烟霞小说》本为上海文明书局《说库》所据，以精本校正印行；《记录汇编》本被影印收入《丛书集成初编》。这次校点，以《记录汇编》本为底本，校以《说库》本。凡底本有脱误，据校本填补或改正。本书校点疏误之处，敬请读者教正。

编者按：《庚巳编》之书名，或说当作"庚己编"，取义此书约作于明正德庚午至己卯年间。唯历来著录是书均作"庚巳"，书证未周，故不予改动，以示郑重。

目　　录

卷第一

圣　　瑞

仁祖先家于泗，后徙濠梁。所居密迩一兰若，与其主僧交颇厚，僧每钦服仁祖之纯诚。一夕，望其舍火光烛天，为之嗟惜曰："朱公善人，天忍殃之乎！"弥月而仁祖至。僧唁之，答曰："此夕妇生一男，恐有触污，故久不来践佛地，非有回禄之祸也。"男即高皇帝云。

太　　学

相传高皇帝时初起太学，上临视之，顾学制宏丽，圣情甚悦。行至广业堂前，偶发一言云："天下有福儿郎，应得居此。"迄今百四十年来，学生居此堂者，往往占魁选，跻位通贵，他所不及也。又诸堂中都无蜘蛛云。上来时，见蛛布网屋隅，曰："我才建屋，尔辄据之耶！"顾叱之出。语讫而蛛遁，从兹遂绝。

贡　　院

南京贡院，锦衣指挥纪纲宅也。纲有宠文皇帝朝，后坐不法伏诛，阖门受歼于是或云生瘵其下。至今每乡试时，举子入院，辄有声自地中起，历诸号房上，如万马腾踏者云。

平　保　儿

都指挥平安，一名保儿，建文末为将，败北兵于小河。安单骑追蹑燕王，运槊将及之，忽空中有黑龙舒爪掔其臂，安马跪于地。安知天命有在，叹息收兵而止。后兵败被擒，见王，问之曰："小河之役倘相及，何如？"安应曰："臣欲生致使长耳。时国家沿元氏旧俗，诸皇子皆呼使长。不然，未可量也。"王劳而赦之，命掌北平都司事。后以旧人自疑，经死。

袁　琪

袁太常琪相术之妙，在胜国时已擅天下。洪武初，姚少师广孝为缁，流寓嵩山寺，琪一见，即以匡辅器期之曰："公刘秉忠之俦也。"后广孝以高僧选入燕邸，预密谋，言琪于王。王亦素闻其人，乃托以琪名隶尺籍，遣旗勾取。既至，未即得见，阴命选卫中长身多髯貌与王类者九人，王杂其中，俱微服适市，拉琪入酒肆饮。王位列第三，琪遽前引其裾，俯伏呼殿下。众哂其妄，琪言愈切。王即起还宫，召琪入见。琪曰："殿下千里召臣，而于酒肆相见乎？"问何以能识，对曰："殿下入肆时，手操弓矢，臣望见知之。皮皱而瘦，龙掌无肉也。"世所传辨宰相于嵩山佛寺，识真王于长安酒家者，即此。更使详视，因极道天表之盛，曰："年交四十，髯长过脐，当登大宝，必为二十年太平天子。"王悦，由此遂决大计。琪留燕城未久，遇列校散卒，多以公侯大臣官许之，语往往流播。王恐有他虞，因遣还乡。其后渡江登极，驿召至京，拜太常丞，赐与甚厚。及议建储，上意有所属，迟回累年，使琪相仁宗，曰："后代人主。"又相宣宗，曰："万年天子。"于是国本始定。他日，见仁宗于东宫，问曰："吾寿得几何？"对曰："过七七之年，天福无疆。"及乙巳鼎成，竟如此数云。子忠彻亦传其术，官至尚宝卿。

登 科 先 兆

伯父工部公在乡校，累举不第，以贡入南雍。弘治戊午乡试，有别舍生徽人汪某者，梦与苏州监生陆某忿争，相持诉于祭酒。祭酒麾之出曰："陆某非此间人矣。"窹而莫测所以，盖汪与伯父平生无半面识也。间为苏士某言之，某来以告。既揭榜，伯父中选，汪竟无名。

及会试至京，以岁旦往谒故吴文定公宽。公时佐吏部，适昆山毛宪清澄、朱懋忠希周二修撰皆在坐，三公皆吾乡殿魁也。俄有云南解元周文亦入谒，相见各道姓名，有顷辞出。伯父与周偕行，周意色惨沮，行且问曰："君之相见，得无有善事乎？"伯父唯唯未对，周曰："予此言有谓也。予丙辰岁尝梦至殿庭，方传喝进士名，予立庭下，自谓当在列。俄一物自空坠下，视之，乃金宫花一朵。欲取戴之，旁有人止之曰：'尔不得取此，苏州陆宣公子孙物也，彼家有阴德，当受此。'转顾，则已为一人簪于首矣。予此来，方物色其人，今遇君既苏人陆姓，且岁首遇三殿魁又皆苏人，此殆君得隽之兆也，吾其终无成乎？"伯父唯唯而已。夜归邸中，向从者道之，且讶宣公之语。老仆许聪者忽应曰："主忘之耶，吾家老官人非名宣乎？"盖先曾大父讳与宣同音，而旁加王也，伯父乃悟而异之。既而果擢甲科，周讫不第，以选调得官。伯父举进士时，梦乘肩舆入一佛庐，且梦草狱词，既乃得大理寺观政云。辛未附记。

揣　骨　僧

正统间，虎丘半塘寺有僧，两目皆盲，善揣骨，言人贵贱祸福，多奇中。縠之外大父胡公年数岁时，家人携往求，揣骨僧云："儿他日应得系金带，好自爱也。"后公举进士，累官至山西参议致仕，果终四品。里人石乙，贫为人佣织，以二子见僧。揣之喜，索厚谢曰："此两财主骨也。"谓石云："勿轻视尔儿。"闻者初不信，二子长，果以资雄于乡。龚大者，家颇温裕，为人丰肥，腹脐间黑痣，有毫长数寸。尝言其一生福皆在此。龚平日与人语，好大笑，一日在僧所，方笑未已，僧顾曰："勿笑。明年尔腹间毛落死矣。"龚恶其语，不答。后偶就浴，摩挲间毫忽落，又数日死。

沅　江　麟

成化七年秋，常德沅江县之东田村民冯贵家，牝牛自孕而生一麟。生时，云雾濛合，红光满室。其形略如鹿，蹄及尾皆如牛，周身有鳞,额上一骨锐坚,隐起肉间,盖其角也。初出胎,跳跃人不能制,民愚以为怪物,击之,伤右胁而死。后有识其为麟者,郡守杨宣令取其腊藏库中。予外祖参议公佐郡,日常命取观。岁久,骨肉已化,惟存空皮鳞,亦间有脱落,诸姨及仆妾辈皆见之。

豢　龙

计宗道惟中,柳州罗池人。自言其高祖在洪武中为巡检,居一山,号计家砦。尝出行,得一巨卵如升,持归,使鸡伏之。百余日,乃产一物,状类蛇。四足苍色,鳞甲遍体,其长不盈尺,行则昂首竦身,殆若兽走。家人以米汁饮之,数月渐大。好饮生血,每刲割羊豕,则取血啖之。久而益驯狎,计公行止,蛇常随之。至呼之出,蟠于榻旁,以手摩之,冷如冰铁,一家呼为小龙。传闻外间,多求观者,计心念曰:“是且致口语,为吾家祸矣!”乃放之廨后溪潭中,嘱曰:“汝毋忧饥,吾每日当遣人饲之,汝自今不得复出也。”还内,蛇已随至。计叱曰:“汝不听教令,斩汝矣!”蛇如解人意,俯首帖尾,即还潭中。自是常以血置潭口,辄奋起就食。岁久,大且逾丈。一日,有同官之子妇汲于潭,妇衣红,蛇望见,以为血也,卷而啮之至死。同官怒,声言:“尔畜妖物殃人,吾且以白上官,必破尔家!”计恐,哀祈之,且致厚馈,乃得解。由是恶蛇,欲斩之。持刀至潭,仍置血以诱其出,因投刀斫之。蛇惊而匿,仅断其尾尺余。自是不复出,亦不知其存亡。数年后,一夕风雷暴作,云雾中有苍龙自潭起,长数百丈,拏空而去。家人皆指云:“小龙化也!”惟中,予家同年进士。

兖　州　岳　庙

兖州府岳庙素著灵迹。弘治中,吾苏龚元之知府事,尝于中夜闻有鞭扑声。以问左右,左右有知者具言庙之神异,元之弗信也。凌晨往谒庙,无所睹,召言者责之。其人言:“但须至诚,乃得进见。”明日,斋沐更衣,以夜往祭祷。良久,门启而入,见五人冕服如王者出迎,延坐宾位。元之辞让，王者曰："公阳官，予阴官也，于职事无统摄，请坐。"已而进茶，元之未敢饮。神曰："此斋筵中茶也，饮之无害。"元之请曰："闻有十王，彼五位安在？"曰："已赴斋矣。"求观狱，辞曰："狱禁严，不得入，有一事当以奉观耳。"命舁一僧至，炽炭炙其背，曰："是此地某寺僧也，平日募缘所得，皆供酒食费，不修殿宇，故受罚如此。"问曰："犹有解乎？"曰："今改过则可免也。"遂辞出。既归，使人密访其僧，正患背疽且死。告以所见，僧悔惧，倾资修建，病即愈。

王　　全

嘉定娄塘镇人王全，家饶于资，为人伟躯大腹，饮啖兼数人，行则蹒跚不能疾趋。每浴时，则令人以物覆己，妻子婢仆皆不得在旁，且戒勿妄开。一日入浴，久无水声，家人怪之，揭视，但见一虾蟆大如斗伏其中，惊而复覆之。已而全出，恍惚若有所失，是夕死。右二事徐氏姨所说。

鬼　　兵

陆容居吴之娄门外。正德丙寅春，一日薄暮，容倚门独立，闻隔岸汹汹，若有兵甲声。已而有数千百人自腰以上不可见，腰以下可见，皆花缯缴股，其行甚疾。容大惊，呼其家男女老幼毕出，皆见之。逾时过始尽。是岁崇明海寇钮东山作乱，奏调京军及诸卫军讨之，兵岁余乃罢，官帑为之一空，容所见盖兵象也。

守 银 犬

家君说，阊门一民家，忘记姓名，以开行为业。家蓄一犬甚健，日卧一槛旁，顷刻不离。人有至其所者，辄噬之，家人相戒莫敢犯。有商人至门，不知而近之，犬噬其股流血。商号呼骂其主，其主亦恶犬，谢曰："君姑勿怒，明日当烹之共食耳。"商归邸中，夜梦若有告之者曰：“吾乃主人之父也，死若干年矣。有银数百两埋槛下，生时不及语吾子，子不知也。一念不忘，复生为犬，所以朝夕不去者，盖前此冥数未可传于子，故守以待之耳。不意误犯君，今子欲烹我，我欲告以故，彼必不见信，君幸往见之，令不吾杀也。”商竦然惊觉，即起奔诣其家，扣门。主出迎，商问犬安在，则已被烹且熟矣。商人惋恨，具语以所梦。其主犹未信，商请验之。撤槛，果得一瓦钵，盛银四百余两。痛悔无及，乃哀其犬而瘗之。

村 民 遇 土 地

家君又说，乡中小民于某尝出行，遇一老人自称土地，呼于名曰：“汝将死矣，我特来报汝。”于曰：“我方壮年，无疾病，何为而死？”不顾而行。老人忽不见。数日他出，仍遇之，又谓曰：“汝必死矣！”于曰：“我死何如？”老人曰：“汝当落水死。”于强辞拒之，而意甚恐。居无何，邻村有与于同姓名者，以他事赴水死，而于竟无恙。岂鬼神亦有误耶？抑聊戏之也。

竹 圃 异 物

友人徐鹏之妇家朱氏居沙湖。数年前，其家后圃竹间忽生物，如人形体，差具其首，如戴席帽，断之微有血，不知何怪也。

空 同 山 人

蜀人卢川，弘治初领乡荐，卒业太学，质美而贫，与吾乡程贡士遵相友善。有道士不知何许人，自云姓达，号空同山人，与川同邸，交尤稔密。其人身颀然长，形状秀伟而落魄善饮。日行歌于市，暮归携钱满袖，尽以与川，川赖以给。周旋岁余，一旦欲辞还山，川来语程，共治具送之。川时患疮，遍体久不瘥，求道士治。曰：“易耳。”出药少许，和酒与服，烧炕极热，令卧其上，重被覆之，取所佩小葫芦镇其角。

川如为所压,不能兴,出汗淋漓,被尽沾湿。道士徐揭被,呼之起,则疮尽脱去,肤莹如玉矣。顾川曰:"乍别,客中真大寂寞,且忧子贫,无以赡。予有丹,能点铜为白金,今相分与,他日聊试之,或能充数月费耳。"倾瓢中药一匕授川,酒尽别去。无何,川值乏资,程请出其丹试之,觅铜杓重四两,炽火熔之,投丹其中。少顷,五色焰起,铿然有声,已成雪白银,而锱铢无所耗。于是相顾惊叹。程乞其少许,至今藏之。

张 秋 帛 烬

弘治壬子,河决张秋之沙湾。敕右副都御史华容刘公大夏往治,而以太监李兴、平江伯陈锐俱董其役。方祭神焚帛,帛烬俨成一人,面目手足皆具,俄倏然而起,自烟中入空而灭。时兴、锐多方扰民,山东按察副使杨茂元上疏论之,亦及此事。杨公坐贬官。外舅盛公说。

王 纮

长洲学生王纮,弘治己酉初应乡试,时有校官托所亲鬻举于苏,适无愿者,亟欲贱售焉,同学生奚纯来招纮共图之。事濒就矣,一夕,纮梦身中乡试六十七名,甫中试而父死,妻继死,妻之父亦死,俄而身亦死。及觉,心怪之。旦往见纯,秘不言梦,但托以年幼学疏,不欲暴得名第,辞不就。纯怒,责以重利轻名,曰:"我即自为之!"计所费不过数十金,已而果中式,名次正如所梦。纮方以为异,既而其父与妻之父相继皆死,纮益异之。居无何,纯竟死。纮乃以所梦告人曰:"使当时我为之,今已入鬼录矣!"科名之不可以侥幸得也如此。

灵 芝

弘治癸亥,予里人陆忠家墙下产灵芝。明年,连产九本,亦有重台者,五彩烂然。后皆拔去。予曾得其一枯茎藏之。

马　鬼

母党有阙翁者，言其邻人有良马，牧于沙湖塘，失足坠水死。自后每风雨阴晦之日，常有一马奔驰塘上，毛色宛然如生。逼视之，辄不见。人皆谓此马之鬼也。

三　足　鳖

今年夏，太仓州有百姓，道见渔者持一鳖而三足。买归，令妇炰之既熟，呼妇共飡。妇不欲食，出坐门外。久之，不闻其夫声，入视，已失所在，地上止存发一缕，衣服冠履事事皆在，如蜕形者。惊怖号唤，里中闻之，以妇为谋杀夫而诈诿也。录之官，知州莆田黄廷宣鞫之，得其情，以为异物理或当有。归妇于狱，召渔者，立限令捕三足鳖来。数日得之以献，即于官厅召此妇依前烹治，而出重囚令食之。食毕，引入狱，及门已化尽矣，所存衣发皆与百姓同。乃原妇罪。群渔云，初被命，网于川，举网惊其太重。及岸视之，乃一肉块，如人形，五官俱具，而无手足，闭目蠢动。渔大惊怕，掷之水中。又别网一所得物，状亦如之。群渔惧，共买牲酒祭水神，祷曰："我辈奉命于官寻三足鳖，乃连得怪物。如违限，必获罪矣，惟神祐之！"祷毕而网，乃得鳖焉，竟不知前二物为何也。按《尔雅》曰："鳖三足为能。"注云："今阳羡君山上，有池中出三足鳖。"又《山海经》曰："从山多三足鳖。"是物世宜有，但人食而化传记所无。然一举而得二异，尤前所未闻也。

卷第二

洞箫记

徐鳌字朝揖，长洲人，家东城下。为人美丰仪，好修饰，而尤善音律。虽居廛陌，雅有士人风度。弘治辛酉，年十九矣。其舅氏张镇者，富人也，延鳌主解库，以堂东小厢为之卧室。是岁七夕，月明如昼，鳌吹箫以自娱。入二鼓，拥衾榻上，呜呜未休，忽闻异香酷烈，双扉无故自开。有巨犬突入，项缀金铃，绕室一周而去。鳌方讶之，闻庭中人语切切，有女郎携梅花灯循阶而上，分两行，凡十六辈。最后一美人年可十八九，瑶冠凤履文犀，带著方空纱袍，袖广几二尺，若世所图宫妆之状，而玉色莹然，与月光交映，真天人也。诸侍女服饰略同而形制差小，其貌亦非寻常所见。入门各出笼中红烛，插银台上，一室朗然，四壁顿觉宏敞。鳌股栗不知所为。美人徐步就榻坐，引手入衾，抚鳌体殆遍，良久趋出，不交一言。诸侍女导从而去，香烛一时俱灭。鳌惊怪，志意惶惑者累日。越三夕，月色愈明，鳌将寝，又觉香气非常，心念昨者佳丽得无又至乎。逡巡，侍女复拥美人来室中，罗设酒肴，若几席、枙架之属，不见有携之者，而无不毕具。美人南乡坐，顾盼左右，光彩烨如也。使侍女唤鳌，鳌整衣冠起揖之，美人顾使坐其右。侍女捧玉杯进酒，酒味醇冽异常，而肴极精腆，水陆诸品不可名状。美人谓鳌曰："卿莫疑讶，身非相祸者，与卿夙缘，应得谐合。虽不能大有补益，然能令卿资用无乏，饮食常可得远味珍错，缯素绌锦亦复都有。世间可欲之物，卿要即不难致，但忧卿福薄耳。"复亲酌劝鳌，稍前促坐欢笑，辞致温婉。鳌唯唯，不能出一言，饮食而已。美人曰："昨听得箫声，知卿兴致非浅，身亦薄晓丝竹，愿一闻之。"顾侍女，取箫授鳌。吹罢，美人继奏一曲，音调清越，鳌不能按也。且笑曰："秦家女儿才吹得世间下俚调，如何解引得凤凰来，令渠箫生在，应不羞为徐郎作奴。"逡巡越明夕，又至，饮酒阑。侍女报曰："夜向深矣。"因拂榻促眠。美人低回微笑良久，乃相携登榻。帐帏裀藉，穷极瑰丽，非复鳌向时所眠也。鳌心念："我试诈跌入地，观其何为。"念方起，榻下已遍铺锦褥，殆无隙地。美人解衣，独着红绡裹肚一事。相与就枕交会，已而流丹浃藉，宛转怔忪难胜。鳌于斯时情志飞荡，颠倒若狂矣，然竟莫能一言。天且明，美人先起揭帐，侍女十余，奉匜沃盥。良久，妆讫言别，谓鳌曰："感时追运，偻得相从，良非容易。从兹之后，欢好当复无间。卿举一念，身即却来。但忧卿此心还易翻覆耳。且多言可畏，身此来诚不欲令世间俗子辈得知，须卿牢为秘密而已。"遂去。鳌恍然自失，徘徊凝睇者久之。昼出，人觉其衣上香酷冽异常，多怪之者。自是每一举念，则香骤发，美人辄来，来则携酒相与欢宴，频频向鳌说天上事及诸仙人变化，其言奇妙，非世所闻。鳌心欲质问其居止所向，而相见辄呐于辞，乃书小札问之。终不答，曰："卿得好妇，适意便足，何烦穷问！"间自言："吾从九江来，闻苏杭名郡多胜景，故尔暂游，此世中处处是吾家耳。"美人虽柔和自喜，而御下极严，诸侍女在左右惴惴，跪拜惟谨，使事鳌必如事己。一人以汤进，微偃蹇，辄摘其耳，使跪谢乃已。鳌时有所须，应心而至。一日出行，见道傍柑子，意其欲之。及夕，美人袖出数百颗遗焉。市物有不得者，必为委曲，多方致之。鳌有佳布数端，或剪六尺藏焉，鳌方勤觅，美人来语其处，令收之。解库中失金首饰，美人指令于城西黄牛坊钱肆中寻之，盗者以易钱若干去矣。诘朝往访焉，物宛然在，径取以归，主人者徒瞪目视而已。鳌尝与人有争，稍不胜，其人或无故僵什，或以他事横被折辱，美人辄告云："奴辈无礼，已为卿报之矣。"如此往还数月，外间或微闻之。有爱鳌者疑其妖，劝使勿近，美人已知之，见鳌曰："痴奴妄言。世宁有妖如我者乎？"鳌尝以事出，微疾病邸中，美人欸来，坐于旁，时时会合如常，其眠处人甚多，了不觉也。数戒鳌曰："勿轻向人道，恐不为卿福。"而鳌不能忍口，时复宣泄，传闻浸广。或潜相窥伺，美人始愠。会鳌母闻其事，使召鳌归，谋为娶妻以绝之，鳌不能违。美人一夕见曰："郎有外心矣，吾不敢复相从。"遂绝，不复来。鳌虽念之，终莫能致也。至十一月望后，一日鳌夜梦四卒来呼，过所居萧家巷，立土地祠外。一卒入呼土神，神出，方巾白袍老人也。同行曰："夫人召鳌。"随之出胥门，履水而渡，到大第院墙。里外乔木数百章，蔽翳天日。历三重门，门尽朱漆，兽环金浮沤钉，有人守之。进到堂下，堂可高八九仞，陛数十重，下有鹤屈颈卧焉。彩绣朱碧，上下焕映。小青衣遥见鳌，奔入报云："薄情郎来矣！"堂内女儿捧香者，调鹦鹉者，弄琵琶者，歌者舞者，不知几辈更迭，从窗隙看鳌。亦有旧识相呼者，微言骂者。俄闻佩声泠然，香烟如云，堂内递相报云："夫人来。"老人牵鳌，使跪窥帘中。有大金地炉燃兽炭，美人拥炉坐，自提箸挟火，时时长叹云："我曾道渠无福，果不错。"少时闻呼卷帘，美人见鳌，数之曰："卿大负心！昔语卿云，何而辄背之？今日相见愧未？"因歔欷泣下，曰："与卿本期始终，何图乃尔！"诸姬左右侍者或进曰："夫人无自苦，个儿郎无义，便当杀却，何复云云！"颐指群卒，以大杖击鳌。至八十，鳌呼曰："夫人，吾诚负心。念尝蒙顾覆，情分不薄，彼洞箫犹在，何无香火情耶？"美人因呼停杖，曰："实欲杀卿，感念畴昔，今贳卿死。"鳌起，匍匐拜谢。因放出，老人仍送还。登桥失足，遂觉两股创甚，卧不能起。又五六夕，复见美人来，将鳌责之如前话云："卿自无福，非关身事。"既去，创即差。后诣胥门，踪迹其境，杳不可得，竟莫测为何等人也。予少闻鳌事，尝面质之，得其首末如此，为之叙次，作《洞箫记》。

普 光 伽 蓝

史鉴公甫与予家同里居，未逢时与数友读书城东普光寺，尝昼假寐，恍惚若有呼之者，曰："速起，读书子，御史也，努力自爱！"遂惺然寤，忆所见者，类寺门伽蓝。即往默祝曰："他日得如神言，当令神像宇一新。"自是每晨入暮归，过必一揖，诸友相目笑之，鉴不恤也。遇朔望日，觇诸友俱出，独携一麨往祭，极冗不辍。弘治己未，鉴登进士，授今官，归往设斋以谢，建小殿奉之。

方　　学

无锡方学，少时豫选为诸生。其夜梦一人持一桃一梨授之，曰："二人之命，悬于君手。"觉而异焉，心识之。后领乡书。弘治己未，会试礼部，时江阴士人徐经，于主文者有夤缘，为华给事中昶所奏，下制狱验问。华以学同乡，且素厚，援以为证，将引入廷鞫。道遇乡人贡主事安甫，遗以桃李各一，曰："事之虚实，待君一言。彼二人之命，皆在君手矣！"学骤忆前梦，为之竦然。独安甫所遗而梦中为梨，似若少差，然亦神矣。学证狱事人多知之，此不复列。尤四绍熊说。

七总管部使

成化间，苏人张文宝者，有子壮年夭没。他日其友人有遇之于途者忘其死也，拉归家，升楼呼家人治具共饮。家人怪入门时无客，视楼上了无所见，而其主语言揖逊如对人者，惊而喂之，遂不见，友乃悟其已死。又数日，以事出齐门，复遇之，谢曰："君家何乃尔，吾岂祸君者！吾今在七总管部下，庙宇去此不远，君能垂访乎？"即与俱至庙中，入庑间一室坐谈。久之，因告曰："某所某家人有疾，彼多行禳，谢无益也。"指堂上曰："此正欠我家主翁一陌纸耳。君为语之，了此自无事矣。"友归，往告其家，如言祭祷即愈。七总管者，郡人，姓金氏，名元七，里俗所私祀。毛师说。

周　岐　凤

周岐凤初名凤，江阴之青阳人。性敏绝伦，身兼百艺，诗文笔札亦可观。平生所服用皆自制，尝与其仆各市一帽，既而曰："吾帽竟与尔无别乎？"即瓜分之，仆有所如，少顷却回，岐凤已缕金缝而戴之矣，其巧捷类此。然阴险狡狯，挟邪术肆为奸淫，以故不齿于人。寓宿富家，与主人剧饮就寝，主妇中夜展转不寐，若闻有相唤者。启门欲出，迟回自疑，蹴其夫起，告其故。夫往觇之，岐凤方裸体散发，跳踯为厌胜。执而痛棰之，几死。郡中祷雨观中，岐凤着道服，髽髻负剑往谒，守罔识也。与之语，稍益狎荡，俄掷其剑，蹑而凌空以去。守大惊，谓："真仙来也！"岐凤去，语诸吏辈以为笑。已而守微闻之，将捕执焉，则已逸矣。后客于新塘陆氏。陆氏兄弟曰季方、季圆，季圆死，季方析产不均，季圆妻何氏忿之。时大理卿熊概巡抚江南，大煽威虐，至江阴，何遂列季方不法事迎诉于水次。概不受，何赴水，概乃受之。季方惧，以黄金十镒托岐凤入都营解。岐凤浪费殆尽，陆氏竟被籍没，恨入骨，词连岐凤。季方既伏法，岐凤变姓名，逃匿江湖，日无定居。御一舟，自奉极侈，食器皆以金为之。尝抵苏，苏人钱晔投以诗曰："闻说多才惜未逢，年来何处觅行踪。一身作客如张俭，四海何人是孔融？野市莺花春对酒，河桥风雨夜推篷。机心尽付东流水，回首家山一梦中。"岐凤得诗大怃。后入都图自直，竟病死邸中，刘主事珏买棺殡之。死后三吴间有召仙者，岐凤至，词翰多类其生平所为，言事往往奇中。一日有诗云："长安万里月，杜陵三月春。一茗一炉香，清风来故人。"又云："海外独身游，风云际会秋。我传灵德去，仗剑鬼神愁。"书其后曰："设茗与香诵此诗，吾即至。"后试之信然。松江守私廨失金首饰，请仙问之，则大书四句云："久旱逢甘雨，他乡遇故知。洞房花烛夜，金榜挂名时。"求释其意，不答。请书名，乃书曰："周岐凤。"守不悦，以为鬼语不足凭。间为一学官言之，对曰："此世俗所言赋四喜诗耳。"守愕然曰："吾家有小女奴实名四喜，得无是乎？"执而讯之，物果为所窃，犹藏廨后灰堆中，乃悟前语。予之先曾大父亦与岐凤交，然薄其为人，每来则置之别墅，不令至家也。

柴　驿　丞

吴江盛昶允高，景泰庚午举乡试北上，偕常熟章参议表大理格兄弟及他同年二人。行达山东一驿，章等先至，昶独后。驿丞柴某出迎，目诸人久之，问曰："公等五人来，其一安在？"众对曰："在后，且至。"丞又问曰："彼非衣绿乎？"众怪之，诘其所自知。丞曰："予昨夜梦一白须老人云,明日有五举人至此,中一绿衣者,是汝异日恩人,慎毋慢之。予是以不无少望耳。"少选昶至,丞意甚喜,留五人宿,供帐极丰。亲为昶执奴隶役,勤渠百端,众窃笑之。及上京,昶竟擢第,寻以监察御史俵马山东。至其地时,丞适被讼于巡按御史,下狱,当黜为民矣。昶因造谒,为之缓颊,不从。索狱词至,手裂碎之,因取笔别为具案,尽雪其罪。御史不得已听之,丞遂得释。恩人之梦,至是不诬矣。

罗 江 神 祠

昶自御史谪官福之古田,寻以霈恩改知罗江县。公署后有土地祠,前令所立,颇著灵异,令有事必祷焉,祭享无虚月。自昶莅任不复然,一日私廨失所畜鸡,寻之,乃在神前,舒翼伏地,如被钉者。以问舆皂辈,皆言神以久不祭,故见谴耳。昶怒,至神祠斥数其神,因举意欲毁之。是夜,梦中见神来谢罪,恳曰:"予血食于此者累年,不敢为过。昨日鸡被钉,乃鬼卒辈苦饥,故为之,非予敢然也。公幸怜之勿毁!"昶不许,明旦遂撤去之。其前令者既秩满,即留家于县署后,夜梦神来诉,乞立庙。诘之曰:"何不更诉新令?"神蹙额曰:"须公自为之耳。彼盛公威严,不敢干也。"令乃即所居旁建祠祀之。

戚 编 修

余姚戚澜,少时尝得危疾,息已绝,逾时复苏。自言被人执至一官府,有贵人坐堂上,引见,问乡里姓名,年几何。具以对。贵人曰:"非也,追误矣。"顾吏,令释之。得出,还至中途遇雨,憩佛寺,步入一室中,满地皆纱帽槢也。以手扳举之,不动。旁有人谓曰:"此非君物也,君所有者在此。"指一架,令取之,随手而得。视其内,有字曰"七品",后澜果以进士终翰林编修。

临江狐

临江富人陈崇古，所居后有果园，委一人守之，贩鬻利息皆由其手。其人年可四十许，颇修整，不类庸下人，独居园中小屋间。一夕，有美姬来就之，自言能饮，索酒共酌，且求欢。其人疑之，扣其居止、姓名，终不答，曰："与君有夙缘，故相从，无问也。"遂与狎。自是每夜辄至，日久情密如伉俪，亦不复扣其所从来也。比舍人怪园中常有人语声，窥见之，以告主人。主人为其费财也，召责之。其人初抵讳，因请主人覆视记识，曾无亏漏。更加研问，乃吐实，主亦任之。是夜姬来云："而主谓吾诱汝财耶?"因从容言："吾非祸君者。此世界内如吾者无虑千数，皆修仙道。吾事将就，特借君阳气助耳。更几日数足，吾亦不复留此，于君无损也。"他日来，剧饮沉醉，谈谑益款。其人试挑之曰："子于世间亦有畏乎?"姬以醉忘情，且恃交稔，无复防虞，直答曰："吾无所畏。吾睡时，则有光旋绕身畔，人欲不利于我者，一蹑此光，吾已惊觉，终不能有所加也。所最恶者，人能远立，以口承其光而徐吸之，则彼得寿而吾祸矣!"其人唯唯。俟其去，目逆而送之，遥见其狼跄仆田中。往看，姬寐正熟，有光照地如月。依言吸之，觉胸臆隐隐热下，光尽敛，乃归。明日，复至其所，有老狐死焉。景泰中，盛允高莅盐课扬州，陈氏有商于扬者道其事，云此人尚在，年九十余矣。右四事允高之子壅说。

果报

吴人盛侗，行第九，平昔以智干武断乡曲。有里人于英者，妾与奴通，事泄，英杀奴，密令其家干人常熟顾某载尸他所焚之。顾潜瘗之城下，给英云："已烧却矣。"后顾复以事忤英，虑得祸，将发奴尸以胁之，谋于侗。侗以为奇货，阳许之，而微泄其事于英。英惧，致厚赂焉，授以计杀顾，焚其尸，事秘，莫能知者。后数年，侗与英俱感疾，英病昏恍惚，若有所见，因备述前事，言今为顾某所讼，必与九老官人俱去。两人竟同日死。侗疾亟，连呼索马。时所乘马方纵牧邻僧庵中，比侗气绝，马忽数跃而毙。英且死，呼家人曰："九老官人去未？"答曰："死矣。"乃曰："如此，我亦当去。"遂瞑目。郁篪说。

鸡　　变

是岁，予家一母鸡已伏卵数过，忽冠赤尾长，能鼓翼高鸣，且与他牝相尾。未几，家大疾病，盖咎征也。

剑　　池

虎丘剑池水清冽，虽经旱不少减。辛未十二月二十日，无故忽涸见底。八九十老人云："所未尝闻也。"池不甚深，傍崖处露一洞，可容数人直。其中亦无所有，但累石数层，若横板而已。

卷第三

西　山　狐

范益者，精于脉药，仕元至正间，为大都医官，年七十矣。尝有老妪诣其门曰："家有二女属病，欲请公往治之。"问其家所在，曰："西山。"益惮途远，以老辞曰："必不得已，可携来就诊耳。"妪去良久，携女至，皆少艾。益诊之，愕然曰："何以俱非人脉？必异类也！"因谓妪："尔无隐，当实告我。"妪惶恐跪诉曰："妾实非人，乃西山老狐也。知公神术，能生吾女，故来投恳。今已觉露。幸仁者怜而容之！"益曰："济物吾心也，固不尔拒。然此禁城中，帝王所在，万神诃护，尔丑类何得至此！"妪曰："真天子自在濠州，城隍社令皆移守于彼，此间空虚，故吾辈不妨出入耳。"益异其言，授以药，妪及二女拜谢而去。是时高皇帝龙潜淮右云。益，吾乡刘原博先生之外祖也。刘之祖能道其事。

程　学　士　降　笔

弘治己未，篁墩程先生主考会试，以言者去国，未几发背卒。是年京师有雪夜祈仙者，先生至，降笔云："夜偕东坡游，闻有请仙者，予亦谪仙之流也。事之不偶，殆有甚焉者，诗以纪之。"因书一绝云："江山何日许重来，白骨青林事可哀。吾党莫怜清梦远，海东东去是蓬莱。"又二律云："紫阁勋名近已休，文章空自压儒流。孤舟敢许悬天日，浩气还应射斗牛。苏子蛰松遭众谤，杜陵荒草唤穷愁。乾坤不尽江流意，回首青山一故丘。""斯文今古一堪哀，吾道真传已作灰。鸿雁未高罗网合，麒麟偶见信时猜。迅雷不起金縢策，紫电谁知武库才。此气那同芳草合，浑沦来往共盈亏。"读者悲之。玩其气格，盖彷佛先生平昔云。

蒋　　生

　　蒋生者，名焕，吴人也。少年美姿容，而性质温雅。弘治辛酉，以县学生领乡荐，会试北上，道出临清。日暮憩止道旁民家，爱其门户潇洒，延伫移时。堂中有女郎映方窗，悄悄独立，睹生风仪，注目情动，呼青衣邀入中堂。女郎更衣出拜，韶颜稚齿，殆若天仙，生一见为之心醉。逡巡，设酒肴，延坐谈谑稍狎。抵夜同入小阁，遂偕缱绻。时其父适以他往，经三日归，为家人所白，翁闻之怒甚，将执焉。既而沉思久之，顾生曰："汝良家子，俊士也，吾一女素钟爱，今一旦至此，已无可奈何。虽甘心于子，不足赎吾耻。顾吾女犹未有家，子能为吾婿乎？不则吾将执汝送县官矣。"生唯唯从命，遂偕伉俪，留连越旬。俄迫试期，遂辞行登途，临别相顾，凄断雨泣，升车而去。抵京入试，下第，还到翁家。翁哭而迎曰："自子行迈，吾女朝夕悲思，因而成疾，今死矣！"引示以女榇。生悚然泣下，仆地欲绝。是夕设祭，号恸辞翁登舟，女已先在矣。从此舟行月余，常觉其在旁，抵家已复在室中。自是动息不离，至啜茶亦于杯中见之。生迷罔憔悴，遂成瘵疾。家人研问，始具述其事。疾益甚，乃徙城中寓所，女复随至。不久竟死，时年二十有三而已。予姊之夫于生有亲，能道其事。

盛　氏　怪

　　郡医官盛早被檄摄狱事，有数囚死不以理。壬申夏四月，盛罢摄，携狱中刑具数事归家，因凭而为厉。初有犬自外衔一死狐而入，置之地，狐忽跃起，犬亦人立，与之相搏，家人击逐之，即不见。从此妖变百出：器案互相击撞，床席自移，尝觉有青衣女儿在室，忽钻于榻下，查不可寻。一男子着单衣，往来庑间，俄变成大猪，瞥然遂灭。诸妇尝夜坐，见窗外立异物如人，长丈许，皆奔避。怪入，举手撼灯，其影蔽一室。端午日，有医生馈猪头，置肉杌上，连作声长鸣。剖为四悬之,鸣如故。又有馈斋馒头者,方持之,内有声如鬼。如此数月,多方禳之不效,为徙居城中,乃稍稍止。后盛三男相继夭,家人亦皆患病,死丧狼籍,久而泪安。

人 为 牛

苏城大鹿巷唐豆腐家以磨面为生。其子妇陆氏有弟,死四年矣。唐之季子尝昼假寐,梦陆子来语之曰:"予不幸死,被罚为牛,今卖于君家。君以亲故,幸善遇我,视眼上有白翳者,乃我也。"惊觉问之,其家佣工两日前正买二牛,一小者目果有白翳。后卖者来说,此牛适四岁矣。陆子平日与唐交易,负其直不时输,尝誓云:"我若欠钱,应作畜生偿汝。"至是人以为果报云。又嘉定富人王全者,尝梦其亡父曰:"吾生时欠江阴某甲钱,今托生其家为牛以偿,且满矣。尔往赎吾归。诸牛惟吾身白,善记之,慎无论价。"全寻到其家,视栏内果有一白牛,求市之。其家惜此牛健而善运,不许。倍价,乃得载归。覆以帷幕,择刍豆精好者饲之,数岁死。

袁 尚 宝

鄞人袁尚宝忠彻,得其父太常珙之传,以相术妙天下。尝道吾苏,过阊门沈氏。沈一子方周岁,抱之求观。尚宝笑且抚其首曰:"切头,切头。"更无他言,沈以为戏弄耳。其子长,名洪,凶狠不肖,竟坐重辟。是岁录囚,止此一人。吴谚至今有:"沈洪出阊门独杀"之语。又尝入南濠徐生药家,生子适三日,方浴而啼,尚宝及堂,闻其声曰:"是一强盗耳。"徐闻而怒,几欲捶之。子后亦以探丸论死。古有视熊状而知灭族,闻豺声而识丧宗者,袁术视之,殆不多让也。

还 金 童 子

袁尚宝忠彻居乡时,其友人家一童子姿貌韶秀,且性机警。尚宝相之,以为不利于主,使逐焉。友虽素神其术,然意不忍也。数言之,不得已而听之。童竟去,无所归,往来寄食于人。一夕,宿古庙中,久不寐,见墙角一破衲中裹黄白约数百两,欲取之,忽自叹曰:"我以命薄,不得主意,横被遣逐。今更掩有此物,则是不义,天益不容矣!当守之以待失主。"至旦,遂住庙中不去。已而闻哭声,见一妇人掩涕而来,四顾彷徨,问之,答曰:"吾夫军也,以事系狱应死,指挥某者当治之。妾卖家产及假贷,通得金银若干,将以献彼。因裹着破衲中,挈之过庙少憩,不觉遗下。今追寻无得,吾夫分死矣!"童历问其锭数多少,皆合,即举以还之。妇感激,欲分以谢,不受,遂携去,夫因得释。念童之德,遍以语人,指挥者闻而异焉,令人访致之,育于家。年老无子,悦其美慧,遂子之。又数年致仕,此子遂袭职归,而告拜故主。主叹曰:"袁君之术乃疏如此乎?"留之迟袁至,使仍故服捧茶而出。袁见之,惊起曰:"此故某人耶,何以至是?"主谬云逐出无归,今又来矣。袁笑曰:"君无戏我,今非君仆矣,三品一武官也,形神顿异畴昔,岂尝有善事以致兹乎?"此子为备述前故,友乃叹袁术之神焉。

户婚亲中司

苏州府学生吴照仪质瑰伟,音吐洪亮。尝夜梦驲卒捧一牌,其上署朱字数行,跪于前曰:"奉命请相公作户婚亲中司官,愿速行。"照梦中不暇详问,觉而恶之。他日游水仙庙,偶忆前梦,问道士道:"书中有所谓户婚亲中司者乎?"对曰:"有之,在某书中。"照闻之,益不乐。居无何,感疾,疾革,发言如对下人有所处分者,竟死。疑其遂赴此职也。

古铜鸭盆

门村朱常家之右室,旧蓄一古铜盆,中有鸭形隐然。初亦不以为异,他日有农垦土田间,获一铜鸭。农不识,贱价售于朱,以合盆影,不差毫发。注水盆中,鸭辄自浮而浴,遂以为奇宝。后其家被焚,遂付煨烬。右三事,徐二元录说。

侍 女 峰

里中医师朱玑作池岛,买石西山。掘地,有峰卧土中,工运锹而断焉。植而观之,其首若妇人鬟,两肩以下若袖之垂腰,左右小支若飘带然,俨一图画中侍女凝立也。扣之,声清越如玉磬,惜其已断,徒叹咤置之。

蛇 癫

嘉定有王某者,家颇丰,年四十许,得癫疾。尝号其家人曰:"我腰间沉重,何不为我解却?"积数年不愈。他日,王有甥来省视,怜其病态,因请与俱归,使游衍自适。留数日,病如故,甥常使人随之。一日,王散步后圃,圃中畜鹤一群,悉奔绕之,争啄其腰下。会从者至,麾其鹤去。王懼然汗下,觉病如失,还语甥曰:"吾瘳矣。吾适遭群鹤,一惊,觉腰间顿轻,甚快也!"甥喜,往视后圃,见一蛇大如椽,死竹间,犹带血。王从是平复。疑其疾是蛇所为,盖鹤善啄蛇也。吴越说。

苟 毕 元 帅

玄妙观道士郭渊静,宦族子,道业颇精。饮马桥居人李旭遘疫,延渊静建醮。至昏时,渊静握剑及水盂,辟除于旭寝所。既出,旭问其妻曰:"适为何人?"曰:"郭老师也。"旭讶曰:"我适见一人披发而束额,左绾索右挈槌,状如神人,此何也?"妻以为谵语,不省。旭疾顿瘳,诣渊静具说所见。渊静曰:"吾心将雷霆苟毕元帅也。"旭乃悟,为扣头谢。

顾　　镇

正德辛未夏，疫疠盛行。葑门琼姬墩西居民顾镇家，老幼皆染疾，因祈于神，誓合家茹素以禳灾。适巡抚开仓赈济，镇入城关领，偶忘其誓，于肆中买鱼三尾，酒一壶，饮啖毕，附舟而归，不以语家人也。是日感疾，不食，顷而终。家人见三小鳑鮍蜇其背，及殓，又见三鱼跃入棺中，索之则不复有矣。问之同入城者，乃知镇前所食正此物也，神盖以示警云。

王　　栾

葑门人王栾，以辛未冬至日诣玄妙观高真殿烧香，途中见渔者持一鳖甚肥大，栾素所嗜，令从者买之，先归烹炮。既入庙，一念在是，殊不诚恪。归而食罢，至暮，其阴侧忽肿一块，痛不可忍，数日几死，医祷百方不效。延巫者周道虎附乩召将，判云："温元帅下报坛。申时玄天亲降东南方，黑云为验。"至时，黑云起于巽偶，隐隐见披发仗剑者立云际，满堂中檀麝香气氤氲。须臾，乩大发，入栾寝所，判令其妻披病者，以汤洗肿处。肿破，出一骨，首尾形状宛如一鳖，创合而愈。自是其家奉真武甚虔恪。右三事道士陈然斋说。

猪 犬 生 儿

今年春，长洲阳城湖旁民家母猪产一雏，猪头而人手足。十二月十六日，嘉定二十二都民家犬生一儿，形状皆人，但足根短，背微有毛。或以人与畜交而生，理或然也。

梓 潼 神

陈僖敏公镒父孟玉，为人愿悫，乡间称善士。尝出行登厕，见锅底饭一块在厕旁，拾取于水中涤而食之，其平居不欲暴殄率如此。是夜，梦神人告之曰："翁好善如此，当获福报。吾梓潼神也，将降生以大而门。吾在胥门线香桥人家楼上，其家不知奉事，翁今速往迎归尔。"既觉，语其妻，则妻梦亦如之。即访至其家，主妇出，延之登楼，壁挂神像尘埃脱落。因乞以归，加装饰，奉事甚虔。未几有妊，生僖敏，仕至太子太保、左都御史，累赠翁如其官，母为一品夫人云。以予观之，如僖敏公之硕德伟度，功在西土，民皆尸而祝之，为一时名臣，殆所谓其生有自来者耶？僖敏从孙汴为吴翁说。

妇 人 生 须

弘治末，随州应山县女子生髭，长三寸余，见于邸报。予里人卓四者，往年商于郑阳，见人家一妇美色，颔下生须三缭，约数十茎，长可数寸，人目为三须娘云。

黑 眚

壬申岁，北方顺德、涿州、河间有物青赤色黑，或如犬，或如猫。其行如风，夜空中飞下，或爪人面额，或啮人手足，逐之不见踪迹，盖黑眚类也。

火 灾

三月，山东秦始皇庙钟鼓夜无故自鸣。火起桑上，被燔而枝叶无损，庙宇荡毁，而神像在火中都不焦灼。是月，江西余干之仙居寨夜大雷电，西北风，有流火如箭坠旗竿上，如灯笼光照四野。戍卒或撼其旗，火直飞上竿首，卒因发炮冲之，其火四散，阖寨枪首皆有光如星，须臾而灭。五月，广西方春北寨各枪上亦有光。并邸报云。

卷第四

王　士　能

　　济宁有王士能者，故海州人，生元至正甲辰，入国朝成化癸卯，已一百二十岁，其寓济宁亦六十年矣。自其少时，志慕养生，辞家走四方，求名师无所遇。入蜀，闻雪山有异人，往投之，见老人披毡衣，卧深洞中石床上，其长三尺余，五官手足皆如婴儿。士能拜之不答，因为之执役左右。老人不饮食，坐侧一囊，所盛类干面，时取啖之，或掬饮涧水一二升。士能留数日，所赍米尽，跪而乞食，老人分囊中物与之，苦涩不能下咽，乃拾山果野菜以充腹。居三年，勤苦不懈，老人怜之，一旦谓曰："子可以语道矣，然子得之当出山，他日非其人勿轻授也。"遂示以摄形炼气之要，学成辞出。又久之，乃来居济宁。日常不火食，惟啖枣数枚，或菜数茎，饮水少许而已。白发被额，肌肤如童子少妇。其初人不识，后乃稍稍异之。济宁指挥王宣亦海州人，往见问姓名，大惊曰："闻吾祖言，吾上世有叔祖，实名士能，好道出家，不知所终，翁是乎？"问以家事，所言皆合，于是日往候之。州人闻而有所馈者，士能皆辞不受。宣有同官往，欲受其术，士能望见曰："尔声妓满前，日事妄作，非吾徒也。"谢之，其人大惭，乃上疏言状。朝廷下山东守臣，俾乘安车入京，得见上，赐宝镪遣归。士能被召时，篁墩程先生适道其地，闻州人说其履历如此，因往谒焉。士能所居城东僻处，老木深巷，败屋数间，屋中卧榻外无长物。与客言，多静坐寡欲之说，坐久瞑目闭息曰："老仆无能为，朝廷过听而召之。仆岂知道，但习静日久，近日乃与人接，大败吾事矣。"问以元末国初事，曰："一身之外，皆非所知也。"后三年丙午，吾苏杨南峰先生以使事过济宁，微服访之，见士能着白禅衣，坐木榻上。扣其所以致寿，曰："无他术也，但平生不茹荤，不娶妻，不识数，不争气耳。"先生为之叹息而返。要之，其人盖有道之士云。

王　主　簿

张氏据苏日，胥门有主簿者，故元官也，平日所积俸赏颇厚。主簿感伤寒七日死，既葬，二子析产，求其资不得，疑母匿之，以咎母，母无以自明，终日喧竞。主簿对门有徐姓者，商于远方，归至金山，泊舟五圣庙下。黎明时起，见一舟上五人冠带坐，皆衣白，中一人则主簿也。徐故与王通家，主簿其父行也，未知其死，揖而问曰："丈何缘来此？"主簿前曰："君来甚善，吾正欲有所恳也。吾在此数日矣，来时匆遽，不及处分家事。吾有薄资若干，藏卧榻中板下，二子不知，乃与母竞。又有分书一纸，藏匣中，置房门帘楣上，君为我语之。"又密谓曰："君归告吾家人，早晚有大兵到吴城，城中人当大半死，宜急移居杭州，可免也。"徐唯唯，恍然登舟而别。归到主簿家，见其妻，说曾相见状，妻怒以为妄语。徐具道所以，二子闻之，发地板，果得白金八百两，视帘楣匣子亦如所言，家人神之。因与徐俱挈家迁于杭，不两月而天兵围吴矣。家君说。

人　魂　出　游

葑门有百姓为里长，以索役钱，适齐门钱万李桥，暑月从一童奴早行，少憩人家檐前。奴坐阶下，有顷，便熟寐，主亦颇思睡，朦胧间见一小儿戏舞于奴身，俄下地，从一板过隔溪菜畦中。良久，主蹴奴不起，至溪边掣其板，儿还不能渡，临水彷徨，仍置板原所，乃得过，复还上奴体而没，遂醒。主诘之，云："适梦乘桥入一苑中，乔木千章，戏游甚适。及归，被人掣桥板，几不得渡。"主方悟所见小儿是其魂也。又嘉定有士人尝访一僧，值其方睡，因坐榻前待之，忽见一小蛇自僧鼻窍中出，蜿蜒至地。其人异之，取几上小刀插地，蛇至其侧，如有所畏者。俟拔起，乃复行。其人唾地，蛇恬食之，出户外水潭中，偃仰久之，冉冉过花药栏，仍寻旧路登榻，自鼻窍而入。僧睡觉，为其人言：

"适梦出行,遇盗植刃道上,几不能免。见道旁水如甘露,食之甚美,浴于海中,乐甚,乃入花园,游适而返,不知何所感也。"其人唯唯,竟不告以所见而罢。尝闻人魂能出游,以此二事验之,信然。

肉　　芝

今年春,长洲漕湖之滨,有农妇治田,见湖滩一物,白如雪,趋视之,乃一小儿手也,连臂约长尺许,其下作声唧唧。惊走报其夫,夫往看,亦甚疑怪,掘之,其根不可穷,乃折而弃之湖。尝读《神仙感遇传》云:"兰陵萧静之掘地得物,类如人手,肥润而红,烹而食之,逾月发再生,力壮貌少。复值道士顾静之曰:'神气若是,必尝仙药。'指其脉曰:'所食者肉芝也,寿等龟鹤矣。'"然则漕湖之物正此类耳,乃不幸弃乎愚夫之手,惜哉!

郑　　灏

里人郑灏尝娶后妻,设席既罢,失去一银杯,重数两。其家织帛工及挽丝佣各数十人,欲自明其非盗也,相率列名书状为誓,投之城隍神祠。灏止之不得,亦不复觅杯。一日,灏倚门立,少时入内,忽仆地。家人掖以登榻,四肢已冷,独心下微暖。环守之,至半夜乃醒。问所以死,摇手不对,天明乃言:"初在门,见一皂自西奔驰而来,势甚猛恶。吾意官府有所追摄也,将入避之。皂及门,径前捽吾曰:'奉命勾汝。'便以索缚吾颈,驱出行数百步,抵城隍庙。有白衣老人立门外,见呼吾名,皂令老人相守,先驰入报,复出引入,跪于庭。神坐殿上,厉声叱问以投誓之故。顿首谢不知,神愈怒,曰:'忆失银杯事乎?此杯是汝孙盗耳,如何诬妄他人,致其干扰官府!'吾再拜,具陈非己意。神呼之前,曰:'汝孙盗杯,以质钱于汝家之东银匠铺中,今犹置架上,尔欲见之乎?'顾一卒,令取杯示之,真吾家物也。良久,神怒稍解,曰:'今姑放汝,至二十六日行牌,提此一干人鞠之。'吾但拜不已,俄又闻殿上传言曰:'既人众,且不推究,但要汝去与众人说,令他知过.'因放出门,乃得活。"即遣人到银匠家访之,杯果在架上,其孙所质也。诸人闻而怖畏,亟诣庙陈谢,犹惴惴,弥月乃得自安。徐说。

蒋　子　修

南京监察御史蒋钦字子修,有刚直名。正德初元,偕同官十三人上疏论时事。方夜属草灯下,闻筐箧间鬼神戢戢。子修自念此疏一上,且掇奇祸,彼鸣者将非吾先人之灵覆念后衋,欲以尼吾事乎?因起视曰:"倘是吾祖宗,何不厉声告我?"言未毕,声四振于壁。子修叹曰:"吾业已委身,义不得顾私,使缄默,负国为先人羞,亦均于不孝矣。"因奋笔曰:"死耳,不可易也。"声遂止。疏上,与同官皆坐逮,被杖创甚。诸人或迎医饮药,子修独曰:"吾得死所矣。"竟不疗治而卒,天下伤之。子修,吾苏之常熟人,弘治丙辰进士。

黑　鱼

相城刘浩尝昼寝,梦一黑衣人前立,白衣者数人随之,拜诉曰:"吾辈居此四五十年矣,今为君家所获,幸垂仁相舍。"惊觉,甚疑之。是夕,家奴网鱼者获大黑鱼,重数十斤,又有数白鱼差小,以献浩。浩悟前梦,即以足蹴诸水中放之。

青　虎

刘瀚者,浩弟也,平生未尝素食。尝夜梦一虎,毛色深青,来逐己,被啮腰间,痛而寤,汗流遍体。及明,视腰间有五齿痕,青肿,出血成疮。因持斋设醮,三年乃瘥。右二事瀚之子楷说。

黄　长　子

长洲十四都小民黄长子者,患膈气不能饮食,亦不知饥,积数年

益甚。一日,入齐门访医,行至吊桥少憩。有道人亦来坐桥上,民因
急呕吐狼籍,道人怜之,问所苦,具言疾状。道人曰:"我能医尔疾。"
倾葫芦中红药一丸,如大芥子,令吞之。少顷,民觉胸膈甚快,分所携
器中数饼为谢,道人受之。因以手抚其背,复吐前药,仍纳葫芦中,循
桥侧而去。民至医家,觉饥甚,索食,视器中,则其饼故在,大异之。
自此宿疾顿平。意道人为仙,不然亦一奇术士也。_{顾秀才桧说。}

雄　鸡　卵

　　嘉定城中百姓陈常家雄鸡生一卵,如雀卵大,甚以为不祥,后亦
无他。

沈　镗

　　嘉定江东沈镗者,病革时尻后粪出一人,长寸许,两目、手足、肢
节无不毕具。后数日,镗死。

鸡　精

　　陈元善,苏之娄门人,情度潇洒,尤好奉道,多学为请仙召将诸
术,自称法名洞真,往来嘉定,诸大家子侄与为狎友。尝寓谈氏,其家
畜一鸡已十八年,元善方与主人语,鸡自庭中飞至其前,舒翅伸颈,遂
死于地。夜宿书房中,有女子款门,笑而入,自称主人之女,慕君旷
达,故来相就。元善视之,姿色绝妍丽,问其年,曰:"十八矣。"遂留与
狎。自是晨往暮来,荏苒且经岁。女间自言命属鸡,元善每有所如,
女辄随至,意稍疑之,而不能绝。每一来,觉意中昏沉如醉梦,去则洒
然。以语谈氏,主人惊曰:"吾家安有此女! 至比邻人家亦无之,必祟
也。且彼云年十八而属鸡,以今岁计之,生肖不合。独吾家所畜鸡,
其年正如此数,将无是乎?"陈用其技,书符咒水欲以辟之,女来如故。
或密藏符于怀袖间,女辄知之,怒曰:"尔乃疑我!"以手挟而反覆扑

之,俟符坠地,则夺去。或教其以《周易》一册置裹肚中,女至,扑之再三,终不坠,乃舍去。一夕,与数友同宿王槚所,相戒无睡,以觇其来。夜中,众闻元善叱骂声,起视,见其身凭于床,类交合之状,已而遗精在席上。元善如梦觉,众大噪,逐之,见帐顶一黑团作鸡声,飞出窗外。乃相与延术士结坛,召将吏遣之。女见元善,谢曰:"无逐我,我数日将往无锡托生矣。汝送我,不可至井亭,惧为井神所收,当送我于野地耳。"如其言,以符水、祭物送城外数里荒僻处,自是遂绝。

如　　公

嘉定僧如公者,尝昼假寐,梦至苏城枫桥北里许,渡板桥,入一家,瓦屋三间,饮馔满案,已据中坐。有妇人前立,年可四十许,展拜垂泣,少者数人侍立于后。有顷进馄饨,妇人取案上纸钱焚之地。及醒,乃觉饱,且喉中有馄饨气,怪之。后以事至枫桥,顺途访之,到一处,宛如梦中所见,入门,几案陈设,皆梦中也。有少年出迎之,扣其家事,云:"父死矣。"其死忌之日,正僧得梦日也,乃知是时其家设祭耳。右四事,姨兄徐来凤说。

戴　妇　见　死　儿

长洲陆墓人戴客,以鬻瓦器为业,颇足衣食。止生一子,极爱之,衣裘饮博,恣其所需。子年十六,得疾卧床褥者半年,医药祷祠,百方不效,子竟死。夫妇痛惜,厚加殓葬,诵经建醮,费又不赀,家具为之一空,犹念其子不已,终日哭泣。一日,有妪挐舟舣岸,款门而入,不忍其夫妇之悲哽,因进曰:"死生常理,何悲如此。然翁姥爱深难割,今念令嗣者,亦欲一见之否耶?"夫妇掩涕谢曰:"长逝之人,永沉冥漠,幽明隔越,安有见期? 如妪之言,非所敢望也。"妪曰:"若然,亦易事耳。"惊喜,扣其说。妪曰:"吾将引到一处,即当见之。然翁姥不须俱行,以一人往可也。"戴喜,即令其妻偕入舟,妪戒不得妄窥。鼓棹如飞,食顷到一处,市廛中居民稠密,妪导以登,遥见其子立米铺中,方持概为人量米。望见母来，即趋出拜母，喜可知也。子言："见今为此家开铺，正念母，欲一见。母姑留此，吾入报主家，令相迎也。"即奔入。妪招母入舟，以箬蓬密覆，漾舟中流，使潜窥之。其子少选便出，装饰大畏，俨一牛头夜叉也，四顾骂曰："老畜安在？渠少我债二十年，尚欠四年未满，今来，我正欲报人执之，恨少迟，令得走却。"含怒而入。母伏舟中不敢喘。妪谓曰："已见之乎？"放舟复还故处，述所见于其夫，自是悲念始息。寻妪舟亦不复见矣。温陵说。

玄 坛 黑 虎

吴俗喜斗蟋蟀，多以决赌财物。予里人张廷芳者好此戏，为之辄败，至鬻家具以偿焉。岁岁复然，遂荡其产。素敬事玄坛神，乃以诚祷，诉其困苦。夜梦神曰："尔勿忧，吾遣黑虎助尔，今化身在天妃宫东南角树下，汝往取之。"张往掘土，获一蟋蟀，深黑色而甚大。用以斗，无弗胜者。旬日间，获利如所丧者加倍。至冬，促织死，张痛哭，以银作棺葬之。

钱 蛇

鄞都熊存，为予弟子远说：其乡一村落中，有蛇出为患，不知所从来，其大如碗，长数丈，惟以啗鸡雏，窃饮食，而不伤人。人求而杀之，不可得。村中僧寺有隙地，一人赁而艺为圃有年矣。一旦，执锄耘草，见巨蛇蜿蜒而至，亟运锄斫之，蛇钻入穴中，仅伤其尾，而铿然如击铜铁声，就视之，乃散钱数千，布穴中。其人疑蛇为钱所化也，呼妻及弟并力掘之，深丈许，得钱一缸，约数十万，悉担归于家，顿成富人。蛇自是不复见矣。

卷第五

说　妖

吴俗所奉妖神，号曰五圣，又曰五显灵公，乡村中呼为五郎神，盖深山老魅、山萧、木客之类也。《夷坚志》云：一名独脚五通。予谓即传所谓夔一足者也。他郡所事者曰萧公，正取山萧义。五魅皆称侯王，其牝称夫人，母称太夫人，又曰太妈。民畏之甚，家家置庙庄严，设五人冠服如王者，夫人为后妃饰。贫者绘像于板事之，曰"圣板"。祭则杂以观音、城隍、土地之神，别祭马下，谓是其从官。每一举则击牲设乐，巫者叹歌，辞皆道神之出处，云神听之则乐，谓之"茶筵"，尤盛者曰"烧纸"。虽士大夫家皆然，小民竭产以从事，至称贷为之。一切事必祷，祷则许茶筵以祈阴祐，偶获祐则归功于神，祸则自咎不诚，竟死不敢出一言怨讪。有疾病，巫卜动指五圣见责，或戒不得服药，愚人信之，有却医待尽者。又有一辈媪，能为收惊、见鬼诸法，自谓五圣阴教，其人率与魅为奸云。城西楞伽山是魅巢窟，山中人言往往见火炬出没湖中，或见五丈夫拥骑从姬妾入古坟屋下，张乐设宴，就地掷倒，竟夕乃散去以为常。魅多乘人衰厄时作祟，所至移床坏户，阴窃财物，至能出火烧人屋。《酉阳杂俎》亦云山魅能烧庐舍。性又好淫妇女，涉邪及年当夭者多遭之，皆昏仆如醉，及醒，自言见贵人，巍冠华服，仪卫甚都，宫室高焕如王者居，妇女列坐，及旁侍者百数十辈，皆盛妆美色，其间鼓吹喧阗，服用极奢侈。与交合时，有物如板覆己，其冷如水，有夫者避不敢同寝。或强卧妇旁，辄为魅移置地上。其妖幻淫恶，不可胜道，记十余事于此。秀才徐岐之父尝游庙，同行一友戏溺其小鬼。徐还，魅逐到家，排击门阗，粪秽狼籍，家人不知其何等怪也，呼为妖贼。尝摄去一箧钱，骂之，乃自空掷下，散于庭，钱犹热。窗眼中遍置寸许纸人，面目悉备。或见人手映窗，其指通红如火。闻履声，以沙布地，验其迹数十，皆长尺有咫。医士陈生，白昼见梁上露人手，滴血至地。方食时，有一人面如车轮，舒大毛手，攫其物去床后食，呯呯有声。秀才沈銮弟妇以失意死，死后见光怪，自云在五圣部下，在家通昼夜聒扰。一锣自行且击，累百步不坠。空中挂两绳络，绳细如人发，内贮二碗水，摇之不漏。烧屋数十余间。如此频年不宁。举人查某家，所供祠中有二树，偶伐以他用，魅怒，遂大作恶，火处处起，扑之则移去，但不焦灼。祠内土偶悉起自行，登屋踞坐，俨如生者，竟毁其庐乃已。洪以严见一僧宽衣大袖，缓步屋上，践瓦拉然。急逐之，遽灭。煮饭铛中，尽化作泥。道士邹应璧为坛考劾，誓不受贿谢，魅乃舍去。沈生妻吕氏，名家女，工容皆绝人。年十九忽厥死，两日始苏，云：被五圣灵公召去侍宴，出金首饰一笥、衣十六笥示之，绚烂夺目而形制小。神谓曰："能住此，此物皆汝有也。"我泣拜求归，夫人复劝解，乃放还去，云"容汝十年"。自是魅数来其家，呼妇为娘子。时闻异香扑鼻，有美男子盛服而来，与寝处。十年后复死旋活，言神云"更乞与汝一年"。前后生五男，将妊，辄见男子抱一儿遗之。产时无血，但下黑汁。儿极娟好，及周岁，曰："吾今携儿去矣。"如是辄夭。最后得一女，方娩身，血逆奔上，遂死，距前复活时，恰一岁矣。夏与妻李氏，伪吴司徒伯升之裔也。初嫁日，下舆忽狂舞唱呼，自称五圣。家人忙怕设祭，妇从房奔出，唱赞如巫然。祭案列酒杯数十，妇行践其上如飞，杯了无倾侧。时以刀自割，不伤。此妇今犹往来予家，神已痴矣。张氏女衣红经祠所，遂发颠，通夕阖户歌舞。后嫁为士人朱愚妻，魅因随往。愚母本媵也，妇见辄骂云："老婢老婢。"与人应答，盖作京师人语。沈宁妻年三十余，微有姿。常见空中列炬数百，有人着红袍三山冠，自空而下，堂内灯烛皆灭，与交讫，饮食而去。金帛簪珥随心而至，夫利所获，款神以致其来，因此致富。陈梧有义女，年十七，将嫁，为魅所凭，曰："吾五圣中第三位，与尔女有缘，故来。"赐其名曰五宝女。女从此能言人祸福，有疾病，有失物者扣之，言多奇中。陈为绘五圣像，奉之堂中。久之，魅亦厌倦弃去，今犹未嫁。予舍旁人安松，妹名刘福。女自言：有一人黑色，状若仆隶，每睡时则来与通，数梦随至其家，周视堂宇，服用奢侈，大率如前所云。一日方游于堂，忽内有贵人传呵而出，其人似惊惧，贵人见之，呼使跪，数之曰："吾用无限财干事，汝乃窃吾名在外妄行也。"恨怒不已。其人俯首不敢对，因送女归，后更不复来，盖又其下鬼也。大抵妖由人兴，今流俗慕向如此，邪妄之气相为感召，宜其久聚而不散，以猖狂横恣也。前知府事新蔡曹公尝严为禁约，焚毁其祠像无遗。公去任，乃稍稍复作，无何，一切如故矣。后来者能举公之善政而兴起之，使妖魅消沮，诚一快也。

芭 蕉 女 子

冯汉字天章，为吴学生，居阊门石牌巷一小斋。庭前杂植花木，潇洒可爱。夏月薄晚，浴罢坐斋中榻上，忽睹一女子，绿衣翠裳，映窗而立。汉叱问之，女子敛衽拜曰："儿焦氏也。"言毕，忽然入户。熟视之，肌质鲜妍，举止轻逸，真绝色也。汉惊疑其非人，起挽衣将执之，女忙迫，绝衣而去，仅执得一裙角，以置所卧席下。明视之，乃蕉叶耳。先是，汉尝读书邻僧庵中，移一本植于庭，其叶所断裂处，取所藏者合之，不差尺寸。遂伐之，断其根有血。后问僧，云："蕉尝为怪，惑死数僧矣。"满眴说。

巨 蚌

予家陈湖之滨，有水自戒坛湖北来，流至韩永熙都宪家墓前，汇为巨潭，深不可测，中有老蚌一，其大如船。一岁十月间，蚌张口滩畔，有妇浣衣，谓是沉船，引一足踏其上，蚌亟闭口而沉没，水溅面冷如冰，妇为之惊仆。尝有龙下戏其珠，与蚌相持弥日，风涛大作，龙摄蚌高数丈，复坠，竟不能胜而去。景泰七年，湖水尽合，蚌自湖西南而出，冰皆为之碎，推拥两旁如积雪然，自是遂不返。

怪 石

予家枫桥别业，港通运河，中有青石一方，可长四五尺，盖冢墓间

物,沦落于此,岁久遂为怪。每至秋间,能自行出于河,出必有覆舟之
患。一岁,有木商泊筏于港口,自其下过,木为撑起尺余,商大惊,而
外报覆一麦舟。少时复自外入,木起如前。今犹在水中,时为变怪。

官　　寿

乡人郭某有子名官寿,年数岁病死。官与妻痛惜之,殡时以墨署
其名于背,俗说以此冀其转生可辨认也。至明年,复生一子,背上有
"官寿"二字,笔画了然,人皆谓儿再生云。

见　报　司

吴学生计先,为人颇刚直明敏,往年馆乡人韩湘家。一日当午,
偶隐几假寐,恍惚见二隶自外入,谓先曰:"奉命请君先起。"随之至
门,则舆马驺从赫奕满道。俄有捧朱衣金带以进者,先便着之,升舆
呵引而行。到一大官府,有金紫数辈出迎,揖让而入,坐于堂,谓先
曰:"此中缺官,相候久矣,便请速赴。"复送出门而觉。乃曲肱几上
耳,心甚怪之。是夕觉体中不佳,归而卧疾,遂不起。且死,曰:"吾今
往东岳作见报司矣。"数日,其妻梦先来家,冠服如贵官,语妻曰:"吾
在见报司,司事甚繁剧,赖有乡人常熟金某为同寮,助理文书,甚得其
力,可为吾寄声谢其家也。"妻以其言告家人,既而金氏使人来先家通
问云:"吾主金某,常熟学生,今年得疾死,死时自云为冥官,与苏城计
某同司。"所言皆与计妻梦合,始信其不诬。自是两家缔交,往来不
绝。右二事马奇说。

天　　医

乡人顾谦淳吉,弘治二年五月得伤寒疾,延医官杜祥疗治,七日
转加瞀眩。夜梦一老人曰:"尔为杜生所误,不速更医则当死。"谦请
所更者,曰:"葑门刘宗序甚佳。"惊悟,亟迎之,服其药,病稍稍减。方

夜分起食粥,举首见金冠绿袍者一人,踞坐梁上,室中悬药葫芦累百,呼谦名曰:"子知我乎? 我天医也。"为谦具说其致病之故,言皆有理致。又授以数百言,曰:"子能行此,可为名医,善记之,勿忘也。"语讫而隐。自是顿瘳,而苦耳聩。至冬月,往谒医士凌汉章求针治。汉章为针两耳,移时而愈,曰:"子尝为天医传药乎?"谦惊问所自知,汉章曰:"大凡天医治疾,傅药耳中,药入而气闭,故聩也。"谦乃具言所见,曰:"先生神人也。"然谦自病后,追绎与神问答之语,皆历历分明,独所授要言茫然不记一字,至今恨之。汉章,湖州人,针术通神,其详当别有志。谦自说。

牛 生 麟

长洲吴巷村百姓庄孟和,以磨面为业。弘治中,其家牝牛产一物如鹿,周身有鳞,跳跃不定,有铁杴倚牛栏墙下,兽即啖之。庄甚恶其怪,且不解饲养之经,三日饿死。或以为麟云。陆允昂说。

凌 氏 犬

甫里凌粮长家,畜一白犬已数年,甚健而驯。前此有佃户负米若干石而死,一夕忽见梦于其子曰:"吾生时负凌氏米,因转生其家为白犬以偿。今尚少数斛,汝当纳还,并以钱赎吾归。"子如言赍米往纳,因求买其犬,不许。乃具述所梦,家人未信,犬已跃入舟,蹲卧不肯起。凌氏叹异,遂以归之,而却其直云。妻兄盛之荣说。

胥 教 授

镇江胥教授者,致仕家居,以授徒自给。有阎氏兄弟二人来从游,长曰江,次曰海,自云家在江干,执贽甚丰,每旬余一归。居三月,治经书略遍,将还,请于师曰:"明日家间祖父具卮酒为先生寿,能垂顾乎?"教授许之,二生辞归。旦率仆从及一马来,请教授乘之,且曰:

"马性颇跅弛，凡见人开目则蹄啮，请阖目少时。"如其请，但闻风声萧萧，马绝驶疾。食顷，曰："至矣。"扶掖下马，入门，见庭宇壮丽如王者居。俄闻鞭笞叱咤之声，遥见堂上有华冠盛服者一人，据案视事，年可四十许。侍卫森肃，阶下桎梏系挛者殆百余人，胥甚惊讶。二生前导，自其旁小门而入，至后堂中，设席甚盛。有老翁方巾皂袍杖策而出，二生曰："此家祖也。"翁前揖谢曰："二孙久荷陶铸，无以报德，今者薄设相邀，小儿适有公事，不获奉款，使老子迓宾，诚疏于礼。"已而即席坐，馔设皆甘美异常。至暮饮罢，二仆捧牙盘，置金银缯锦其中以馈，胥辞谢再三，乃受。遂告归，翁送至中门而别，命二生送胥，更由他门以出。路经一室，见有绷系树上者，谛视则其亲家也，惊问所以，曰："某以罪为主人所缚，知公在宾席，好为缓颊也。"胥指谓二生曰："此吾姻家，不知何以获罪尊公，幸一言而宽之。"二生唯唯，因请胥先行。胥丁宁上马而别，逡巡到家，心颇疑怪。诘旦往候，其亲家者方病笃，见胥谢曰："公实生我。昨日疾死，见阎君，被缚于树，垂陷囹圄，赖公为二子言，故得放归耳。"胥乃大惊，方知二生为阎君之子，而所游者冥府也。是后二生讫不复来矣。

金　华　二　士

弘治中，金华有张、王二士赴试礼部，不第，附舟而归。有四人若公隶者，亦同载，每经一市镇，必登岸良久，醉饱而返，即鼾睡，罔测为何人也。行达山东，二士私计，以为彼踪迹诡昧，若是殆必盗也。张乘其宴坐，突入掩之，四人者方共阅一纸文书，见张入，亦都不惊讶。张请观，因示之。其言亦与今官府公移同，所当追捕者百余人，而二士亦豫。张大惊曰："公等何人？此文移出何官府，乃有吾二人姓名耶？"四人错愕曰："孰是君辈姓名？"张指示之，四人相顾曰："吾侪大疏脱。"因谓张曰："吾实鄷都使也，方奉阎君命，追此一行人，不意为所窥，君亦有缘者矣。"张闻之益惊恐，下拜求免。四人初不可，张力恳不已，四人曰："秀才诚有心求救，我辈同载许时，宁得无情。今有一策能解此厄，然惟二君知之可耳，此外虽妻子勿与语，若一泄露，则事便败矣。"张请问计，乃曰："君归，于某月日驱家人尽出，堂中列三界诸神祇位，一凳一索以待，吾辈当来，来自有说。"因枚举诸神名，令市纸马，张一一记之。又叮咛戒以无泄，登岸而去。张具以语，王勿信而嗤之。张疑惧不已，竟别觅舟，疾行抵家。至期，假他故尽遣家人向外，如言设神位及凳索，扃扉独坐待之。俄四使自空而下，见张喜曰："君真信人。"相与叩首神前，跪而陈词，不知所言为何。因持索缚张于凳，鞭之一百，解缚曰："君可免矣。"张匍匐谢之，忽失所在。王生者，竟以是夕死。右二事，金华严知县说。

卷第六

徐 武 功

武功伯徐公_{有贞}天才绝世,其学自天文地理、释老方伎之说,无所不通。己巳之祸前数月,荧惑入南斗。公私语于刘原博_溥,原博亦善占候,曰:"吾亦知之,若社稷有福,天子或感疾而瘳,庶可厌当时之罚耳。"久之,终不退舍。公曰:"祸不远矣。"亟命妻孥南归,皆重迁,有难色。公怒曰:"汝不急去,直欲作鞑人妇也。"遂行。比过临清数驿,而土木败报至矣。其后得君柄国,锐意功业,而居间多不乐,时谓所亲曰:"火星甚急,俟稍退,吾方可以为。"未几,竟为曹石所挤,讫不得伸其志以去。天顺辛巳七月,公居乡。一日语客曰:"子见天象乎?宦官之祸作矣。吾为吉祥所陷,今彼之受祸,视吾更惨也。"未旬日,而吉祥从子钦被诛。甲申春,茂陵嗣统,公推运造,当得二十四年。族人以他事憾公,将发其语,公谢而得免。以成化改元并嗣统之岁数之,正得二纪。辛卯岁,偕太守林公入郡学,指大成殿鸱吻曰:"此有青气,上彻重霄,乃文明之祥也。来年吴土其有魁天下者乎!"明年,吴文定公及第。公雅重文定,家食时已有大魁鼎辅之期。尝谓客曰:"吴君入阁之后,天下始多事矣。"泊弘治末,文定入绾纶綍后,没半岁而泰陵鼎成。未几而逆瑾擅命,时事大变,继以潢池之扰,而朝野不靖盖累年云。公初下制狱,引镜自鉴曰:"面色灰败,吾定不免。"乃日拱手,默诵其所奉《斗母咒》。又数日,复就镜曰:"吾今乃知免矣。"迨狱且论决,而风雷大作,承天门灾。方暝晦中,或见锦衣堂上有物如豕者七蹲焉,盖斗神所为也。公奉斗极诚,每日必北向四十九拜,虽寒暑无间。阖门不食豕肉,公亦自秘其术,不轻示人。沈处士周少被公赏爱,尝燕见,从容请其术,公笑曰:"子欲试之乎?"顾庭中有犬卧焉,因取所佩一人发圈加于臂,以指旋而左,犬若被扼系者,展转欲绝。又旋而右，犬帖然安卧如故矣。长洲薛副使^英祖墓在夷亭，公舟过之，指谓人曰："此地当出一系金带者。"时薛犹未达，后竟举进士第，至今官。金齿卫学旧鲜成名者，公谪居，相其地，谓"植树木其西以为障，当有益"。有司从之，科第由是遂盛。其他巧发奇中者尚多，不能悉记。

张　道　士

太仓沙头市道士张碧虚，早岁游江湖，得异术。所居村中一教书学究家，仅足衣食。尝有五人泊舟其门，衣冠如贵游公子，延学究入舟，盛设享之，学究因亦设馔以谢。自是无日不来，来必款饮，所费浸多，渐不能给，至典卖衣物以继之。其所饮酒瓶罍堆积满场，其家苦之，而不能远也。邻人怪之，扣以五人居止姓名，谢不知，乃曰："此必祟也。闻张碧虚精于斩勘，盍招之？"乃使人请张。张先令其家迎所奉王灵官像，供其室，为怪摄去，继挂真武，亦如之。乃以令牌、天蓬尺往，复被摄置梁上。张怒，自备香纸符檄至其家，行持数日，忽所摄牌、尺自梁上坠下，仍用学究馆生所写仿书裹之。张喜曰："是计穷矣。"已而，其家一群儿奔入告云："有数百个鬼，朱发蓝肤，头目狞恶，在场上逡巡。"又传报云："一将军红衣兜鍪，从者数百人，皆着红，将军立场间，指麾红衣人将诸鬼一一捽之，入诸酒瓶中。诸鬼彷徨抢攘，势甚汹汹。"张知将军是灵官神也，使儿伺其每入一鬼，则持瓶来，书一符封之，投于水，便沉下去。瓶投尽，鬼亦尽，将军及从者一时都灭。乃设祭谢将，未毕，学究家忽失其长子，遍寻不得，数日乃归。问之，云："被五人者捽我入舟，意象迷罔，行百数十里，身忽在岸，恍如梦觉，乃在苏州吴山下，因从居民问路得归。"吴山地近楞伽，疑五鬼者，五通也。

妇　产　蛇

蛇王庙在娄门外一土墩上，庙前有府隶龚茨菰者，其子妇尝游庙,睹神像有感,归而恍惚如醉,自是不复与夫寝处。常见神来就之,与狎昵。岁余腹大如有妊,及期而产小蛇十数头,满一虎子。龚知蛇王所为也,奔至庙,击神像供炉之类,尽碎之而返,延医疗其妇,久之乃瘥。右二事,邓恺说。

江 神 鱼 头

母党沈江家人,商于江右,载货物自大江而下。中流船忽漏水,仓卒间,货物皆重大不得移动,船人惶恐无计,但拜祷江神求救。俄而水不复入,安行达家,则一鱼头也。神明之巧,至于如此。

赵 珙 妻

长洲沙湖赵珙有嬖妾,正室甚妒,不令视寝,多以白昼乘间私通。后有妊,生子头有短肉角,面作蓝色,啼声如鬼,恶而杀之,凡三乳皆然。按《月令》"二月雷乃发声,有不戒其容止者,生子不备"。解者谓容止,房室之事,亵渎天威,故生子形体必有损缺。今人于日月雷霆之下交接,所生男女往往有形体怪异者。如赵妾事,世多归之妖祸,或以为业致之,是殆未究其所以然也。

神 船

阳山惠瑶说:其邻居一小民,以事之京师,还至张家湾附船。时方黎明,见河中一船甚大,贵人冠服坐其中,侍卫者十数。民趋拜船所,言欲往苏州,求附载。贵人曰:"吾船今到苏州尔。"即命载之。民坐船尾,良久,觉困倦,乃脱所着草屦置身畔,以衣囊为枕暂睡。不觉沉鼾,寝寤开目,乃见身卧草野中,囊藉首如故,而草屦不见。惊起,视日犹未晡。行出官道,问人:"此何处?"曰:"枫桥也。"益大骇,循途走至阊门,入一庙中少憩。举首见神像,俨如舟中贵人。屋偏挂一船,与向所见妆饰不加异,但加小耳,船底及橹皆湿。探其尾,则草屦在焉。竦栗下拜，问之巫祝，云："宋相公庙也。"

鬼　还　家

吴人富某死逾年，既葬，其子以清明上冢设祭。方悲哭，冢中忽应诺曰："汝毋庸痛哭，吾今随汝归矣。"其子哀慕之极，不复怖畏，即随声呼之，鬼便向子历道平生事甚详悉。子到家，闻有声在堂中，则其父音，知已归矣。呼妻女出，慰问款密，宛如生时。妻问曰："君去世许久，亦思食乎？"鬼曰："甚善。"乃设鸡肉于案，虽不见形，而有顷物自都尽。及暮，曰："吾当还，可令一仆相送。"仆送到冢，鬼嘱曰："吾某日且归，可豫相候。"及期候之，鬼便遂归。自是晨来暮去，稍稍处置家事，皆有条理。其家每迓卖货物，商人至，鬼便与议价交易，初以为怪，后亦安之。鬼畏狗，仆送之，常为驱狗不令近。一夕将去，适无送者，遂为群狗所啮，叫呼上树而灭，此后竟不复来。

牛　偿　负　钱

阳山农民养一牛已二年，健而善耕。一日暮，忽失去，民出寻之，不得。到一田畔，见黑衣人立水中，民问："君见吾牛否？"应曰："吾即牛也，负君钱，合耕作二年以偿，今满矣，更当入西山霍清家。君往彼，得钱五千，便可卖我。"民闻之，大惊反走，已而顾之，又成牛矣。呼家人同往缚归，明日牵至清家卖之。清一见，便忻然肯买，酬价恰得五千。右二事，亦惠瑶说。

王　端　毅　公

三原王端毅公以清忠劲节负天下重望，为近时名卿之冠，年七十八致仕，九十三而终。临终之日，既迁正寝，戒家人曰："吾气将绝，必有风雷环绕吾居，尔辈谨无哭，当静以待之。"比公方瞑目，少顷，雷震大风，雨下如注。家人相戒屏息，良久开霁，乃敢举哀。及殓，视公貌如生焉，时正德戊辰四月二十日也。尝闻河津薛文清公没时，亦有风雷之异，白气贯空，经时乃灭。正人君子，气与天地相为感召者，固如此夫。

岳武穆祠

岳武穆王庙食汤阴，其地盖王之故乡也。弘治丙辰，綮从父宫保公以御史巡按河南，且满岁，行部至县，经祠所，见墙上石刻"尽忠报国"四大字，径可四尺，意将祗谒。是夕，宿察院，梦入祠瞻拜，神起迎款，语良久。神曰："予比解兵柄时，在西湖游衍，甚得山水之乐，恨不久耳。"公问曰："史言王为秦桧谋陷，有诸？"曰："诚然。然致害者张希狱也。"因请于公曰："某栖托于此，屋宇倾圮，幸公一鼎新之。"公辞以职非守土，且不久当代去，恐未易料理。神曰："正须公一言于守、巡耳。"公唯唯，视神目与鼻左右若有四创，揖而去，遂寤。迟明往谒，神像与梦中所见肖似，祠宇穿漏，神面为霖雨摧剥，有损伤者四处，公异之。阅县库得羡银捌拾两，以托分巡金事包裕，又以　　抚陈都御史德，修新其祠。祠成，弘敞倍胜于旧。公亲为工部伯父说。

瘃 狗

尝闻瘃狗噬人，令人腹中生狗雏，不能产而死，颇疑其妄。近里中跨塘桥周氏有犬，一日就地舐物，忽发狂奔走啮人。周有养女婿年十五，被啮而死，死后焚其尸，满腹中皆泥也。狗亦死，剖腹视之，中有泥裹小蛇一团，其大如指。人言犬遗精于地，狗食之，故然。然人腹乃亦生泥，是可怪也。万钺说。

九仙梦验

福建仙游县有九仙者，以祈梦著灵异。相传汉时有何氏兄弟九人，学道于其地，飞升，故山水多以九仙名。山上有道观，其中塑九仙像及传梦判官。人祈梦者，先于判官前致祷，祀以白鸡，因留宿祠中，夜必有梦，起用杯珓卜之，如得胜兆则已，否则此梦无准，及夜再祈。如有僮仆相随者，其梦亦同。多为隐语，过后始验。记吾乡人数事云：常熟双凤乡人顾某，母老问寿数，梦神掷与一布裳，即谚所谓"撩膝"者。以其长蔽膝，故名。后其母病膝疽而卒，乃悟"撩膝"者犹云"了膝"耳。长洲学生徐昊，托朱教谕家人祈终身事，返报云："梦到一高山下，但闻大风刮地而已。"后十余年，昊以蛊病死。死后或解其意云："《易卦》山下有风为蛊也。"文太守林知温州时，遣二隶往问寿数，答云："问孔老人自知之。"先是，文命孔老人锯解一木，隶还报知，明日文升堂，老人适跪曰："板数云五十五片。"与文年数正合，为之竦然，问曰："尚可解乎？"曰："朽烂不堪解。"文大不乐，未几疽发背，卒。王御史宪臣故苏人，而占籍京师。既贵，常有桑梓之思，自谓他日得嫁女于苏，且有一居宅，即留家于此。及知浙之永嘉，使从者往乞灵以决二事。先问嫁女，云："白石阶前先唱第，也是龙华会里人。"又问居宅，乃梦到一所，门贴一道家符，上有二印。后王女归于朱状元希周之子，其一验矣。及买第城东，并得一道院，入门见楣间一符，上有天师印二，复与梦合，于是定居焉。一乡前辈，忘记姓，为闽守，便道过家。时其妻有妊将产，守到官，久未得家信，使祈所生男女。报云："是福宁，不是福清。"守大喜曰："吾得男矣。"问之，曰："吾行离家时，语吾妻云，生男当名福宁，生女当名福清，义取闽之二县也。然此言独吾妻知之耳，今仙语云然，非男而何？"又数日，报至，果男也。

神　丹

江阴米商有女，年及笄，色美，忽为神物所凭。尝见一美丈夫入房与交合，自称为五圣。父母为延师巫治之，百方不能止，后无可奈何，亦任之。女每有所须，虽远方非时之物，一指顾间可致。时出金银珠贝之类，充牣于室，然一玩即复摄去，不肯与女。女尝见金数千锭积屋隅，试取之，入手便化成瓦石，或是纸所为者，返之则又成金矣。一日，以块物遗女，其质类石，谓女曰："此神丹也，人死以熨胸腹，即时复活，宜宝之。止以济汝一身，虽父母，不得与也。"女收藏之，会其伯母猝病死，女欲验其物，即出之以示母。母持去，置病者身，即蹶然复生。神来，怒责女曰："语汝云何？安得轻用吾丹！"索而观之，即夺去，从此遂绝不来。<small>陈洪说。</small>

鹦 鹉 山 茶

子远说：其妇兄都元翁，正德己巳春，与数友游青山，入寺僧房庭中，山茶盛开。僧出一花示客，其状宛如一鹦鹉，二瓣左右互掩为翼，二瓣合为腹，二须垂为足，而蒂横出为头，两旁复有黑点如目焉。僧云："即此树间所开也。"可谓异矣。

卷第七

铁 冠 道 人

铁冠道人张景和者,江右之方士也,道术甚高,人不能测。太祖皇帝初驻滁阳,道人诣军门谒,言于上曰:"天下淆乱,非命世之主未易安也,以今观之,其在明公乎!"上问其说,对曰:"明公龙瞳凤目,状貌非常,贵不可言。若神采焕发,如风扫阴翳,即受命之日也。"上奇之,留于幕下,屡从征伐。上与陈氏相持,每令望气以决休咎,言出必验。番阳之战,友谅中流矢死,两军皆未知觉,道人望气知之,密奏曰:"友谅死矣,然其下未知,犹为之力战,请为文以祭,使死囚持往哭之,则彼众气夺,而吾事济矣。"上从其言,汉兵遂大溃。后上定鼎金陵,凡诸营建必令道人相其地,大见信用。尝游鸡鸣山寺,时上以刹宇高瞰大内,欲毁而更置之,犹未言也,道人忽谓寺僧曰:"圣上有意毁汝寺,来日当临幸,汝等于中道遮诉之,庶可免也。"僧素神其术,明旦相率燃香出山数里以候,驾至,僧拜恳不已。上讶曰:"我无此心,若辈何以妄诉?"僧曰:"此铁冠道人教臣等耳。"上异之,遂止不毁。初,徐武宁王为列将时,道人谓之曰:"公两颧赤色,目光如火,官至极品,所惜者,仅得中寿耳。"后果以五十四而薨。道人结庐钟山下,梁国公蓝玉携酒访之,道人野服出迎,玉以其轻己不悦,酒行戏曰:"吾有一语,请仙兄属对,云:'脚穿芒屦迎宾,足下无礼。'"道人指玉所持椰杯复之,曰:"手执椰瓢作盏,尊前不忠。"玉武人,不喻其旨,相与一笑而罢。后玉竟以谋逆伏诛,赤其族。道人居都下数年,一旦,无故自投于大中桥水死。上命求其尸,不获。已而潼关守吏上奏云:"某月日,铁冠道人策杖出关。"计之,正其投水之日也。由是讫不复见云。南都儒士毛生说。

陈 子 经

四明陈柽子经，尝作《通鉴续编》，书宋祖陈桥之事曰："匡徵自立而还。"方属笔之顷，雷忽震其几，子经色不变，因厉声曰："老天虽击陈柽之臂，亦不改矣。"后三日，子经昼寝，梦为人召去，至一所，门阙壮丽如王者居。门者奔入告云："陈先生来矣。"子经进立庭下，殿上传呼升阶，中坐者冕旒黄袍，面色紫黑，降坐迎之曰："朕何负于卿，乃比朕于篡耶？"子经具知其宋祖也，谢曰："死罪，臣诚知以此触忤陛下，然史贵直笔，陛下虽杀我，不可易也。"王者俯首，子经下阶，因惊而寤。洪武中，子经为起居注坐法死。临刑，上曰："吾特为宋祖雪愤矣。"此事予旧闻诸先辈，近见陈永之先生所记云：旧编书"奉周主为郑王"，子经易"奉"字为"废"，与此不同。

罗 侍 郎

侍郎罗公汝敬为人刚直，与杨文贞公同乡郡，偕官于朝，每不满文贞所为，数面斥之，文贞颇不乐。荐令巡抚宁夏，时罗公已年老。至边未几，胡寇大入，方督战，所乘马蹶，堕深坑中，不能起。恍惚见红袍者翼而蔽之，寇无所见而去，会有后援得免，遂上章请老而归。

沈 知 刚

长洲沈知刚，少从父宦游。一夕，灯下俯几读书，忽有人携其灯疾行而去。知刚惊起逐之，身才离榻，所坐处壁一堵拉然而崩，为之愕眙。视其灯，故在对壁案上，门户皆扃锁，而其人已失矣。盖神物所为云。赵元璧说。

关　公

　　长洲顾举人兰，往年会试京师，舍于逆旅，得寒疾甚重。自念去家数千里，羁旅寒困，而病势若此，殊以为忧。见卧旁挂关公像一幅，乃于枕上默祷其庇祐，朦胧间见神来呼之，视其貌，仿佛所画者，语之曰："君无忧，至晚且出汗，即能起矣。"言毕，倏然去。及暮，果汗而愈。后归，画其像事之。

僧　时　蔚

　　吴西山圣恩寺僧时蔚，号万峰，温州乐清金氏子，元末名僧长千严高弟也。初学成，请于师出游，师谓曰："汝逢汝名即住。"至苏，止于邓尉山东麓，曰："玄墓建大蓝若。"初未尝识字，既超悟禅乘，遂能作书偈，语皆可诵。虽僧服而不去须发，自为赞，有"束发辫头陀，留须表丈夫"之句。洪武辛酉，朝廷闻其名，使征之。使未至之七日，蔚已前知，谓其徒无念曰："吾与之无缘，汝当应召，吾今去矣。"遂沐浴入涅槃，遗命毋焚尸，越十三日，肢体犹温，以瓦缸覆尸而葬。无念入觐，大被宠锡，后住湖广之九峰寺，与蔚垆望焉。蔚素精堪舆家学，尝言玄墓形势为三龙三凤，胜绝天下，卜葬者多叩之，蔚未尝轻答也。老患痰气，语其徒曰："吾当服城中沈以潜药，吾与之有缘也。彼在京师，今夕且归矣，宜往速之。"徒如教，至沈氏，则以潜初未归也。返命，仍遣之往，及夜，因寝其家门下待之。二鼓，以潜果归，闻之异焉，即往治，疾即瘥。蔚谓曰："荷君治疾，无以为报，有地于此，请奉以为尊夫人寿域。"因指示竺山后一穴，稍下，六尺，云："是虽微劣，至六十年后，家当大发。"后以潜竟用以葬其母。至成化间，以潜诸孙廑等皆以富甲其里，布政、杰谕、德彝相继取科第，门户赫奕，距葬时恰及六十年矣。予闻诸以潜末孙注者如此，然"留须"云云，实石室僧语，意蔚非蹈袭，殆是偶合耳。

浦　应　祥

吴人浦应祥,成化丁酉领乡荐,老于礼闱凡三十有八年,至正德甲戌始就选,得同知高州府。自言初领荐时,尝梦乘肩舆行,而其前有一僧异之,后数梦皆然。迨得官,自京师挈一僧归吴,道上值险,或涉行潦,辄令扶舆而过。数日,始恍然忆往时所梦僧,正此也。此一小事,兆于三十余年前,人生得丧,岂偶然哉!

范　汝　舆

范汝舆,文正公之裔孙也。为府学生,秋试失利还,道经一神祠,乞灵焉。夜即祠下宿,但梦其友婿秦锐盛服坐堂中而已,不解所谓。次举遂捷。故事:举子得解,州府例送捷报牌,其前著举子名第,自府官以下,皆列衔具名姓。汝舆第后,偶散步于堂,见楣间所钉牌,中一行曰:"同知秦锐。"乃悟前梦,为之惊叹。

产　　异

今年秋冬间,常之武进人张麻妻一乳五男。数岁前,长洲二都十五图人吴奇妻一乳四男,皆不育。姨夫徐文甫尝见人担二儿,其腹皮相粘不可劈,状若交合者,云亦出胎时死。

黄　提　学

前南畿提学御史黄先生如金,莆田人,弘治甲子举福建乡试第一。前此有邻县儒学一斋仆,祈梦于九仙,欲知是科解首所在,得报云:"乌一黄二",水桶门里,借问黄如金便是。"思本学诸生无此姓名者,必他邑人也,乃之莆田访焉。侵晨,顺途而至一所,有两人立于门,仆揖之曰:"此有黄如金秀才家乎?"曰:"此即是也。"问两人姓名,曰:

"乌一、黄二",皆黄氏仆也。窥门中,则有水桶在焉,遂以梦告。已而先生果占首选。莿田商说。

江 东 签

吾苏江东神行祠,在教场之侧,以百签诗决休咎,甚著灵验。记所知者数事云:长洲耆儒赵同曾,年八十一,有疾,卜签得诗云:"前三三与后三三。"是岁同曾卒,乃九月九日也。或言两三三为九九,亦正合赵寿数。县桥居民许氏为里长,当解军至湖广五开卫,惮远行,祈欲规免,得诗云:"万里鹏程君有分。"既而解至都司,司门有绰楔,其匾曰:"万里鹏程。"许举首见之,始忆神语。长洲学生周景良,庸鄙不学。秋试年问科名,得诗云:"巍巍独步向云间。"自谓得隽之兆。及试于提学宪臣,乃被黜为松江府吏,而云间实松古郡名也。府学生陶麟累举不第,卜以决进退,得诗云:"到头万事总成空。"以为终无成矣,后应贡,初试时编号得"空"字,遂与贡入太学。正德丁卯始领乡荐,其朱卷号亦"空"字。辛未上礼部,亦如之,遂擢进士。予师毛先生钦,少时眷一妓,情好甚密。妓谋托终身焉,私以一钗遗之,约以为聘资。先生持归,意颇犹豫,潜往谒祷,得诗云:"忆昔兰房分半钗。"其末云:"到底终须事不谐。"先生读首句,为之惊竦下拜,时钗犹在袖也,于是谢绝之。尝读《祠记》云:"神,秦人,姓石名固。"

五 足 牛

今年有僧自京师携一牛至苏,有五足,一在后胯下,短不及地,其蹄类人手,而五指间有皮连络。僧牵于市乞钱,予亲见之。尝闻正统中,吾乡刘原博先生上京师,其子宗序见道旁人家畜一牛,五足,其一生于领,蹄反向上。以告先生,先生曰:"牛土属,而蹄尤其贱者,今反居上,得无有小人在上,而生变者乎?"后二岁,为己巳,其言果验。

变　鬼

南京华严寺僧月堂者,往年以募缘游食至贵州,闻土人言:此中夷俗,有人能为变鬼法。或男子或妇人,变形为羊、豕、驴、骡之类,啮人至死,吮其血食之。宣慰土官重法禁之,而终不能绝。戒僧云:"卧时善防之。"僧与数人宿寺中,夜深时,闻羊鸣户外。少顷,一羊入室,就睡者身连嗅之。僧念之:得非向人所云乎?即运禅杖,力击其腰下。一羊踣地,遂复本形,乃一裸体妇人也。执而絷之,将以闻官,妇人哀叫不已。天明,倩人往报其家,家人齐来寺中,罗拜求免,出白金三百两为僧赎妇命。僧受之,乃释妇使去。他日僧出郊,见土官导从布野,方执人生瘗之,问旁观者,云:"捉得变鬼人也。"僧自为。

李　智

吴中焚尸人亦大有邪术。有李智者,尤精于此。尝操舟出东朱村,见岸上方焚尸,谓同舟者曰:"吾聊戏之。"使一人偃卧,智戟指默诵,咒已,呼其人起坐,则岸上之尸亦坐,使立,则尸亦立,使抱己首,尸亦抱焚尸者之首,旁观人皆惊怖。焚尸者悟,曰:"有人作伎俩,欲败吾事耳。"智在舟中,忽变色谓诸人曰:"渠不善,尔辈姑避去,吾有以待之。"即趋抱柁而伏,俄闻有声拉然如霹雳,柁为之寸断。智起而喜曰:"免矣。"问其故,云:"本人亦高手,本是为戏,不期便欲相害。若吾术稍劣于彼,适已碎吾首矣。"尝有人从智学,未尽其术而背去,自于他所焚尸,竟日了不焦灼,悟曰:"吾师所为。"赍钱物往拜谢,及还,火须臾便着。都穗说。

海 岛 马 人

数年前,有巨艑自海外漂至崇明,中有七人,巡检以为盗,执之。七人云:"吾等广中海商,舟入西洋,为飓风飘至此耳,非盗也。"送上官验视，檄遣还乡。其人自言：在海中时尝泊一岛，欲登岸取火，忽有异物四五辈，人形而马头，自岛入水而泅，以头置船舷，作吁吁声。诸人中或举刀斫其一首，余悉奔去。吾等度其必呼同类来复仇，亟解维张帆行。未食顷，有马头者百余辈，入水滨跳踉，欲来擒执，而风利舟驶莫能及。倘少迟，已落其口矣。

祝　氏　牧　儿

海盐祝主事家有牧羊儿，年十余，素善饭。一日，牵羊归就午食，庖妇故不与，以戏之。牧儿去，泣于田间。一道士过，见之问曰："汝何哭？"告以无饭。道士出怀中黑丸，大如龙眼，授之曰："食此，自当得饱，勿嚼碎。"儿吞之，觉腹中充然。道人戒曰："无语人也。"遂去。儿暮归不餐，明日亦不饥，绝谷者五六日。庖妇疑其盗米自食也，白于主人。主人召儿，将鞭之，儿畏而吐实，主人异之。明日，使他儿与俱，曰："若复遇道士，一人力挽其衣，一人归报。"二儿到向地，则道士又至矣，语儿曰："为何漏言？"谢曰："畏主责耳。"道士以一手支其额，一手击其顶间，前黑丸自喉跃出，复藏于怀。儿极力挽留，问此何物，曰："汝知有所谓交梨火枣者乎？此火枣也。"久之，主人闻报而至，将去数百步，道士双足遽陷入土中，稍近，益下，仅露其首，既而首亦不见，土上都无窍穴。惊顾道士，已在隔岸拱手而灭。自是牧儿复食。吾乡戴区人苏盘，时为祝塾师，亲见其事。刘宗廉说。

魂　　魄

高皇帝尝怒一内使洒扫不如法，命引出斩之。被缚至市，犹衣金团背子绿衫。市人观之，遥见内侍前有拱手立者一人，状貌衣冠略无少差，甚疑怪之。既而得旨停刑，方解缚，前立者冉冉而逝。疑此为魂魄云。

刘 公 望 气

　　鄱阳之役,两军接战方酣,太祖据胡床坐舟端,指挥将士。诚意伯刘公侍侧,忽变色,发谩言,引手挤上入舟。上方愕然,俄一飞炮至,击胡床为寸断,上赖而免。战胜之前一日,上疲极,欲引退,公密奏曰:"姑少须之,明日午时,吾气旺矣。"已而果以翼午克捷。

卷第八

星　变

弘治末，浮梁戴公珊、余姚史公琳同长内台。史公素善占候，见荧惑犯执法，以语人曰："司宪之人，其有忧乎？"是岁十二月，戴公卒。或谓史公曰："公言验矣。"曰："未也。"前累疏乞归，未得命，寻感疾，越明年，正德纪元正月，竟终于位。荧惑始退舍。

张　宗　茂

吾苏玄妙观道士张宗茂有道行，以符咒著灵验。铁瓶巷陈举人汴家有黄鼠豾数十，逐逐成群，白昼公出，搏食鸡畜，啮坏衣案。占卜云："是怪汴将讨宗茂符治之，未暇便说。"一日，宗茂晨起诵经，忽有拱立于前者，视之，人身而首则鼠豾也，拜诉曰："吾辈与陈举人家有夙冤，欲报之。彼来求师，师无豫吾事。"宗茂叱之，忽不见。即诣陈氏，告以所见，为咒水被除，书符镇之，怪遂绝。宗茂后年老，无疾坐逝，为近时羽流称首。姨夫陈崇仁说。

洞 庭 鸡 犬

今年洞庭山民家有黄犬，生双角，长寸余。又一家有母鸡，冠尾忽长，遂化为雄，能引吭高鸣。道官薛明净闻其地一巡检说。

飞　鱼

沙湖富人丘氏，家有鱼池，近外港。夏月，大雨，水溢，鲤鱼长数尺者,率诸鱼一一飞出港而去。至暮水渐退,鱼复还,巨鲤仍在前,诸鱼从之,飞掷空中,如群蝶交舞。尝观范蠡《养鱼经》,中有鱼能飞去之说,观此信然。若去而复还,则尤异也。徐翁玹说。

蜂 化 促 织

相城刘浩性好斗促织,尝侵晨出楼门,见水滨一大蜂,以身就泥中,展转数四,起集败荷叶上,心怪之。还过其地,见蜂犹在,身已化为促织,头足犹蜂也。持归养之,经日脱去泥壳,则纯变矣。健而善斗,所当无不胜者。物类之相感化固然。

人 疴

弘治中,常熟县民妇生儿,一身两头,出胎即死。人争往观,有与之钱者。民贫,觊久得利,乃腌而藏之。乳医周媪者为予言,曾为人家看产儿,有四头连缀一项,惊惧杀之。媪秘其家姓,不肯道。

穀 亭 狐

弘治中,杭州卫有漕船自京师还至山东,时冬天河冻,停舟八里湾,其地去穀亭镇八里,故名。一日薄暮,有妇容服妖冶,立岸上,呼兵士为首者求寄宿,曰:"儿此间镇上人,将归母家,日暮不能及,如见留,不敢忘报。"兵拒之,妇不肯去。天益暝,请益亟,言辞哀婉,兵不觉应曰:"诺。"即留之宿。兵所卧处仅与隔一板,中夜,妇呼腹痛,娇啼宛转,兵闻之心动,乃自起煎姜汤与饮。稍逼就之,妇殊不羞拒,兵遂与狎,绸缪倾倒,良以为奇遇也。五更,天大雪,妇辞归,谓兵曰:"儿家去此不远,君有心者,儿今夜当复来耳。"兵曰:"幸甚!"以绣枕顶一副,并所市猪肝肺遗之,云:"子可持归,作羹奉母也。"妇起,凌雪而去。兵寝,日晏未起。时舟中诸人皆知之,或起循其去路,视积雪中乃有兽迹数十,大怪之,共计曰:"彼美而尤,且侵夜来,未明辄去,宁知非妖乎?"呼兵起讯之，初尚抵讳，引登岸，指雪迹示焉，乃大惊吐实。相与到镇上访之，居人或云："此地有数百年老狐，变幻惑人多矣，君所遭者，将无是乎!"亟返舟，集众持器械、薪火而行，逐其迹至野外，转入幽邃，迹穷，见大树可数抱，中穿一穴，枕头、猪肝皆挂树枝上。众喜曰："此必狐窟也。"环而围之，投薪穴中，烧爇良久，一狐突烟而出，众格杀之。兵神痴旬日，乃平复。

真 武 显 应

松江富人丁生者，壮年无子，其妾有妊，丁祷于所事真武之神云："如生男，长成当亲携上太岳烧香，以谢神贶。"已而果得男。长至六岁，丁与妻妾谋将践誓言，皆以子幼道险，欲更须数载。丁以初心不可违，强欲一行，从两仆携其子而往。甫至，舍于旅邸，其子忽疹，数日竟死。丁悲恸，怨曰："吾父子至诚，数千里而来，神不赐福亦已矣，而更使得此祸乎!"又数日，痛稍定，乃登山，留儿枢旅邸，嘱邸翁善守之。越三夕，两仆来诣翁，以主命载其棺而去。诘朝丁至，问棺所在，翁具言仆故，丁讶曰："两仆从我上山，今尚在后，安得有此?"仆至，翁面质之，亦骇愕，疑翁有他故，矢天自明。丁大恸曰："吾违妻妾之言，强以吾儿来，今既死，又并骸骨而失之，吾归，何以见家人也，吾有死而已!"既入舟，日常涕泣不食，奄奄殆至灭性。同归者多加宽慰，使进食。抵松，未至家数里，遣一仆先归报。入门，主母出，盛怒诉其夫曰："汝唯一子，行数千里，忍令他人挈归，于汝心安乎!"且责仆以不谏其主。仆惊，不知所对，乃奔告其主。主大怪之，即舍舟趋至家，妻妾交口出骂。问其故，乃言："旬日前昏时，有船泊岸，二客携儿入门，言吾辈武当烧香遇，而主为事少羁，付此儿先送回耳。"丁大骇，呼儿出看之，疹瘢犹在面，却道前事，皆不信，请同归者证之，始知其非妄。问儿所以生，懵然不知也。右二事，鲁百户说。

牛䴗

今年六月，巡抚淮扬等处都御史丛兰奏，所管滁州鲍千户家母牛生一犊，两头八足，两尾共一背，出胎即死。邸报云。

白　乌

大名府元城县一富民，所居庭中甚广阔，植枣树百余本，上有乌巢累数百。弘治甲子，一巢中生白雏，偶坠地，民家收养之。及长，莹洁如雪，循狎可爱。时孝肃皇太后初上仙，以此为上谅阴纯孝之感也，劝使表献之。朝廷却不受，还而道死。张参政纲说。

楚　巫

楚俗好鬼，最多妖巫，变幻不一，人称曰"师公"，敬畏之甚。武冈州有姜聪者尤黠，为城隍庙祝庙，与南渭王府近。王一日脱足缠，为风吹至庙，聪得之，谓其妻曰："衣食至矣。"杀鸭取其首，裹以足缠，铁钉钉之，置神座下，禁咒之。王登时足痛，至废寝食，延群巫日夜祷祠，终不止。他日，聪托献，亲往问疾，自言能治。一内竖出私财，具牲牢，请聪为王作福，而去其钉，足痛顿瘳，获谢物不赀。又旬余，复依前钉之，王疾如故，又召聪祷而止。自三月至岁且尽，疾时一发必命聪祷，祷罢辄愈。王心疑之，乃谓聪："来年将大祭城隍，必厚劳汝。"及是，王故过期不祭，痛辄大作。使人约当以某日祭，则复洒然矣。王烛其奸，召至，留之，使校设诱其妻，得三物以献。王亲鞫聪，始犹抵拒，出其物示之，乃具服。狱成，驰驿奏闻，有旨囚妖人送京，至临清毙焉。于时诸巫大抵皆恣横，人家有少酒食，巫经其门，必留享之。或不肯往，便持送其家。不然，辄得祸。如出而求利，遇巫于道，恳乞一善言，所获必丰，否则多亏败。反唇举目间，皆能为祸福。其党类亦自多仇疾，互以术相轧。新死卒未能棺殓，则延巫作法，以衣裾承尸气野外散之，经月不稍腐，谓之"寄臭"。来破其法者径入视，尸臭便作矣。有知者谓：其教中以尸化作一物，如化鲤鱼，置崖间，以冰覆之。破法者直用火销却冰，尸自坏臭。唯化作沉香，则诸物莫可害，然火亦能爇之。岷王府出丧，柩重不举，益数十夫犹然。呼师公解禳，逡巡即行。巫云："某巫以宿憾，移一山置棺上，适已为扶去矣。"其诡诞可恶如此。自姜聪之败，此辈始为稍稍敛戢云。乡人吴用侍其父教授岷府，数目击其事。时府校有李武者，亦多变幻。用尝试其术，见鹊止屋上，令取之。武默诵咒，鹊旋至其前，徒手得之。武云："是须邂逅用之则可，若豫畜获禽之念，则终日不能一二也。他物皆类此。"又云："其术过洞庭湖则不能大验，亦非乐为是。大抵如闽广所用南法，及梓匠厌胜术，以先世传习，故不免为之尔。"吴用者，颇善谈怪，后四事并是渠说。

杨　宽

真定之咸宁县学，有斋仆杨宽者，尝因公宴掌酒，见墙角旋风二团，回环不已。宽意旋风中多有鬼神，试沥瓢酒酹之，一风顿息，又酹一瓢，亦然。他日，宽与同辈四人诣东岳烧香，遇二卒山下，青衣白襕，邀而揖之曰："我受君惠久矣，未有以报，能同过酒家少饮乎？"宽罔识其人，意必误也，漫应之，同入肆饮罢别去，并不曾询其姓名。同辈问之，宽以不识对，皆笑之。既而登山游观庑下，至一神祠，二塑卒状貌俨如向所见者，相顾大骇。宽自以遇鬼，悒悒不乐。还故处，仍见二卒，谓宽曰："君毋庸疑我，我非祸君者。颇忆往岁事乎？我二人岳帝座下从者也，奉使贵县，行路饥渴，中得君二瓢之赐，甚惬所愿。昨有事西山，偶获相遇，故以杯酒答谢耳，非有他也。"言讫，瞥然不见。宽归，亲为人说。

方　卵　猕　猴

弘治末，南昌艾公璞巡抚江南。苏州属县崇明申报：本县民家有鸡生卵而方者,异而碎之,中有一猕猴,才大如枣。艾公以告巡江都御史长洲陈公璲,欲同奏于朝。陈公曰:"妖异诚当以闻,然其物怪甚,度已不存矣。万一柄臣喜事者以诏旨进,何以应命?"艾公乃止。吴用见其文移云。

雀　报

镇江卫左所军士范某,妻患瘵疾濒死,遇道人与之药,云:"用雀百头,以药米饲之,至三七日取其脑,服之当差。然一雀莫减也。"范如数买雀养之,有死者则旋买之以充数。未旬日,范以公差出,妻睠雀叹曰:"以吾一人,残物命至百,甚不仁也。吾宁死,安忍为此!"开笼放之。夫归,怒责其妻,妻亦不悔。已而病差。初,久不产育,是年忽有妊,生一男。男两臂上各有黑瘢,宛如雀形,一飞一俯而啄,羽毛分明,不减刻画。盖冥道以此示放雀报云。

于　梓　人

于梓人者,湖广武冈州人。其父尝夜梦梓童神,遂能雕塑神像,极于工致。梓人生七八岁,眉目如画,资性聪警。其州将爱之,因其父艺以梓人名之。《湖志》作子仁,恐误。及长,有隽才,且多异术,举洪武乙丑进士,历知登州府。部民有诉其家人伤于虎者,梓人命卒持牒入山捕虎,卒泣不肯行,梓人咨之,更命他两卒曰:"第焚此牒,山中虎即自来。"两卒不得已入山,焚其牒,火方息而虎随至,弭耳帖尾,随行入城,观者如堵。虎至庭下,伏不动,梓人厉声叱责,杖之百而舍之,虎复循故道而去。寻为部民告讦,以为妖术惑众,有诏逮梓人下吏治之,数月瘐死狱中,弃其尸,家人发丧成服。一夜,忽闻扣门声,问为谁,答曰:"身是梓人也。"家人惊曰:"鬼也。"曰:"吾实以间逃去云,死者诈也,勿疑。"家人不信,谓鬼衣无缝,验之乃不然,遂内之。梓人不自晦匿,日与故旧游宴,或泛舟,不用柂楫,逆水而上以为乐。里人刘氏,其怨家也,执而絷之,白知州伍芳,请奏闻。芳异其事,不许。刘遂诣阙告之，朝命法官来州推按，未至，一日忽失梓人所在，但存铁索而已。刘无以自明，竟坐欺罔得重谴，而梓人自是不复见云。梓人自号七十一峰道人，词翰遒逸可观。吴用藏其所制《游太山歌》一纸，予尝见之。

老　　盗

嘉兴金晟，永乐中为刑部主事。时湖广有强盗若干人，械至部，晟鞫之。其渠首年一百二十五岁，面如童子，晟不信，移文验之，果然。问其所以致寿，曰："少居荆山中，尝遇一人，以草炙其脐，云：'令尔多寿。'遂活至此耳。"朝廷以其老，命杖杀之，余皆伏诛。

卷第九

异 人 占 星

孝陵在御,多好微行,以察人情之向背。尝以夜出,暂止逆旅,枕石眠草藉上。中夜,有两人起共语,上潜听之。一人在庭中,一人在室中。庭中人呼室中人曰:"今夜此翁又出矣。吾视玄象,当在民舍中,头枕石,脚揣藉而卧。"室中人笑曰:"君得无误耶!"上闻而异之,即以首足易位而寝。俄其人亦至庭中曰:"君果误矣,此翁头枕藉,脚揣石耳。"上听之,不觉汗浃于背。即夕还宫,购求两人不可得,是后微行稍稀。此与汉武帝微行遇书生事相类。

金 箔 张

国初,有金箔张者,山西人,自幼多技能。尝以乡人不善金箔,往学于杭,归以授之,用此得名。一日,经河南济源,其神号灵异,人有乞贷帛者,随所须浮出水。张见之曰:"是恶足言神,盖伏机耳。"归即凿池,仿其制为之,已而果然。每客至,玩以为戏。尝遇道人,引之观池,道人曰:"吾亦有小术,君当至吾所观之。"翌日天未明,张见空中两童乘一龙,复控一龙下其家,请张升龙。龙不服,两童鞭之,乃得上。须臾至一山,草屋三间,道人坐其中。张再拜请教,道人指庭中曰:"此有丹在,子可取之。"张周视无所见。令再寻之,终无获。道人问曰:"此庭东南角不有物乎?"张对曰:"但见大粪耳。"道人乃叹曰:"子无缘,且当留形住世耳。"又曰:"此中甚寂,子欲避名,可移家同住也。"居月余,颇得道人底蕴。一日,偶出散步,少顷回顾,唯空山而已。询之人,乃在大同城外。张归,不以道自名,犹来杭剥金,旦乘驴而至,暮则还家,倏忽数千里。或缚草为龙,跨之而行,归则以挂房檐间。时作戏术以娱人，每适市，人争随求观。孝陵闻之，召至阙下，而责以妖术聚众。张谢曰："臣非妖术，特戏术耳。"上欲试之，张出袖中小铜瓶，以汤沃之，瓶口出五色云，充满殿庭。上悦，欲尽其术。时正腊月，命开荷花。张请驾至金水河，索干石莲子乱撒池中，顷刻花开满池，香艳可爱，上亦为嗜嗜。张索纸剪为一舫，置之水，蹈而登焉，鼓棹放歌，往来花丛中。倏忽转向岸，即失所在，而荷花亦无有矣。亟命四远索之，竟不可得，后莫知其所终。

盛 御 医

盛御医_寅字启东，吴江人。少从隐士王宾学医，永乐中以解户赴京。时上患二肢痹弱，侍医以痿症治之，累年不效。或以寅荐，召至，待命阙下。一内侍微疾，请切脉，辞曰："未见至尊，安得先及公乎？"内侍服其言，入奏云："此医人大有分晓。"因道寅语，即传宣入便殿，指上脉叩头曰："此风湿也。"上大然之，曰："吾逐胡出塞，动至经年，为阴寒所侵致此。吾谓是湿耳，诸医皆误，汝言是也。"药进立效，遂授官。后事仁、宣两朝，皆被眷遇。宣宗尤爱之，尝对御令与同官弈，特赐诗以示宠异。他日，寅晨入御药房，忽头痛昏眩欲绝，群医束手，莫知何疾。敕募人疗治，有草泽医请见，投药一服，逡巡却愈。上奇之，召问所用何方，对曰："寅空心入药室，卒中诸药之毒，能和诸药者，甘草也，用是为汤以进耳，非有他术。"上诘寅，果未晨饔而入，乃厚劳其人云。

奇 疾

齐门外临旬寺，有僧年二十余，患蛊疾，五年不瘥而死。僧少而美姿貌，性又淳谨，其师痛惜之，厚加殡送。及茶毗，火方炽，忽爆响一声，僧腹裂，中有一胞，胞破出一人，长数寸，面目、肢体、眉发无不毕具，美须蔚然垂腹，观者骇异。_{其师亲为医者陆度说。}

黄 村 匠 人

吴山之西黄村,匠者王某夜归,逢一人,青衣白束腰,如隶卒状。问所之,曰:"欲至黄村。"匠人喜曰:"身亦却归黄村,今相得为伴,甚佳。"便与偕行数里,卒指道旁民家谓匠曰:"君亦思酒食乎? 吾能于彼取之。"匠曰:"善。"卒入门,少选携一镟酒及一熟鸡来,共坐地上食之。毕,谓匠曰:"君姑留此,我入此家了少公事也。"匠即取镟纳著柴积中,立伺之。俄见窗里掷出一人,手足束缚,继而卒自窗跃出,负之而去,其行如飞,便闻门内哭声。匠知非人,惊而奔回。明日往验之,乃知其家主翁昨夜死矣。问:"得无失物乎?"乃云:"昨祭五圣,失去一镟酒,一熟鸡。"匠告以夜来所见,不信,探柴积,得镟、鸡骨犹满地,始悟其为冥卒也。

吴 恂

乡人吴恂,从其妻之诸母周氏借白金千五百两,而不立契券,实欺之也。既久,遂负不还。周陈于官,为恂行赂不能直而罢。周忿,供城隍神,日祝云:"令彼谋财者红蛆出,白蛆攒。"盖吴俗诅咒语也。已而恂妻得疾,常觉面奇痒,搔之,得物如筋,蠕蠕而动,如此日复数四,其色红白不一,而面初无创损也。人以为果报云。右二事,子远之氏。

北 斗 经

昆山魏泾清伯,弘治己未病疡,医工误针其足胫,胫肿痛,积久遂不良于行。夜梦白髯老人告曰:"子病若此,亦知诵《北斗经》乎?"问曰:"诵之何谓?"曰:"不唯愈病,且益寿。"梦觉,意颇不信。诘旦,有道士来问疾,谂之曰:"诵《北斗经》何功?"曰:"却疾延年。"其言与所梦合,乃悟而持诵,日必三过。久之,足瘳。今年及八旬,齿发如少壮,犹日诵经不辍。姊夫姚思慎说。

人　　瑞

汝宁秀才燕生者，妻一乳三男。吾乡陆钟人杰知光州时，尝以公事适府城，过其家。生呼三男出拜，皆韶秀而形状衣饰略无少差，其髻一向左，一向右，一在顶中。生云："其年皆十二矣，以貌类难别，故剃发为髻以识耳。"他日，生率三子来州谒见，云："闻此地有一胎三女者，与吾儿同年，欲求为配。"人杰奇之，召见其人，为议而聘焉。

犬　　精

弘治中，兖之鱼台县有民家畜一白犬甚驯，其主出行，犬常随之。他日，主商于远方，既去，犬亦不见。经两三日，主辄归，妻问其故，曰："途中遇盗，财物都尽，幸逃得性命耳。"妻了不疑，周旋阅岁。其真夫归，形状悉同，不可辨。两人各自争真伪，妻及邻里不能明，乃白于县。县令逮两人至，亦无如之何，皆置之狱。县一小卒闻其事，以语其妻，妻曰："是不难辨，先归者殆犬精也。欲验之，当视其妇胸乳间有爪伤血纹，即是矣。盖犬与人交，常自后以爪按其胸故也。"卒以白令，令召其妇问："尔家尝有犬乎？"曰："有白犬，前随夫出矣。"裸而视其胸，有血纹甚多。令知为怪，密使人以血洒其伪夫，即成犬形，立扑杀之。令从容问卒："汝计善矣，何从得之？"谢曰："吾妻所教也。"令谕之曰："汝妻不与犬通，何缘知此？汝归第密察之。"卒归看，妻亦有纹，比此妇尤多。以令语责之，妻穷吐实，乃知亦与一犬通故也。妻惭自缢死。吾乡陈都御史璚，时奉使彼中，得其案牍。周郊说。

雷　谴　道　士

玄妙观李道士，早岁颇精于焚修，晚更怠忽。尝上青祠，乘醉戏书"天尊"为"夫尊"，"大帝"为"犬帝"。一日，被雷震死，背上朱书二行可辨，云："夫尊可恕，犬帝难容。"事在天顺、成化间。陈崇仁说。

曾　状　元

　　泰和曾状元彦老于举场，成化戊戌，年且六十，乃魁天下。是科，殿试馆阁诸公阅卷竟日，未得超拔之作，最后眉州万公安得曾公卷，亟赏叹，以示众。众传观，皆钦服，谓文宜第一，特未见其貌。故事：将赐第前一日，集诸举士于礼部阁老堂中，呼名阅其仪观。及是呼至曾公，文康属目，觉其秀伟尤异于众，喜谓诸公曰："得人矣。"魁选遂定。迨胪传出，则貌寝多髯，与前不类，文康为之愕然。退取其策读之，亦平平无奇语，以示诸公皆然。乃大惊叹，以为有神助云。长洲郑长史之子泰说。盖状元尝受业于长史也。

腾　冲　龙

　　正德某年，云南腾冲龙卫地震。其初，日数十度，渐至十余度，后至一二度，凡半年乃止。有一山倾为平地，一村坊居民数十家皆陷没入土中，余以震压死者不可胜数。民无宁居，皆即空旷处构庐舍以自庇。举人汪城者，家人尽宿后圃，夜半有龙见于圃中八仙桌上，头角尾爪悉具，其色白，若粉所画，扪之鳞甲刺手，但不觉其蠢动耳。居数日，来观者众，汪氏恐为家祸，取狗血涂之，乃灭。长洲丁训导说。

陨　石

　　成化中，星陨于山东莒城县马长史家门中。初堕地，其光煜煜，而星体腐软，特如粉浆。马家人以杖抵之，没杖成穴，久而渐坚，乃作一石。嘉兴焦通判说。

尤　弘　远

　　乡人尤弘远居东城，其邻庄氏有女奴与相悦，私交信问，愿托终身,后得嫁为远妾。远妻妒悍,日虐之,又为诸厌胜法咒诅于神,欲使速死。居无何,妾果病卒。又岁余而妻病,久不瘳,厌厌床褥。家人倦于侍,乃呼一里妪使相伴。及夜宿,见一女子红裳绿衫,冉冉行至远妻床前,视之乃其妾。指妻身诨曰:"我命未合死,尔多为咒语。令我夭殁。情理惨虐。我今控诉,已得理明于岳司,必追汝抵命。明日晚间,令汝腰痛,定去矣!"言讫而灭。妪平日往来尤氏,熟识妾貌,其衣乃殓时所服也,闻语甚恐,不能寐,天明即去。又两日来问讯,则远妻果以次日之暮死,死时呼腰痛,妪乃具言所见。远闻之,心念妾冤,而其妻往日所许誓愿,及文书之类甚多,必为己累,甚忧之。素奉道,乃日持诵《玉皇经》凡数百部。谋建法事,择主行者祷于所事真武,以环珓卜之,连举数人皆名流,不许,最后举玄妙观沈道士,乃得之。因大建水陆道场数昼夜,备极诚洁,欲以谢前过。后远得病,昏迷中见隶卒持帖来勾摄,远随而行,路皆昏黑,到一大门阙下,扁曰"岳府"。入门,隶捽远跪于殿庭上,王者叱问:"尔妻扳诉尔同为咒诅,致妾非命,尔知罪乎?"远叩头谢非己过,王者呼左右押尤妻妾来证之,卒奉命去。少选押至,皆囚首桎梏跪阶下。王使对辨,往复甚苦。久之,妻辞屈,妾亦具言罪不在夫。王者震怒,叱其妻曰:"尔之为人正室,生既妒虐,强渎鬼神,死复诬诳,妄干官府。尔罪容可逭乎?"便令卒押送酆都,仍释妾囚,判送受生案。王呼远曰:"尔虽不知情,然此妇人所为咒诅,文书甚多,如何破除?"远未及答,王案旁一绿衣判官白王曰:"高真处已有文书来,与准折过矣。"王令吏检看,乃启一橱,橱中文书丛沓。吏抽一卷呈王,王览之,俾授远。远惶惧中不暇细读,但见朱字数行在纸尾。王曰:"文移酆都当云呈,今乃云咨,误矣。此虽行持者之过,然亦汝责也。"远不知所对。俄而甲胄者二神将见庭中,远视之,一关公,一心将王灵官也。灵官顾王曰:"此亦小失,不足问。"王颔之。灵官以足蹴远背曰:"去!"遂得出。复行冥晦中,路数折,人一司,僧六人坐其中,呼远诘问王者言:"且还,当入五瘟司去。"远曰:"吾不知所谓五瘟,但闻先天一气耳。"因具言高真赦罪之故。僧曰:"然汝知奉道,而忘却佛耶?这边利害亦非细,汝今得归,到家宜急延年高有德僧六员,诵《法华经》六部回向,乃可消灭宿愆也。"命放出，遂得活，死已逾日矣。即请六僧，皆年七十以上者，诵经如数。迄今每月朔，常持念经忏，虽极冗不废。邓铠说。

猫　王

福建布政使朱彰，交趾人，而寓于苏。景泰初，谪为陕西庄浪驿丞。有西蕃使臣入贡一猫，道经于驿，彰馆之，使译问猫何异而上供。使臣书示云："欲知其异，今夕请试之。"其猫盛罩于铁笼，以铁笼两重，纳著空屋内。明日起视，有数十鼠伏笼外尽死。使臣云："此猫所在，虽数里外，鼠皆来伏死。"盖猫之王也。谢训导瑞说。

昭陵银兔

陕西九嵕山，唐太宗昭陵在焉。尝有醴泉县村民取薪于山，见白兔突起草中，异而逐之。兔跃入巨穴，民不觉失足，亦坠焉。乃入隧道中，颇觉黯黑，其旁累铜缸十数，皆盛油，设关捩流注。最下一缸中宿火，其窍有碍，油不下，火荧荧欲灭。民为通之，火复明，向所逐兔宛然在旁，乃银铸者，上有刻字云："拨灯火，赐银兔一个。"民视四周，积金银珠贝瑰丽万状，再拜请曰："小人贫，所赐不足以赡，愿更益之。"于是恣意所取，怀挟将出而路迷，跬步莫辨，便舍之，乃复有门豁然。遂携兔而出，隧门随闭，仅有微罅。民归，邻居恶少年闻之者，竞到陵所，迹其罅掘之，杳不可穷。事觉，皆被逮系，民亦几坐谴云。

梁　泽

三原县按察分司素多怪，居者辄死，使官莫敢入。士子梁泽以气自负，常谓诸友："吾能宿此。"诸友出钱与赌之，泽许诺。以夜入，坐堂上。三鼓月色明朗，闻庑间有人切切私语，若相推而前者，久之不至。泽便厉声云："何不速来。"俄有三人列跪庭下，稍前者一青衣，次亦一黄衣，一白衣，貌色不可辨识。泽骂曰："老魅敢数害人！"青衣答曰："非敢然也,乃见者自怖死耳。"泽曰："汝何为者?"青衣曰："我笔也。"问居何在,曰："在仪门屋上第三瓦沟中。"问黄衣,低回未言,青衣代答曰："彼金钗也,在庭中槐树下。"问白衣,曰："我剑也,在堂东柱础下。"泽曰："汝等今来为欲相苦耶?"皆曰："不敢。"共献一纸曰："此公一生履历也,今报公,令前知。"泽受而麾之,曰："去。"三物各投所言处,一时都灭。泽便卧。达曙,诸友忖谓必死,来见之,惊。泽为说向所见,未信,去,将人操锸来,按次求之,尽得三物。出其纸,如故楮币,都无一字,及夕,映视之,迹了然。从是廨中永无害怖。泽后登第,为御史,成化间巡按山东,以监试事迕误谪官,卒如其纸上语。

黑眚

　　黑眚者,陕西按察司隶也。洪武中,有按察使适当朝觐诣京,籍其从者名,黑眚豫焉。俄一夕病死,使将择代者,更造其籍。是夕,恍见黑眚跪白曰："籍无庸改也。小人虽死,尚能事公。所患潼关难过,公但于关外大呼吾名,即出矣。"许之。比行,所经驿传,百需皆备,诘之则云："适有隶报公将至,乃令治具尔。"问其状,曰："肥短而黑。"使心知其黑眚也。出关,呼其名讫,便闻鬼语云："某已出关矣。"自陕护至淮安,谢不肯行,曰："都城隍严,某不敢入京师,当止此以候公。"使入朝,以事收下吏。久之,黑眚遂降于居民,言："吾黑眚大王也,当血食此土。"乡民翕然信之,为立庙,凭巫言祸福甚验,祷谢无虚日,巫积所施予至数百金。岁余,使事白,复官。将渡江,黑眚下教于巫曰："某日某官将至,具宴犒,而所有金悉归之,不者吾且罪汝。"巫不得已往迎焉,以金献。前一日,使已见黑眚来白己曰："公谨无泄吾名,惧不为福。"巫至,始受其献。巫不解神意,数问焉,不答。巫随行数百里,固请之,乃以实告。巫悒归,以语乡人,相率投词都城隍诉之,毁其庙,灵响遂绝。

蝎　魔

西安有蝎魔寺,塑大蝎于栋间。相传国初有女子素不慧,病死复生,遂明敏,以文史知名。时有布政适丧俪,客以女为言,遂娶之。月余日,布政方视事,有所须,使阍人入私廨取之,呼夫人不应,但见老蝎大如车轮,卧于榻。阍惊而出,以白焉,不信,叱为妖妄。阍请曰:"他日相公下堂,愿无謦咳,密掩之,必可见也。"如其言,果见老蝎伏榻上,展转间又成好女子矣。虽抵讳,而词意颇羞涩,已而忽失所在。是夕人定,乃出拜灯下曰:"身本蝎魔,所以夤缘见公者,非敢为幻惑,欲有求耳。公能不终拒,乃敢输情。"许之,乃曰:"昔为魔,得罪冥道,赖观音大士救拔,免其死。因假女尸为人,幸获侍左右,觊公建一兰若,以报大士之德耳。今丑迹已彰,幸公哀怜!"布政颔之,女子遂隐。他日,乃命所司建寺,至今存焉。右四事,张训导说。张,陕西乾州人。

胡　弘

宁波儒士胡弘,字任之。少时受术于江右日者张生,力学勤苦不厌。正统初,游杭遇老翁,自称汴人,深于《易》理。弘从之游,尽得其秘,由此以卜筮名。景泰初,从张都御史楷征闽寇,在军中所言多奇中。后至苏,士大夫多从问休咎。儒士杜琼年暮,数失子,筮得《鼎初爻》云:"子爻逢旺,当有二男。"赵御史忠筮得《坤》之《师》云:"当发策决科,司风宪,至某年月日罢官,且生子。"祝参政灏筮得《比》二五爻动云:"君臣庆会,必居黄门近侍,转任大藩。"后皆验。杨尚书翥筮得《复》之六二言:"公至中年方有奇遇,若官三品,寿九十;官二品,则差减四五年。有子亦沾禄。"未几,果以潜邸旧恩,累进大宗伯,卒年八十五,子亦以荫授吴县主簿。如此千百皆中。尤善相字,尝遇二士于途,将赴乡试,问得失。弘云:"二君一当中,一有服阻。"皆不以为然。已而一丧父,不得入试,一领荐。或问之,弘曰:"丧父者问时,适有人汲水而过,水与立,'泣'字也,故知其当有哭泣之戚。领荐者问时,偶有人立于旁,成'位'字,故知其必中。"又有士人应试,书'串'字问之,弘云:"君不唯中举,兼擢进士。'串'字者,二中也。"别一士闻其语,亦书'串'字以问。弘云:"君且勿言科名,当忧疾病。"其后二人一连捷,一得重疾。弘云:"前问者出于偶尔,后问者从而效之,则有心矣。'串'下加'心',故应得患也。"其术大抵如此。

瑞　　莲

正统戊午,吴县学池中莲一茎三花。巡抚周文襄公见之曰:"行有当之者。"明年而施修撰槃以县学生状元及第。成化辛卯,苏州府学池中莲亦一茎二花,明春有甘露降于学之桃树上。越两月,而吴文定公宽为状元。又吴人旧传云:"穹窿石移,状元来归。"弘治丙辰,状元为今朱学士希周。前一岁,城西穹窿山风雨中有大石自移,时学士公犹为诸生云。

人 妖 公 案

都察院为以男装女魇魅行奸异常事。该直隶真定府晋州奏:犯人桑冲,供系山西太原府石州李家湾文水东都军籍李大刚侄,自幼卖与榆次县人桑茂为义男。成化元年访得大同府山阴县已故民人谷才以男装女,随处教人女子生活,暗行奸宿一十八年,不曾事发。冲要得仿效,到大同南关住人王长家寻见谷才,投拜为师。将眉脸绞剃,分作三柳,戴上鬏髻,妆作妇人身首。就彼学会女工,描剪花样,扣绣鞋顶,合包造饭等项,相谢回家。比有本县北家山任茂、张虎、谷城县张端、大马站村王大喜、文水县任昉、孙成、孙原前来见冲,学会前情。冲与各人言说:"恁们到各处人家,出入小心,若有事发,休攀出我来。"当就各散去讫。成化三年三月内,冲离家到今十年,别无生理,在外专一图奸。经历大同、平阳、太原、真定、保定、顺天、顺德、河间、济南、东昌等府,朔州、永年、大谷等共四十五府州县,及乡村、镇店七十八处。到处用心打听良家出色女子,设计假称逃走乞食妇人,先到傍住贫小人家投作工。一二日，使其传说引进，教作女工，遇晚同歇，诳言作戏，哄说喜允，默与奸宿。若有秉正不从者，候至更深，使小法子，将随身带着鸡子一个，去青，桃卒七个，柳卒七个，俱烧灰，新针一个，铁锤捣烂，烧酒一口，合成迷药，喷于女子身上。默念昏迷咒，使其女子手脚不动，口不能言。行奸毕，又念解昏咒。女子方醒，但有刚直怒骂者，冲再三陪情，女子含忍。或住三朝五日，恐人识出，又行挪移别处求奸。似此得计十年，奸通良家女子一百八十二人，一向不曾事发。成化十三年七月十三日酉时分，前到真定府晋州地名聂村生员高宣家，诈称是赵州民人张林妾，为夫打骂逃走，前来投宿。本人仍留在南房内宿歇，至起更时分，有高宣婿赵文举，潜入房内求奸。冲将伊推打，被赵文举将冲摔倒在炕按住，用手揣无胸乳，摸有肾囊，将冲捉送晋州。审供前情是实，参照本犯立心异人，有类十恶，律无该载。除将本犯并奸宿良家女子姓名开单，连人牢固押法司收问外，乞敕法司将本犯问拟重罪等因。具本奏。奉圣旨："都察院看了来说。钦此。"钦遵：臣等看得桑冲所犯，死有余辜，其所供任茂等俱各习学前术，四散奸淫，欲将桑冲问拟死罪。仍行各处巡按御史挨拿任茂等解京，一体问罪，以警将来。及前项妇女，俱被桑冲以术迷乱，其奸非出本心，又干碍人众，亦合免其查究。成化十三年十一月二十日，掌院事太子少保兼左都御史王等具题。二十二日于奉天门奏。奉圣旨："是这厮情犯丑恶，有伤风化，便凌迟了，不必覆奏。任茂等七名，务要上紧挨究，得获解来。钦此。"右得之友人家旧抄公牍中。

卷第十

升遐之兆

弘治十七年，苏城鳄诸卷俗呼钻龟巷。有百姓病死，到地府见阎君。披籍看之，言："汝算未尽。"放令却回。其间宫室服用尽如人世，但怪王及吏卒皆着缟素，私问之，人云："阳间天子崩故，为带孝耳。"百姓得活，私为所亲说之。越明年五月，而至尊厌代。按《玄怪录》，高安尉辛公平，元和末遇阴吏之迎驾者，与俱入寝殿，见上升舆甲马，引从而去。后数月，乃有攀髯之泣。今此百姓所见，亦隔越半岁，其事略同。

诚 意 伯

诚意公佐命之功，追踪文成，而时罕传记。至其学所师承，亦无能言之者。或云师九江黄楚望，更考之。予乡人顾梗知青田县，与刘翁游，为诚意之末孙，能通其家学。为梗言：诚意未遇时，知青田山有灵异，日手一编，面山而坐，目不暂释。经岁，忽崖上豁开二扉，公呕掷书趋入，闻有呵之者曰："此中毒恶，不可入也。"公不顾，极力排而进。其中日色明朗，有石室方丈，壁上见七大字云："此石为刘基所破。"公喜，引巨石推之，应手折裂，得一石函，中有古钞《兵书》四卷。怀之出，才转足而壁合如故。归诵之，甚习，然犹未得其肯綮。乃多游深山崇刹，以访异人。久之入一山寺，见老道士凭几读书，知其隐者，拜之请教，道士不顾。公力恳之，道士举所读书以授曰："读此旬日能背诵，则可；不能，姑去。"书厚二寸，公一夕记其半，道士惊叹曰："子，天才也！"遂得其学。后佐高皇帝，尝对御言及道士。上令驿召至阙，年且八十而容色甚少。命与诚意及张铁冠择建宫之地，初各不相闻，既而皆为图以进，尺寸若一。上欲留之，不可，遂放还山，不知所终。又言，公疾革时，语其子云："吾家封爵当中绝，然至五世后，应得武职，从兹可传继矣。"至孙荐袭爵，后果被革。弘治初，诏录公后为处州指挥使，正五世矣。时嫡孙以罪系狱，有司脱桎梏而冠服之，人以为奇遇。顾楱为子远说。

上 梁 日 时

诚意公尝过吴门，中夜闻邪许声，以问左右，曰："人家上梁也。"又问其家贫富及屋之丰俭，曰："贫家，数楹屋耳。"公叹曰："择日人术精乃尔。"又曰："惜哉，其不久也。"左右问故，公曰："此日此时，上梁最吉，家当大发，然必巨室乃可，若贫家骤富，必复更置此屋，旺气一去，其衰可待也。"其后此家生计日裕，不数载，藏镪百万，果撤屋广之。未久，遂贫落如故。

义 象 行

洪武中，林膳部子羽尝作《义象行》曰："有象有象来天都，大江欲渡心次且。诱之既渡献天子，拜跪不与众象俱。象奴劝之拜，怒鼻触象奴。赐酒不肯饮，哺之亦不铺。屹然十日受饥渴，俯首垂泪愤且吁。天子命杀之，众官束手莫敢屠。侍卫传宣呼壮士，披甲各执丈二殳。象战久不克，兵捷象乃殂。忆昔君皇每巡幸，象当法驾行天衢，珊瑚错落明天珠，被服美锦红氍毹。紫泥函封载玉玺，万乐争拥群龙趋。玉玺归沙漠，龙亦归鼎湖。所以老象心，南来誓死骨为枯。嗟尔食禄人，空负七尺躯。高高白玉堂，赫赫黄金符，伊昔轩冕今泥涂。嗟尔食禄人，不若饭豆刍。象何洁，尔何污。天子垂衣治万世，俾全象德行天诛。呜呼，象兮古所无，呜呼，象兮古所无！"

张 潮

苏学生张潮惟信，戊寅十二月二十八日得寒疾死，年止四十二。

其女痛父之殁，号恸陨绝，良久复苏，云：见父服朱袍，张黄盖，后二人青袍青盖，皆乘肩舆，从者数十人，呵殿而行。女望见父在舆中，呼问所之，曰：“吾今为衢州知府，以正旦到任，故急行耳。”女垂涕问曰：“父今做官，母女孤零无依，何不挈之俱行也？”潮亦泫然曰：“未也。汝母寿应至七十五，至期吾当自来领取。吾在彼，左右乏人，对门暑袜铺王家女子颇淑慧，吾欲取之。”又指示女曰：“二公乃同知通判，一昆山人，姓张；一太仓人，姓王，皆秀才也。与吾同选复同僚，今俱赴任耳。”言讫驰去。时王氏女正得疾甚重，未几果死。予亲友有与张潮善者往吊，闻女言如此。

王　　贯

王贯字一之，故蜀人，系籍锦衣卫，居京师。举成化丁未进士，知□□县。到任年余，有廉能称。一日，忽语其妻徐氏曰：“吾当为此地城隍，行且与尔别矣。”妻愕然曰：“君病狂耶？”贯曰：“不然。昨梦帝遣使衔命来，吾以家累多、宦业未成力辞，不得允，势必须去，期在明夕耳。”又呼其子永年嘱之曰：“好事若母，力为善人。”及明夕，漏下十数刻，冠带升堂，召吏，使鸣鼓集僚属。吏白：“深夜非时。”贯不听。鼓竟，同官毕集，贯从容曰：“予得与诸公同事，幸甚。今受帝命为城隍，不复得相周旋。荷诸公爱厚，敢以妻子为托。顾薄俸足以为装，但少赐周全，令得归故里，足矣。”同官方怪愕，贯起，向之再拜曰：“予今非狂也，今即行矣。”语讫，还内沐浴，公服端坐，呼妻子与诀，了无惨戚容。俄而自称头眩，遂瞑目而逝。及明，颜色如生。同官为殓殡，护其妻子还京师。医士陈希恩，贯妻甥也，因说张潮事及此。

斗神救灾

常熟县奚浦钱氏，大族也。正德丙寅，其族连居数房，皆被焚，火凡三夕始绝。煨烬中有小楼三楹，巍然独存，乃所谓小四房者，姑妇二人寡居，同处楼中。方火炽时，烟焰四逼，二人窘怖无措。素事斗神,但扣头求救。须臾,见朱衣者七人立檐下,举袖麾之,火应手而散,七人忽不见。姑妇拜起,则四面几无一椽留矣。庞金说。

张氏子入冥

御史张西铭希载,云南人。有季弟年十二三,得疾死,而尸不冷,家人未忍殓,三日开目复活。母询其所以,答云:"病中忽忽不自省了,但觉二吏夹持我行通衢间,人烟市肆不异人世。到一公廨,制甚卑下,吾父及伯父并立于门,见我呼问所以来。答云:'适在家,为二吏引至此。'二父且喜且悲,询家人安否,及生计甚悉。我一一答之,父曰:'儿勿忧,汝命未尽,到前司当得放还。'且示戒云:'前路人与汝汤水却不可食,食便不得归矣。'吾敬诺。吏引向一司,主者未出,庭中吏卒头面皆诡异可怖。吾见案上有一卷书,题曰《注死簿》,揭视之,首一行曰:'某日府学生周某午时死,府吏朱某戌时死。'又欲视其次,二吏见之,呵曰:'小儿那得看此!'以手掩之。已而主者出,呼问姓名,检簿看毕,叱曰:'非也,姓同名异,所追误矣。'命吏送还,仍到向处。二父犹在,喜谓我曰:'从此去可速达家。'遂循而归,不觉便活耳。"母闻其言,不甚信,遣人阴察儿所言二人。至其日,周生者晨自学舍归,及门中风,至午死;朱生晚间犹无恙,至昏时而镇守内臣过其地,朱正辖夫役,以人数不足死杖下,时刻不爽,始大异之。时希载从宦于外,母贻书令市褐纱五百匹,制僧服为儿忏悔。希载道吴江以托盛医官买之,为盛吴说如此。顾说。

杨　少　卿

长兴杨复幼有敏才。为士子时,迎提学于关外,未至,伺于土地堂中,戏取环珓祝曰:"提学即至,当赐胜兆。"一掷而珓落于梁上,不可取。即以垩书神像背云:"发武陵驿摆站。"是夜,神见梦于提学云:"公所辖士黥吾背,发为驿夫,幸公一言免之。"明日,以诘诸生,复愧谢,叱令洗去。是夕,又梦神来谢,因问:"此生一少年,神何畏之如此?"神曰:"此人他日大理少卿也。"复后登第,累官果至棘寺。在任不久,即乞致仕还乡。未至家,先遍辞亲友曰:"吾某日且逝矣。"至期,端坐而卒。复平生刚鲠自守,为乡邦推重云。

张 孟 介

湖州张廉孟介,以都御史镇云南。尝巡边徼,夜宿军营。人定后自携灯出游,顾一美妇人在旁,张惊愕,遽以灯授之,妇亦不辞,执灯侍侧。既讫,麾令前行,妇亦如命入帐。欲观书以自持而无书,偶得《大明律》读之,至五鼓不一转盼。妇不能惑,掷灯而隐,竟不知何怪。

严 尚 书

严震直字子敏,湖之骥村人。有宠高皇朝,累官户部尚书。后奉使安南,死于途,归葬郭外。他日,有舟过其墓侧,遇一老公附舟,云:"欲至骥村。"及到严氏宅前,谓舟人曰:"吾入内,使家人以钱畀汝。"乃登岸,一足践于水,濡其靴。既入,久而不出,因扣其家曰:"适有老公附舟入门,今安在?"讶曰:"无之。"顾地上,有足迹,循之,乃入家庙中,视严公像,一足靴果湿,方知是神归也。右三事湖州柳如嵩说。

木 妖

予所居临顿里中,百姓金氏有旧杨木肉杌,已七八年物。今年四月,忽生枝条十余,青色,粗逾食箸。又桃花坞徐铁匠家木凳亦生枝条,略与金氏同,近木妖也。

唐 玘

吴县吏唐玘,嘉定江湾镇人,年十八,习吏事。尝送客入城,归倦甚,隐几而卧。忽冥然如梦,见两皂衣牵马来曰:"昆山某官邀君饮。"

玘便上马驰出嘉定北门,入昆山南门,迤逦沿坏城而行。忽复有二人持牒叱曰:"吾山王遣来追违限者,汝不得复乘马。"即捽玘至地,出袖中绠,系其颈,行抵山王庙门下,入报。内传呼召入,跪于庭。神衣黄袍,插金花,侍卫甚众,谓玘曰:"知汝有吏才,特召来为我掌四殿八厢公牍。"指阶上竹笥十六,示之曰:"此皆文案也。"山王为昆城妖神,玘素知,自念一承职永不得生矣,因力辞曰:"某素不谙吏事,亦不识一字,惟大王哀免。"再三强之,固不从。神怒叱左右加刑,五毒备极,痛苦不堪,而玘执词愈坚。神无如之何,乃令行刑者提置庑下,而别书牒令人持去,追某县某人来云。约半日,追至一人,神复以前语语之,此人忻然拜命。神喜,即为易冠服,领十六笥,退入司中。神呼前两人送玘付土地祠,令转达东岳还魂。至祠,土神冠珮出受牒,自遣部下两人送诣岳祠。既到,停门外,入投牒未出,玘望之,见岳帝冠冕赭袍,据案治事,侍立皆紫衣纱帽者不知几百,而庭下往来扰扰,又数百人。玘自念,吾方足痛,恐入门不堪诸人践踏。踌躇间,忽门内有人出呼曰:"郎君何为在此?"视之,乃唐氏故仆也。玘具说前事,仆曰:"郎君当复生,吾今送归。"玘告以足痛,仆曰:"当觅一舟相载也。"扶玘至岸下一空舟,无头尾,仅有腹,掖登之,缩脚而卧。仆立舟上,不见其鼓棹,而舟自动。祠下去家约四十里,顷刻已至。又掖而升岸,回顾失仆及舟所在。入门,为门限所蹶,惺然而寤,以手扪四壁,不可出,已知在棺中也。乃以足蹴其板,家人闻而骇之,亟揭棺盖,视玘已活,距死时四十七日矣。欲扶出之,惫不可起,破棺后一板,始得出。灌以姜汁,气息才属,而双目昏暗,手足皆伤,厌厌未有生意。方谋迎医,忽有全真道士过门乞斋,闻之谓其父曰:"吾能治之,但须先灸其胸穴,若知痛乃可生也。"父喜,引入,爇艾灸之,久方燃,遽呼痛。道人曰:"生矣。"然犹不能言。道人出囊中紫药一锭,形制如墨,令研碎,以米汁调其半灌之,留半以待昏时服,药尽则能言而行矣。家人如教,治具以待。道人不食,止啖水果数颗及酒三杯而已,抵暮告去。去未久,家人觅所藏药,已失之,于是交相尤恨,以为必无生理。诘旦,道人至,告以故,笑曰:"不足惜也。"复出半锭与之,正昨所失者。家人愚,不以为异,赠以十金。道人笑曰:"我方外士,安用金为?"又以布二十四,曰:"且留之,明日来取。"遂去,竟不复至。玘得生,备述冥中事如此。<small>玘自为子远说。</small>

张 都 宪

都御史张公<small>泰</small>,肃宁人,少时貌极丑。尝得危疾,梦其父以罪被逮,当论死,己白于官,请以身代。官听之,即械赴市中就刑,挥刀霍然头落,其魂遂入冥司。见阎君曰:"此人无罪,应得受生,判生山东民家为男子。"遣吏卒押送,见一大鸡前导,己随而行。其年盖属酉云。至其家,妇适坐蓐,遂投胎而生。既浴置炕上,家人环视,或指之曰:"好一小儿!"俄身渐长大,又曰:"何讵如许?"遂蹶然而觉,乃长眠榻上,冥然经日矣。旦起,家人视之,皆惊而不识,丰颐伟貌,迥异曩时。公具言所梦,益相怪骇。久之,稍稍察其声音举止,与旧不殊,乃信之。公后举进士,历任至今官。<small>顾秀才桧说。</small>

辟 疟 镜

吴县三都陈氏,祖传古镜一具,径八九寸。凡患疟者执而自照,必见一物附于背,其状蓬首黧面,糊涂不可辨。一举镜而此物如惊,奄忽失去,病即时愈。盖疟鬼畏见其形而遁也。世以为宝。至弘治中,兄弟分财剖镜,各得其半,再以照疟,不复见鬼矣。<small>医者周惟中说。</small>

臂 龙

旧说大江金山寺有行者素佻㒓。尝昼寝,同袍者戏画一龙于其臂,头角鳞鬣,状颇逼真。行者觉而见之,戏曰:"吾寝而臂出龙,岂非天授乎?当黥之以成其异。"乃以针刺而加墨焉。积数月,墨色渐紫。又数月,其纹稍稍隐起,约高一黍米。每风雨之夕,此龙蜿蜒如动,一臂为之摇摇不安,行者病之。他日,澡于江,江水为之开豁数丈,此臂腾掉上下,如非己有者。行者益以为神,时时潜没水中,见鼋鼍鱼鳖历历在目。一旦自念曰："金山盘踞江心，其下宜有根著，盍探之。"乃下投，穷至江底，见山根大仅数抱，若一柱，擎其山焉。因运臂撼之，山为摇脆不止，屋宇皆动。僧怖，以为地震，焚香祝三宝，食顷而定。行者登山，知而窃笑之。旬日，乃为同袍道其实，因具言臂龙之神。同袍惊以白长老，长老曰："此妖人也。"潜诣镇江告官，请煞之。官谓诬罔，不为理。僧惧其为己累也，醉行者而缢之。行者既亡，龙亦顿逝，讫无灵焉。

九　尾　龟

海宁百姓王屠与其子出行，遇渔父持巨龟，径可尺余。买龟系著柱下，将羹之。邻居有江右商人见之，告其邸翁，请以千钱赎焉。翁怪其厚，商曰："此九尾龟，神物也，欲买放去。君从臾成此，功德一半是君领取。"因偕往验之。商踏龟背，其尾之两旁露小尾各四，便持钱乞王。王不肯，遂烹作羹，父子共啖。是夕，大水自海中来，平地高三尺许，床榻尽浮，十余刻始退。及明午，翁怪王屠父子不起，坏户入视之，但见衣衾在床，父子都不知去向。人或云：害神龟，为水府摄去杀却也。吴人仇宁客彼中，亲见其事。

番　阳　水　神

余姚戚澜字文澜，景泰二年进士，授翰林编修。丁艰服阕上京，渡钱塘江，风涛大作。有绛纱灯数百对，照江水通明，丈夫九人，帕首裤靴带剑，乘白马飞驰水面如平地。舟人大恐，戚公曰："毋惧，吾知之矣。"推窗看之，九人皆下马跪。公问曰："若辈非桑石将军九弟兄耶？"应曰："然。"曰："去，吾喻矣。"皆散。公命舟人返棹，曰："有事，吾当还。"遂归。抵家，谓家人曰："某日吾将逝矣。"及期沐浴朝服坐，向九人率甲士来迎，行践屋瓦，瓦皆碎，戈矛旌帜晃耀填拥。有顷，公卒。后车骑腾踔，前后若有所呵卫者，隐隐入空而灭。后琼山丘文庄公夫人入京，舟过鄱阳湖，夜梦朱衣贵人来见曰："吾仲深故人戚澜也,见为水神。昨奉天符,应覆数百艘舟,夫人慎毋渡。"觉而舟子方解维欲行,夫人呕止之。瞬息大风,舟行者皆溺。明日,夫人乃渡。至京,以告文庄,文庄感其意,缄文祭之。戚公之乡人项生,侍公渡江,亲见其与九神语,又尝得丘公祭文。

棕 三 舍 人

棕三舍人者,棕缆也。太祖御舟师败陈友谅于鄱阳湖,死者数十万。返还,委棕缆于湖,冤魂凭之,遂能为妖。舟人必祭,否则有覆溺之患。

马 少 师

钧州马少师文升,景泰辛未进士,至弘治末位冢宰,前后历仕五十余年,虽年及耄,而精力不衰,后致仕去,正德壬申薨于家。其日,日将晡时,公里人有事从城外归者,道逢公乘肩舆,侍从甚众。自舆中向其人拱手,问所之,曰:"庄上去。"其人归,到公门闻哭声,乃知已捐馆矣。计相见之顷,正其气绝时也。公乡人韩训导说。

张御史神政记

始予读先汉等史,见诸循吏事,有政通神明、精感天地者,未尝不太息钦想,以为后世所未有也,乃今于慈溪张公而复见之。公名昺,字仲明,都御史楷之子也。成化中,始以进士知铅山县。初,县有卖薪者嗜食鳝,得薪直,以其半市鳝,命妻烹而食之。一日自市归,乘饥恣啖,少时腹痛而死。邻保疑妻毒杀之,执送官拷讯,无他状,狱不能具,械系逾年。公初莅任,尝白昼登堂,忽睹门外有绿袍乌巾者冉冉而入,左右悉不觉也。及行案前长揖,公疑之,坐乃曰:"公毋惧,吾非人,实邑中某乡之土神也。乡有冤狱未白,知公精明果断,与神明通,必能雪之。"公问其事,神曰:"吾乡民某甲之妻,以杀夫系狱,此人本中鳝毒而殂，非妇罪也。公欲验之，但置鳝水瓮中，有昂头出水二三寸者必杀之，试烹以啖他囚而死，则其事白矣。"言讫不见。公异之，诘旦召阖境渔者，命捕鳝，得数百斤，如神言试之，得昂头者凡七。设釜于堂，召此妇面烹之，出死囚于庭与食。才下咽，便称腹痛，俄仆地死。公谓妇曰："汝冤白矣。"遂释之。徐访其乡，果有神祠，视其像，正所见也。又甲嫁女于乙，抵乙门，揭幕视之，则空舆而已。乙谓甲欺己，诉于县。甲又以戕其女，互相争执。前令逮媒从诸人鞫之，皆云："女实升舆，不知何以失去。"令不能决。公至，偶以勘田均税出郊，初，太祖平陈氏，过铅山，定其税额，偶积余税，加于数百亩田上，有亩至数石者。以是公往看视，为奏均之。行至邑界，有树大数十抱，荫占二十余亩，其下不堪禾麦。公欲伐之以广田，从者咸谏，以为此树乃神所栖，百姓稍失瞻敬，便至死病，明府不可易视也。公不听，移文邻邑，约共伐之。其令惧祸不从，父老吏卒复交口谏阻，而公执愈坚。期日，率数十夫，戎服鼓吹而往。未至数百步，有衣冠者三人拜谒道左曰："我等树神也，栖息于此有年矣，幸公垂仁相舍。"公叱之，忽不见。命夫运斤，树有血出。众惧欲止，公乃手自斧之以为倡，凡三百，方断其树。树颠有巨巢，巢中有三妇人堕地，冥然欲绝。命左右掖而灌之以汤，良久始苏。问何以在是，妇曰："昔年为狂风吹至此，身在高楼，与三少年欢宴，所食皆美馔，时时俯瞰楼下，城市历历在目，而无阶可下。少年往来，率自空中飞腾，不知乃居树巢也。"公悉访其家人还之，中一人正甲所失女，自言在舆中为妖摄去，其讼遂解。公以其木修公廨数处，而所荫地复为良田。由是悉毁诸淫祠，在境内者无遗，独乡落一祠，民秘之，获存。他日，公以事经其地，梦神恳曰："公姑恕我。"翌日召乡民，责令毁之。神忽降于邻邑小民曰："吾被张公毁庙，无可寓寄。公正人，吾不敢犯，愿借片地暂居，公去，祠可复也。汝不吾从，五日内必及祸。"民初不信，未三日，果烦懑吐逆，神乃降，家人罗拜，为之立庙。有道士善隐形术，多淫人妇女。公擒至，痛鞭之，了无所苦，已而并其形不见。公托以他出，径驰诣其居缚归，用印于背，然后鞭之，乃随声呼嗥，竟死杖下。邑寡妇唯一子，采薪于山，为虎所啖。邻居恶少欲以难事窘公，代妇书牒，使投之县，称欲得虎抵罪。公视牒笑曰："奸民欲窘我乎?"与妇期五日来。乃斋戒,作文祭城隍,大略言:"神为一邑主,不能御灾捍患,而纵虎食人。今与神约:五日内必驱虎伏辜,否则撤其庙而更置之。"后五日天未明,梦神告曰:"虎至矣。"公惊起,佩弓矢升堂,命启门。有二虎入伏庭下,若有人守之者。公厉声叱曰:"吾良民之子,而汝食之,法当抵死。二虎有非伤人者退。"一虎起,绕伏虎一匝,低尾而出,其一不动。公素善射,拔所佩箭,三发而三中其首,因命隶卒乱鞭杀之。召妇人,归以虎尸。自是所在喧传,目为神人。三年以政最擢监察御史。今致仕家居,杜门谢事,足不入公府,隐然为乡邦重望,君子惜其位不满德云。予闻得公事于其乡人,因此为记,后之传循吏者或将有考焉。右《张御史神政记》,予弟子远作,录之以终吾编。

今 言 类 编

[明] 郑　晓　撰

杨晓波　校点

校 点 说 明

《今言类编》六卷，明郑晓撰。郑晓（1499—1566），字窒甫，浙江海盐人。嘉靖二年（1523）登进士第。初授职方郎中，后丁父忧，居九年。许赞为太宰，召为考功郎中。因忤严嵩，贬和州同知。又迁太仆丞，以刑部右侍郎改任兵部，巡抚凤阳兼副都御史。以平倭及漕运之功，擢南京吏部尚书，特旨留为右都御史，协理戎政。又二年，改刑部尚书，因与严嵩不和，落职归。嘉靖四十五年（1566）卒。著有《吾学编》、《征吾录》、《端简郑公文集》、《古言》、《辽国君纪钞》、《辽国臣纪钞》、《删改史论》（附《国朝制书》）、《策学》、《禹贡图说》等，《今言》是他最后一部著作。

郑晓"问学渊博，经济宏深"，又以任职故，对本朝掌故以及兵、工等情况甚为熟稔。他学风严谨，好学深思，对于妄说每有批驳。如卷五"正讹"条，对金石之文的可靠性表示怀疑，并对其他小说的浪传不足信提出了批评。《今言类编》涉及范围极广，皇室、宦官、名臣、边事、漕运以及历朝典故等，无所不包，可补正史之阙，订正史之误，是我们研究明代洪武至嘉靖年间政治、经济、军事等的重要材料。其对明朝的重大历史事件的记述，如王守仁平宸濠之乱、明朝与蒙古等民族之间的战争等，条分缕析，脉络分明，具有纪事本末的性质，对我们了解有明历史不无裨益。

嘉靖四十五年，郑晓的外甥项笃寿将《今言》加以刊刻，郑晓为之作序，这是现在可见的《今言》的最早刻本。万历年间，沈节甫编辑

《纪录汇编》丛书,其中收有《今言》四卷。另外,郑晓之孙郑心材也曾重行校勘,加以刊刻,并增刻了注文。樊维城编辑《盐邑志林》丛书,收有万历三十三年彭宗孟序《今言类编》六卷,将原书四卷各条由同邑朱元弼按统系门、经国门、建官门、经武门、右文门、人物门进行分门别类,仍保留了注文。《今言类编》本流传较少,嘉靖、万历间项笃寿万卷堂刻本《郑端简公全集》、清方功惠辑《碧琳琅馆丛书》乙部、民国黄肇沂辑《芋园丛书》史部,都收入《今言》四卷,只有清吴弥光辑《胜朝遗事》二编收入《今言类编》六卷。这次整理,以《盐邑志林》丛书本为底本,参校了嘉靖本、《纪录汇编》丛书本和郑心材刻本,并参考了其他丛书本及《明史》、《明实录》等有关资料,择善而从,不出校记。

目　　录

重刻今言引

　　端简公忠猷亮节，为嘉靖时名臣。博洽该通，特其余事。所撰次有《吾学编》、《徵吾录》、《奏议》、《今言》、《古言》、诗文若干卷。今《吾学编》衣被海内，兰台石室间多所取衷，以备一代典制；他集流布尚少。宗孟生也晚，未及侍公，仅从家君暨诸舅氏得公遗言绪行，不胜羹墙之想。兹守官长安，偶携《今言》一编。借阅者踵至，不能遍应。遂授之梓人，爰纪岁月，即不足尽公之藏，亦庶几大鼎寸脔云尔。万历甲寅上元日彭宗孟识。

今 言 序

　　文献不足，杞、宋无征，方策尚存，文、武未坠，盖通今、学古非两事也。洛阳少年通达国体，尝曰："不习为吏，视已成事。"予有取焉。述《今言》三百四十四条，藏之故箧中。项甥子长进士录而观之，曰："周官师典常，汉史述故事，盍与《古言》并梓之？"予不能止也。嘉靖丙寅二月既望郑晓识。

卷一

统　系　门<small>帝　后　储　宗　戚</small>

帝

　　高皇，戊辰生，生二十五年，入淮西，从郭元帅<small>子兴</small>。三年，起兵渡江。明年，定建康，为吴国公。八年，为吴王。四年，为皇帝。是年灭胡，享国三十有一年。建文君，洪武丁巳<small>十年</small>生，生六年壬戌而其兄虞怀王卒。又十年壬申而其父懿文太子卒。当是时，高皇年六十有五矣，遂立为太孙。七年己卯而嗣帝位。四年壬午而亡。成祖，生九年，而太祖建国大明。又二年，封燕王。十年，之国北平。十九己卯年而靖难。三年壬午即帝位。享国二十有三年。仁宗，洪武戊午生<small>十一年生于凤阳</small>。年十八<small>洪武二十八年乙亥</small>封燕世子。又四年<small>建文元年己卯</small>，有靖难之师。又三年<small>建文四年壬午</small>，文皇即位，即位三年乙酉，立为太子。二十年<small>永乐二十二年甲辰</small>而即位。逾年<small>洪熙元年乙巳</small>崩。宣帝，生四年<small>建文元年己卯二月生于北平而成祖入南京</small>，又九年<small>永乐五年丁亥四月</small>而为太孙，又十三年<small>永乐二十二年甲辰</small>为太子。逾年<small>洪熙元年乙巳</small>即位。享国十有一年。英宗，宣德丁未<small>二年</small>生，明年<small>宣德三年戊申</small>立为太子。又七年<small>宣德十年乙卯</small>即位，十四年己巳而北狩。明年<small>景泰元年庚午</small>还京师，居南宫。盖七年<small>景泰八年，即天顺元年丁丑</small>而复辟。先后享国二十有三年。景皇，少英宗一岁，八岁而封郕王。二十二岁而居守监国，遂即帝位。八年丁丑二月崩，实天顺元年也。宪宗，生二年而有土木之变，立为太子。又三年<small>景泰三年壬申</small>废为沂王，又五年<small>天顺元年丁丑</small>复立为太子。八年<small>天顺八年甲申</small>而即位，享国二十有四年。孝宗，成化庚寅<small>六年</small>生于西宫。越六年<small>成化十一年乙未</small>而宪宗始知之，遂立为太子。十二年<small>成化二十三年丁未</small>而即位，享国十有九年。武宗，弘治辛亥<small>四年</small>生，明年<small>弘治五年壬子</small>立为太子。十三年<small>弘治十八年乙丑</small>

而即位,享国十有七年。今皇帝_{世宗}生于兴邸,正德丁卯_{二年}仲秋也。入承大统时,视帝尧自唐侯起为天子少一岁。

太祖,戊申正月乙亥即皇帝位,诏改是年为洪武元年,三十一年_{戊寅}闰五月乙酉崩于西宫。成祖,建文四年壬午六月己巳即位,诏改明年为永乐元年_{癸未},革除建文年号,仍称洪武,以故洪武有三十五年,永乐二十二年_{甲辰}七月庚寅,崩于榆木川。仁宗,是年八月丁巳即位,诏改明年为洪熙元年乙巳,元年五月,崩于钦安殿。宣宗,是年六月庚戌即位,诏改明年为宣德元年_{丙午}。十年乙卯正月,崩于乾清宫。英宗,是年正月癸未即位,诏改明年为正统元年_{丙辰},十四年己巳八月征胡,至土木,北狩。景皇时以皇弟封郕王,留京师,奉孝恭章皇后_{孙后}命监国。九月丙子即位,诏改明年为景泰元年_{庚午}。元年八月,英宗还居南宫。景泰八年正月壬午,英宗复辟,诏改是年为天顺元年_{丁丑},二月,景皇崩于西宫。天顺八年_{甲申}正月,英宗崩于乾清宫。宪宗,是年正月甲戌即位,诏改明年为成化元年乙酉,二十三年_{丁未}九月,崩于乾清宫。孝宗,是年九月壬寅即位,诏改明年为弘治元年_{戊申},十八年乙丑五月,崩于乾清宫。武宗,是年五月壬寅即位,诏改明年为正德元年_{丙寅},十六年_{辛巳}三月,崩于豹房,无后。四月癸卯,今皇帝入继大统,诏改明年为嘉靖元年_{壬午}。

太祖高皇帝、孝慈高皇后马氏葬孝陵。成祖文皇帝、仁孝文皇后徐氏葬长陵。仁宗昭皇帝、孝诚昭皇后张氏葬献陵。宣宗章皇帝、孝恭章皇后孙氏葬景陵。英宗睿皇帝、孝庄睿皇后钱氏葬裕陵。恭仁康定景皇帝、景皇后汪氏葬西山。宪宗纯皇帝、孝贞纯皇后王氏葬茂陵。孝宗敬皇帝、孝康敬皇后张氏葬泰陵。武宗毅皇帝、孝静毅皇后夏氏葬康陵。英宗侧室孝肃皇后周氏,宪宗生母也。汉文帝诏自称"朕本高皇帝侧室之子"云。宪宗侧室孝穆皇后纪氏,孝宗生母也。孝惠皇后邵氏,献皇帝生母也。祔葬二帝陵。先是,孝肃称太皇太后,孝穆、孝惠皆称皇太后,不祔庙,亦不入奉先殿,别立奉慈殿祀之。今皇帝以太皇太后皆生时尊称,改称皇后,而不书各帝谥,以别之,神位移陵殿中。睿宗献皇帝_{世宗父兴王}慈孝献皇后蒋氏葬显陵。太祖长子懿文皇太子、懿敬皇太子妃常氏葬孝陵左。建文君即位,追尊为兴宗孝康皇帝、孝康皇后。靖难后仍称故谥号。怀献太子,景皇长子。悼恭太子,茂陵宪宗长子。哀冲太子、庄敬太子,皆今皇帝子。

孝陵仁孝通于天地,不肯冒附名族,直以所知德祖为始祖。德祖生懿祖,懿祖生熙祖,熙祖生仁祖,仁祖生四子:南昌王、盱眙王、临淮王、太祖其第四子也。南昌二子:长文正,文正生靖江王守谦,次山阳王。盱眙生招信王。仁祖有一弟,寿春王。寿春四子:霍丘王、下蔡王、安丰王、蒙城王。霍丘一子,宝应王。安丰四子:六安王、来安王、都梁王、英山王。诸王俱无后,惟靖江二字王分国桂林府,礼数如亲一字王。

熙祖祖陵在泗州基运山,奉祀,朱氏宗人婿也。德祖、懿祖就祖陵而望祭焉。仁祖英陵改皇陵,在中都翊圣山,奉祀二人:刘氏、汪氏,祀丞二人:汪氏、赵氏。刘即义惠侯孙,二汪皆汪氏老母孙。太祖孝陵在南京神烈山。成祖至武宗诸陵在昌平天寿山西山。睿宗显陵在承天湖广纯德山,都督蒋华奉祀。华,慈孝睿皇后蒋后家也。天寿山即黄土山,成祖所赐名。四山基运、翊圣、神烈、纯德嘉靖中赐名。

天寿七陵,惟景陵宣宗规制独小,嘉靖丙申十五年稍廓大之。是年作寿陵,即永陵也,在天寿迄东十八道岭。夫君即位为椑,礼也。昔汉文帝表灞西,唐太宗营九嵕。我二祖先作二陵,故并获吉壤。今皇帝因谒七陵,遂有寿宫之役,真达天高世之见。

洪武三十一年戊寅七月,建文君以张凤、李衡、赵福、张弼、汪滨、孙瑞、王斌、杨忠、林良、李诚、张敏、刘政为锦衣卫千百户有差。凤等皆西宫殉葬宫人父兄,所谓朝天女户也,官得世嗣。

廖均卿,江西人,精地理。成祖择寿陵,久不得吉壤。永乐七年,仁孝文皇后徐氏尚未葬,礼部尚书赵羾以均卿至昌平县,遍阅诸山。得县东黄土山即西山最吉。成祖即日临视,定议,封为天寿山,命武义伯王通等董役。授均卿官。或曰定长陵者,王府尹也,亡其名,亦不知何许人。

洪武十五年壬戌,都督佥事李新以营孝陵功,封崇山侯。王通以父真靖难元功,又自立功,封武义伯。永乐七年己丑五月,作天寿山。十三年乙未九月寿陵成,进封成山侯。献陵以通父侑享太庙。通后以交趾失律为民。天顺元年丁丑,诏恩通子琮得嗣成山伯。

孝陵奉祀礼,专敕皇亲,如西宁侯驸马都尉宋琥是也。成化十五年,专敕魏国公徐俌。弘治九年,俌改守备南京,专敕驸马都尉杨伟。正德八年,伟卒,协同守备西宁侯宋恺兼掌行祭礼。正德十六年,恺还京,礼部请命南京协同守备丰城侯李旻奉祀。上曰:"孝陵奉祀,先年有专官奉敕行礼。恁部里还议拟来说。"改敕魏国公徐鹏举,令掌南京中府事。盖琥、俌、伟、恺、鹏举,皆皇亲也。然自恺以协同守备兼掌祀事,而官无专设矣。亦或暂令守备代行,不为常典。嘉靖十三年,鹏举解守备,仍奉祀行礼。

孝陵初谥"高皇帝",庙号太祖。永乐元年癸未六月,加谥"圣神文武钦明启运俊德成功统天大孝高皇帝",庙号如故。后一百三十六年,嘉靖十七年也,加上尊谥曰"开天行道肇纪立极大圣至神仁文义武俊德成功高皇帝",庙号如故。长陵初谥"体天知道高明广运圣武神功纯仁至孝文皇帝",庙号太宗。嘉靖十七年,加上谥号曰"成祖启天弘道高明肇运圣武神功纯仁至孝文皇帝"。

后

嘉靖庚戌二十九年冬,孝列皇后方后祔庙,祧仁皇帝后张后。时庙一堂九室,中太祖,左四室:成祖、英宗、孝宗、武宗,右四室:宣宗、宪宗、睿宗、孝烈皇后。

孝慈马后、仁孝徐后二皇后开基育圣,功迈莘涂,德超任姒。列后济美,宜家之教戬于坤裳,逮下之恩深于樛木。百八十年余,未尝有临朝干政者。正统中天下休息,孝诚昭皇张后之功。正德末国统中绝,非孝康敬皇张后为之内主,祸未可知也。然当是时,四杨在内阁,可谓勤劳王家者矣西杨文贞士奇,东杨文敏荣,南杨文定溥,前少师削籍杨公廷和。

宣德五年庚戌二月,上奉皇太后孝诚张后率皇后孝恭孙后谒长陵成祖,献陵仁宗,驻天寿山。上请皇太后令张辅、蹇义、杨士奇、杨荣、金幼孜、杨溥六臣见行殿。皇太后曰:"皇帝数言卿数人赞辅多用心。今国家清宁,生民无事,固祖宗垂佑,亦卿等之力。"辅等顿首对曰:"皇上聪明睿智,敬天法祖,仁爱兆民,以致康济之功。此皆皇太后圣德大训,臣等实无寸补。"皇太后曰："我有何德。上由祖宗积善垂庆。卿等皆先朝旧人，自今更须协力一心，非但国家蒙福，祖宗神灵昭鉴在上，亦必敷佑卿等，俾卿等子孙安荣永世。"命上赐六臣酒馔、白金、文绮。

中山王初夫人张氏，继夫人谢氏。王出师归，孝陵谕王曰："卿夫人好鞭挞人至死，此不足佐卿。朕为卿择一佳妇。"谢夫人是也。谢夫人生四子四女。女长即仁孝皇后，次代王、安王妃，又次未聘。永乐丁亥五年，仁孝皇后崩。长陵谕谢夫人："朕欲得夫人季女继中宫。"夫人曰："妾女不堪上配圣躬。"长陵曰："夫人女不归朕，更择何等婿耶？"季女竟不敢受人聘，从佛氏为尼于南京聚宝门外，所谓王姑庵者是也。嘉靖中，霍文敏公韬为礼书，毁之。

孝陵太祖、长陵成祖皆中宫孝慈马、仁孝徐先崩，不立继后。献陵仁宗至康陵武宗皆后后帝崩。裕陵英宗二后孝庄钱、孝肃周、茂陵宪宗三后孝贞王、孝穆纪、孝惠邵。盖孝肃周太后，宪宗生母、孝穆纪太后，孝宗生母、孝惠邵太后，孝皇帝生母皆母以子贵，尊称之号也。成化戊子四年季夏，孝庄崩钱后，英宗后，廷臣议葬事，云合葬裕陵，祔食英庙，宜如汉文之于吕氏，宋仁之于刘后。茂陵宪宗重违孝肃生母周太后意，未允。彭文宪公时姚文敏公夔率群臣伏阙号哭，竟得如请。

康陵武宗前皆一帝一后。洪武十五年壬戌八月丙戌日、永乐五年丁亥七月乙卯日中宫马后、徐后崩，皆不复立继后。今皇帝世宗元后孝洁皇后陈氏初谥悼灵，世宗十五年丙申八月更今谥、继废后张氏，皆葬西山，又继孝烈皇后方氏葬永陵。

嘉靖己丑八年二月，礼部言："悼灵皇后世宗元后孝洁陈后正位中宫，上佐宗祀者七年，礼宜祔享太庙。但今九庙已备。唐宋故事：后于太庙未有本室，创别庙祀之。《礼丧服小记》：'妇祔于祖姑，祖姑三人则祔于亲者。'孝惠太皇太后邵太后，实皇考献皇帝生母。悼灵皇后主请祔奉慈殿孝惠太皇太后之侧。"制曰"可"。丙申十五年八月，孝惠神主迁于陵殿。礼官言："初拟奉迁悼灵皇后于奉先殿旁室，今殿无旁室，惟斜廊两庑，似非奉安元后之地，且不足以容鼎俎。惟殿尽西一室，空虚清闳，所宜迁奉，岁时享祀，或有事祭告祖宗、列圣。宜一体设馔，但不启匮、不定祝，称斯为合礼。"制曰"可"。又言："谥称悼灵，考之谥法，类非全美。宜更定褒称。"是月更谥"孝洁皇后"。

孝烈皇后世庙继方后将葬，上念西苑之变，孝烈有大功，欲葬于孝洁皇后世庙元陈后之左。已而中止。上新作寿陵，至是定名永陵。令先葬后。上曰："孝陵、长陵先葬孝慈高庙马后、仁孝文庙徐后也。"

嘉靖十五年丙申九月，上奉章圣皇太后率皇后妃嫔谒天寿山七陵长、献、景、裕、茂、泰、康，又谒恭让章皇后、景皇帝后陵于西山。上拜长陵六陵，陈后孝洁陵、西山二陵各遣官行礼。孝陵太祖、显陵世宗考妣亦如之。

贞惠安和景皇后汪氏，金吾左卫指挥使泉之孙女，正统中册为郕王妃。父瑛，铨兵马指挥。己巳正统十四年，景帝即位，立为皇后。祖泉两进左都督，瑛右都督。寻以无子废，册皇太子见济母杭氏为后。复辟之岁天顺元年，改称郕王妃。瑛亦仍为兵马指挥。三月，进瑛锦衣金事。成化中，复皇后位号。

成化辛卯七年十二月，悼恭太子薨。茂陵宪宗成化方以国本为忧，泰陵孝宗弘治在西宫已二岁，顾左右莫敢言者。既正位东宫，孝贞皇后恩勤如己出，而贵妃万氏者名保护之。是时辅臣疏云：外议皆谓皇子之母纪太后因病另居，久不得见，人情事体未顺。请令就近居住，俾皇子便于接见，庶遂母子至情。逾月而孝穆纪后孝宗生母崩矣。辅臣举宋李宸妃故事，敛葬皆如礼。弘治初，始建奉慈殿供养。

懿敬太子妃常氏，懿文太子元配也，建文帝追尊为孝康皇后。武宗母张后尊谥亦孝康皇后。

嘉靖十四年乙未二月，群臣于东阁集议大行庄肃皇后武宗后夏氏谥。大学士孚敬张永嘉首曰："庄肃皇后与累朝事体不同，其谥只该二字、四字。"尚书言夏贵溪曰："今各庙元后俱十二字，恐二字四字未称。"大学士时彭曰："二字四字太少，须得八字。"都御史廷相王曰："庄肃作配武宗，谥宜一体。"吏部侍郎韬霍曰："谥者天下之公，非天子自行之，宜备陈以请。"乃上议，言："古人尚质，谥法尚简严，故称美之言无几。后世帝后之谥，始有不一其书者，亦臣子尊崇之情。生今之世，则当行今之礼。我朝列圣元后，谥皆十二字，盖大行盛名，帝后媲美，妻以夫尊，礼宜与并。今武宗庙谥既与列圣相同，则庄肃谥号似亦不宜稍异。且今日加谥，只以表行尊名，其于服制有无、名分尊卑，本不相涉。"上曰："事嫂如事母，人道有此乎！非朕自尊，两宫在上，昭圣皇太后有母道，宜再会议。"议上，宜且据谥法，止用二字，候他日再加徽号，以备全典。上曰："用六字谥：孝静庄惠安肃毅皇后。数既用半，且阴六又合。"嘉靖十五年丙申四月，上坐天寿山行宫，面谕夏言曰："皇嫂孝静皇后谥用六字，于礼未备，还用全谥，庶合典礼。"九月，上御文华殿，面授言，御笔定谥"孝静皇后"为"孝静庄惠安肃温诚顺天偕圣毅皇后"。

嘉靖己亥十八年，葬慈孝睿皇后兴献帝后。今皇帝甚孝顺敬慎，建言者遂上言姜嫄生后稷、庆都生帝尧事。于是武功有姜嫄之祠，庆都有尧母之祠。太祖陵不知祔葬几妃。今陵祭旁列四十六案，或坐或否，大抵皆妃嫔也。成祖十六妃，谥葬皆不可考，然皆祀于陵。仁宗诸妃陪葬，惟三妃别葬金山。宣宗诸妃陪葬，别葬金山者一妃。英宗遗诏："皇妃他日宜合葬，惠妃亦须迁来，以后诸妃次第祔葬。"今止睿皇后钱后合葬。裕陵诸妃皆葬金山，惠妃尚葬桃山，竟无陪葬者。宪宗十二妃，皆葬金山，惟恭肃端顺荣靖皇贵妃葬天寿山。永陵世宗诸妃陪葬，不由隧道，列于外垣之内、宝山城之外、明楼之前，左右相向，以次而祔。然孝洁皇后陈后亦不入永陵，诸妃亦如之。今惟世庙、穆庙生母杜太后葬永陵。

储

洪武元年戊申立东宫标，二十五年壬申四月卒。是年九月立皇太孙允炆。永乐二年甲申四月立东宫高某，是为仁宗。仁宗永乐甲辰二十二年八月即位，十月立东宫瞻某，是为宣宗。宣宗宣德三年戊申二月立东宫祁某，是为英宗。英宗正统十四年己巳北狩，以皇太后诏立东宫见某，景泰三年壬申五月废为沂王，立其子见济为太子，四年癸酉见济卒。英宗复辟之年丁丑三月，复立沂王为太子，是为宪宗。宪宗成化七年辛卯十一月立悼恭太子祐极，是年卒。十一年乙未十一月立东宫祐某，是为孝宗。孝宗弘治五年壬子三月立东宫厚某，是为武宗。今上世宗十三年甲午八月立哀冲太子，是年十一月卒。十八年己亥二月立庄敬太子，二十八年己酉四月卒。

洪武初建大本堂，聚古今图书。上为《大本堂记》，延四方名儒，教太子亲王，分番夜直，才俊之士充伴读。时时赐宴赋诗，商榷古今，评论文学无虚日。仁宗在东宫，教令长至燕劳东宫之臣，如家人父子。又从学诗、学为表，至有以暗逐明之喻。英宗冲年就学，大臣不能引故事，徒徇时好，务尊君卑臣，非祖宗之法矣。王文恪公鑑尝言："今既未能如古礼，亦宜稍略君臣之仪，敦师友之分。使宫僚日侍左右，从容讲读。讲读之暇，宴饮、出入、居处，皆得周旋其间，至暮乃退。或有剪桐之戏，随事谏止。宫僚有不法，从三师纠正，甚者斥逐，不使邪人得预其间。如此所谓'一人元良，万邦以贞'。三代所以久长者，用其道也。"

吴元年冬，孝陵念七子渐长，宜习劳，令内侍制麻履行藤，凡诸子出城稍远，马行十七，步行十三。七子：懿文太子、秦愍王、晋恭王、成祖、周定王、楚昭王、齐庶人也。

小说言：懿文太子薨，孝陵意不欲立孙，迟回久之。高皇后不说，因遘疾崩。于是孙始得立。此妄说也。洪武壬申二十五年四月丙子，懿文太子薨，是年九月庚寅，诏立孙允炆建文君为皇太孙，太子卒后未半年。当是时，高皇后崩已十一年矣洪武十五年壬戌八月高后崩。

永乐六年十一月，敕太子太师、淇国公丘福，吏、兵部尚书兼詹事蹇义、金忠，学士兼左春坊大学士胡广，右春坊大学士兼侍讲黄淮，右庶子兼侍讲杨荣，左谕德兼侍讲杨士奇，右谕德兼侍讲金幼孜，辅导皇长孙。

高皇二十六子：懿文太子、秦愍王、晋恭王、成祖、周定王、楚昭王、齐庶人、潭王、赵王、鲁荒王、蜀献王、湘献王、代简王、肃庄王、辽简王、庆靖王、宁献王、岷庄王、谷庶人、韩宪王、沈简王、安惠王、唐定王、郢靖王、伊厉王、皇子楠。成祖四子：仁宗、汉庶人、赵简王、四皇子。仁宗十子：宣宗、郑靖王、蕲献王、越靖王、襄宪王、荆宪王、淮靖王、滕怀王、梁庄王、卫恭王。宣宗二子：英宗、景皇。英宗十子：宪宗、荣王、三皇子、许悼王、德庄王、秀怀王、崇简王、忻穆王、吉简王、徽庄王。景皇一子：怀献见济太子。宪宗十三子：悼恭太子、孝宗、献皇、岐惠王、益王、衡恭王、雍靖王、寿王、八皇子、汝王、泾简王、荣庄王、申懿王。孝宗二子：武宗、蔚悼王。献皇二子：岳怀王、今皇帝世宗。今皇帝八子：哀冲太子、庄敬太子、裕王穆宗、景王、颖殇王、蓟哀王、戚怀王、均思王。

国初都金陵，以西北胡戎之故，列镇分封，似乎过制。当时已有叶居升辈汉人七国之虑。今考广宁辽王、大宁宁王、宣府谷王、大同代王、宁夏庆王、甘州肃王皆得专制，率师御虏。而长陵时在北平为燕王，尤英武。稍内则西安秦王、太原晋王，亦时时出兵，与诸藩镇将表里防守。孝陵崩，少裁抑，而齐、黄诸臣受祸矣。肃王今移兰州。

懿文太子五子：虞怀王、建文君、吴王、衡王、徐王。靖难改封吴、衡、徐王为广泽、怀恩、敷惠王。敷惠王又改封瓯宁王。建文君二子：太子文奎、少子文圭。

宗

洪武三年，置大宗正院，正一品。二十二年，改为宗人府，以秦王为宗人令，晋王、燕王左右宗正，周王、楚王左右宗人，掌皇九族六亲之属籍，以时修其玉牒，书子女、適庶、名封、生卒、婚嫁、谥葬，凡宗室陈请，为闻上，达材能，录罪过。比建都北京，永春侯王宁，洪熙、宣德武定侯郭玹署事。正统三年，始建府如南京。西宁侯宋瑛、嘉靖中京山侯崔元署事。宁、瑛、元皆驸马都尉，玹，仁庙贵妃弟。

洪武八年乙卯初，定亲王岁禄五万石，锦绮盐茶又万计。靖江亦岁二万石。二十丁卯年，停锦绮茶盐诸物。二十八年乙亥闰九月，始定岁万石。先是，孝陵谕户书郁新曰："朕今子孙众盛，岁禄五万石。天下官吏军士多，俸给弥广。其斟酌古今，稍节减诸王岁给，以资乏用。"故也是年遣使召诸王至京，谕减禄之故。各赐《皇明祖训》。《祖训》即《祖训录》也。

庄渠魏言："皇子之国，皇后子，其仪制用上十王礼，妃所生子用中十王礼，嫔所生子用下十王礼，隆杀以母为差。"此不知出何令甲，孝陵封诸王不然。

嘉靖八年夏五月，宗室载属籍者八千二百三人。亲王三十位，郡王二百三位，世子五位，长子四十一位，镇国将军四百三十八位，辅国将军一千七十位，奉国将军一千一百二十七位，镇国中尉三百二十七位，辅国中尉一百八位，奉国中尉二百八十位，未名封四千三百位，庶人二百七十五名。

弘治二年己酉，徽王乞升钧州为府。王端毅公恕上言：“今肃府在兰州，沈府在潞州，荆府在蕲州，岷府在武岗州。立国多者八九十年，少不下四五十年，未尝改府。徽府乞将钧州升为府治，割汝州、郏县、鲁山、宝丰、商州、许州、襄城、长葛、临颍、郾城、钧州、密县、新郑，改隶所辖，不惟异乎前四府仍旧之典，且启前四府改为之端。况今各处灾荒，军民凋敝，欲兴此役，实非所宜。兼且州之于府，于王颇无所与，改与不改，于王似无轻重。”上是其言，移书谕王。

嘉靖庚戌二十九年，郑王厚烷为盟津恭懿王子祐橏所讦，夺爵，降庶人，安置高墙。其长子载埨封爵如故。辛亥三十年，祐橏又欲夺理府事，奏下礼部议。礼官徐阶文贞议言：“亲王因事夺爵，未经奉旨，立郡王承继国祀。其子虽未见罪，始则降封，后乃得嗣其父始封之爵者，辽庶人贵烚长子豪壈之封长阳王是也。父子并有罪降庶人不得请封者，见淲与其子祐柄是也。罪止其身，子得袭爵，但未封世子，择郡王署府事。已而彼此相讦，仍封其子为世子，敕令管府事者，庆庶人世子萧栒是也。父既坐罪，即命其子管府事者，岷庶人彦汏世子誉荣是也。至于亲王册宝，自非罪干大逆国除，如宁庶人宸濠父子歼灭者，例不进缴。今郑庶人厚烷仰荷圣恩，罚止其身，其子载埨封爵如故。比之贵烚、见淲奉旨改令旁支承继者不同。载埨与厚烷所犯情罪无干，幸保封爵，比之豪壈先为庶人及祐柄有罪降革者亦异。本部不敢辄援岷世子誉荣、庆世子萧栒例，请命载埨管理，而援巩昌王例，请令河南抚按奏保伦序相应、贤能素著者二人，以俟简命。盖以予夺之柄，宜出自朝廷，其人之贤否，当稽诸公论也。祐橏累奏，图快私忿，相应罚治，仍如前拟施行，祐橏无得胁制抚按，肆行奏讦。”制曰“可”。祐橏且不问，先是，己酉秋二十八年，郑王尝疏请上讲学、勤政、任贤。未几而祐橏遂讦王也。贵烚，辽简王子，初封长阳王，已而嗣辽王。正统元年，府臣为乞加禄。裕陵英宗言：“简王得罪朝廷，太祖特加厚赉,削其禄,卫止与校尉三百人。仁宗命今王嗣王,倍加禄,得支二千石。宣宗又与旗军三百人。朝廷亲亲已至。王于庶母诸弟寡恩,多行无礼。府臣不闻匡直,为王请加禄,不允。"四年,坐灭绝天理、渎乱人伦,废为庶人。而简王第四子贵燫以兴山王嗣辽王。贵焔子豪墭得封长阳王也。荆靖王三子,长见潚天顺中嗣王。弘治五年,人告王有异谋,命太监萧敬、驸马都尉蔡震、都御史戴珊召王至京,并其长子祐柄降庶人,还置武昌。见潚弟见溥,成化二年封都梁王,十三年卒,谥悼惠。其子祐桐,弘治七年以都梁王进封荆王也。庆恭王子台浤,弘治十六年嗣王。时虏数入塞,贼发恭王墓。嘉靖四年谋不轨,法司请如代王聪沃例,徙西安。上不许,降庶人,留邸,岁与米三百石。已又不悛,徙西安。其长子萧梸,封世子,摄府事。十二年,世子及怀王妃王氏乞留台炫故邸,礼官执议不可。十五年,两宫徽号诏许台浤还邸,与冠带也。岷王彦汰,简王子,与弟南安王彦泥讦阴事,彦泥废为庶人,彦汰坐荒淫败度,抗制擅权,幽囚嫡母焚死,迫逼多官称臣,亦革爵为庶人。令其子世子誉荣摄理府事。嘉靖十一年,誉荣为父乞恩,辞摄府事。礼官以见潘、钟镆比奏,授彦汰冠带,理府事。十二年,彦汰乞复爵,不许。十五年,两宫徽号诏复彦汰王也。郑之初王讳瞻埈,献陵仁宗第二子。母李贵妃,永乐二十二年封。汉庶人反,王与弟襄王居守。宣德四年之国凤翔。王请安王竹园,时韩王以安王旧邸得竹园矣。上曰:"园在凤翔,去平凉远,与郑王便。"正统八年,乞徙怀庆,留京邸,明年之国。成化二年卒,谥"靖"。子祁锳,成化四年嗣,乞河堨地。弘治八年卒,谥"简"。世子见滋,卒。孙祐枔。弘治十年,以世孙嗣,赠其父世子"郑僖王"。正德二年卒,谥"康"。无子,僖王弟东垣端惠王见溃之子祐橰,正德四年嗣王,赠其父"郑定王"。十六年卒,谥"懿"。子厚烷,嘉靖六年嗣。时又有周府宗人、镇国将军勤熭上言时事,降庶人,放高墙。

　　洪武三年庚戌封建,诏第五子封吴王。后人见五子之为周王也,改吴为周,而不知周王初封杭州,为吴王也。孝陵以浙江财赋地,改吴王封开封,为周王。已而建文君封其第二弟允熥为吴王,非祖法矣。周是修为衡府纪善,人以为孝陵诸子无衡王,改为卫王,而不知建文君第三弟允熿之封衡王也。卫王乃献陵第十子，周是修死靖难时，卫王尚未封。茂陵第五子亦封衡王。

七王府，齐王榑也，孝陵第七子。洪武三年庚戌，封青州。建文中谋反，执之京师，降庶人，与周定王皆系禁。靖难兵至，得释，复国。人告王有反谋，上与书戒谕。永乐四年丙戌来朝谢，廷臣劾王，留京师。出怨言，召其三子郡王至京，父子皆降庶人，已而安置庐州。宣德三年戊申，福建人楼琏妄称七府小齐王谋不轨，逮至京，诛数百人。景泰五年甲戌，移庶人少子贤㸅居南京，敕守备参赞防闲，勿令与诸人亲王往来交通。今南京有齐庶人者，皆㸅后。

孝陵第十八子谷庶人，母郭惠妃，滁阳王女也。封宣德府，即今宣府、古上谷。靖难兵起，庶人走还京，后开金川门，迎靖难兵，改封长沙。忠诚伯茹瑺以不谒王，下诏狱死。庶人益骄，有反谋。永乐十四年丙申十月，召至京。明年降为庶人。少子赋㷭，与贤㸅齐庶人少子同自庐州徙南京，卒，无后。

长陵成祖三子：长献陵仁宗，次汉庶人，次赵王简。庶人名高煦，有膂力，善骑射。靖难时，屡有战功。江上之急，庶人战尤力。淇国公丘福辈皆附庶人。庶人欲夺适者数矣，以故东宫诸臣多得罪死，解学士缙亦以是死诏狱。先是，永乐二年甲申，封庶人云南，不肯去。改青州，又不肯去。留京师，遂有逆谋。十四年丙申，事露，削护卫，改封乐安，即日遣之国。宣德元年丙午八月壬戌朔反。丁卯，令其百户陈刚进疏，指斥朝廷。上遂亲征，急遣平江伯陈恭襄公瑄守淮安，勿令贼走南京。辛未，驾发京师。乐安知州朱恒劝庶人直趋南京，贼党皆言恒应天人，不可听。庚辰，先锋阳武侯薛禄，永乐十八年十二月封至乐安。辛巳，驾至乐安。壬午，庶人潜出见上。八月乙酉，班师。庶人至京，锁絷逍遥城。一日上过视庶人，庶人犯上，覆之铜缸，焚死。

正德五年四月，宁夏安化王寘鐇及都指挥何锦、周昂，指挥丁广反，杀镇守太监赵弼、总兵官江汉、巡抚都御史安惟学、核田大理少卿周东。令孙景文造伪檄，言："刘瑾蛊惑朝廷，变乱祖法，屏弃忠良，收集凶狡，阻塞言路，括敛民财，籍没公卿，封拜侯伯，数兴大狱。罗织无辜，肆遣官校，胁持远近。张綵、刘机、曹雄、毛伦，文臣武将，内外交结，意谋不轨。今特举义兵，清除君侧。凡我同心，并宜响应。"传布边镇，以锦为讨贼大将军，昂、广左右副将军，景文军师，张钦先锋将军，魏镇等七人都护，朱霞等十二人总管。反书至，命太监张永总督军务，起致仕都御史杨一清^{文襄}总制陕西、延绥、宁夏、甘、凉各路军务，泾阳伯神英充平胡将军、总兵官，统各路兵讨之。遂下诏宽恤，以副总兵都督杨英为宁夏总兵官，游击将军仇钺为副总兵，兴武营守备侯勋为参将。王师甫出数日，钺斩周昂，执寘鐇及其子台潘、锦、广。报至，敕英旋师，永、一清安辑宁夏。

正德五年^{庚午}八月，宁夏献俘，入东安门。上亲赐宴劳，项系寘鐇^{安化王}于诸王馆，锦、广等下锦衣狱。廷鞫奏上，皆伏诛。寘鐇弟寘镜、寘钨坐党，废庶人。太监张永初见上，乘间出怀中疏，奏逆瑾十七事，且言其将为不轨。上怒，夜缚瑾，坐谋反，凌迟三日。诸被害者争拾其肉嚼之，须臾而尽。九月，吏部尚书张綵、锦衣指挥杨玉、石文义坐瑾党伏诛，内阁曹元削籍。尽革瑾所行乱政害人事，焚与瑾往返书札文字。论平宁夏及诛瑾功，封仇钺为咸宁伯，内阁进勋荫子，又封诸太监兄弟为伯者七人^{张富、张容、谷大宽、谷大亮、马山、陆永、魏英}，一时封为七伯。以杨一清^{文襄}为户部尚书。南京御史张芹劾李东阳当瑾擅权乱政时，礼貌过于卑屈，词旨极其称赞，及他人奏诛瑾，则攘功受赏，不顾名节。东阳引疾辞，不允。

寘鐇^{安化王}之乱，本仇钺反正之功，封咸宁伯。巨铛张永攘为己功，一时恶党如谷大用、马永成、陆訚、魏彬冒以运筹获封。永兄弟富泰安伯、容安定伯，谷大宽高平伯，大亮永清伯，马山平凉伯，陆永镇平伯，魏英镇安伯。

宁庶人^{宸濠}者，康王庶子，其母冯鍼儿，故娼也。弘治八年^{乙卯}封上高王，十二年^{己未}嗣王。正德十四年^{己卯}六月丙子反，攻陷九江、南康。七月壬辰，攻安庆。知府张文锦，守将崔文、杨锐拒守甚力。庶人窘，议僭大号，改年顺德。其伪太师国师李士实、刘养正言须至南京即位改元，庶人不悦。又攻安庆，不克，将还南昌。丙午。闻王阳明^{守仁}入南昌，解安庆围去。乙卯，遇阳明兵于黄家渡，战败。丙辰又败。丁巳，阳明督战益急。庶人妃娄氏投水死，擒庶人。娄妃知庶人逆谋，时时泣谏，不听。庶人败，叹曰："纣用妇言亡，而我不用妇言亡！"

正德十四年己卯六月，宁王宸濠反。巡抚都御史孙公燧、按察副使许公逵死之。汀赣都御史王公守仁文成及吉安知府伍文定起兵讨宸濠，檄召江西各府兵。宸濠出南昌，寇陷南康、九江。丁亥，遣人寇望江。己丑，安庆守备杨锐、指挥崔文、知府张文锦力御之。时王公文成在吉安，奏留公差还京御史谢源、伍希儒纪功，悉会吉安乡官都御史王懋中、编修邹守益、郎中曾直、评事罗侨、御史张鳌山、佥事刘蓝、进士郭持平、驿丞王思、李中、按察使刘逊、参政黄绣、知府刘昭议讨贼。江西知府戴德孺、徐琏、邢珣，通判胡尧元、章琦、谈储，推官王晔、徐文英，知县李美、李楫、王天与、王冕，各率兵至吉安。进贤知县刘源清斩贼党数百，余干知县马津率兵遏贼。七月壬辰，贼围安庆，杨锐等击却之。宸濠遣江西佥事潘鹏诱安庆降，锐等杀鹏家人，投尸城下，誓不降贼。丁酉，宸濠至黄石矶。戊戌，宸濠攻安庆，锐等又力御之。庚子，以云楼攻，锐缒人焚其楼。甲辰，以天梯攻，张文锦投苇焚之。丙午，宸濠闻王公攻南昌，解安庆围遁还。辛亥，王公破南昌，擒宜春王拱樤。甲寅，宸濠至樵舍。明日，王公进兵黄家渡。宸濠战败。又明日，战又败。丁巳，王公擒宸濠及其世子、郡王、将军、仪宾、伪太师、国师、元帅、参赞、尚书、都督、指挥等官，李士实、刘养正、刘吉、屠钦、王纶、熊琼、吴十三、凌十一等数百人被执。胁从御史王金、主事金山、按察使杨璋、佥事王畴、参政陈杲、布政使梁辰、都指挥叶文、马骥、白昂等。八月癸未，上亲征，诏天下，遂至南京，驻太监王洪家。十五年十月，上还京，驻通州，宸濠伏诛。

新建伯王公阳明为汀赣都御史，据江西上流，意藩府久蓄逆谋，恐一旦变起，先事预防。以讨山贼为名，请得提督军务。兵书王晋溪琼知公意，请如公言。正德十四年六月，宸濠反。公适勘事福建，道经丰城。县令顾泌告公宸濠反状，公急走小舸，返至吉安，与知府伍文定起兵讨贼，发檄召江西诸知府邢珣等兵，又密遣谍四出投檄，言京师及湖广、广东西、南京、淮安、浙江各发兵讨贼，以疑宸濠，使不敢出南昌。又致叛臣家族，谬托心腹，云："吾直应敕旨，且聚兵耳。"又曰：

"宁王事且成败未可知,吾安能遂进兵?"贼果疑四路兵且至,不敢直趋南京,又喜公或不进兵。迟回数日,出南昌,攻南康、九江、安庆。公兵大集,始传檄骂宸濠贼,又遣人致书与贼心腹李士实、刘养正及闵廿四、吴十三,若有约内应者。书既发,故令人泄贼党。书所过处,贼党以告宸濠,宸濠尽得致书人及书,遂疑士实等。士实等劝宸濠去安庆,直趋南京,否,径出蕲黄,趋京师。宸濠不听。公进兵,攻破南昌,擒其居守宜春王拱樤等及宸濠子三哥、四哥。宸濠时攻安庆,闻之解围,反顾巢穴。公迎战樵舍,纵火攻之,大破贼,擒宸濠及其子大哥。当是时,南京大震。非公牵制上流疑贼,贼不犯南京,必走蕲黄矣。公既擒宸濠,诸奸江彬等导上南巡,下诏亲征。诸奸欲攘功忌公,危言巧谮,百方欲去公。当是时,宸濠未死,诸奸素通宸濠,得金钱者多在。上左右颇有异谋,畏公不敢发。公深机曲算,内戢奸幸,外防贼徒,抚定疮痍,激励将士,日夜如对劲敌。宸濠竟得伏诛。内阁大臣素恶晋溪,亦忌公。而公以提督军务,故得专制,召兵平贼,归功晋溪。内阁不说,久之不论功。今皇帝即位,诏录公功,封新建伯兼南京兵部尚书,参赞机务。遣使迎至京宴劳。诸忌者又以宴劳费为词,嗾言官论阻。公不得至京。外艰去,服阕,竟不召。谗谤益起,屡形奏牍。虽封爵赐号,竟不与铁券岁禄。一时勤王有功诸臣,中伤废斥殆尽。惟文定伍得升副都御史,荫一子;千户邢珣、徐琏、戴德孺升布政使。德孺死于水,珣、琏亦被斥,陈槐削籍,纪功御史伍希儒、谢源以考察去官。公不自安,累疏辞封,乞录诸勤王者功,竟格不行。

　王阳明初见宸濠,佯言售意,以窥逆谋。宴时李士实在坐。宸濠言"康陵武宗政事缺失",外示愁叹。士实曰:"世岂无汤武耶?"阳明曰:"汤武亦须伊吕。"宸濠又曰:"有汤武,便有伊吕。"阳明曰:"若有伊吕,何患无夷齐?"自是阳明始知宸濠谋逆决矣。乃遣其门生举人冀元亨往来濠邸,觇其动静,益得其详。于是始上疏,请提督军务,言:"臣据江西上流。江西连岁盗起,乞假臣提督军务之权,以便行事。"意在濠也。司马王晋溪恭襄琼知阳明意,覆奏称"王某有本之学,有用之才,今此奏请相应准允,给与旗牌,便宜行事。江西一应大小缓急贼情,悉听王某随机抚剿"。以故濠反,阳明竟得以此权力起兵擒贼。捷奏中归功本兵_{王琼}。新都杨廷和故不喜晋溪，见阳明奏，遂怒，故封爵久不行至。今皇帝_{世宗}登极，诏中及之。议者遂谓新都自为己定策地也。濠反书初至，诸大臣惊惧，以为濠事十成八九。晋溪一日十四奏调兵食，且大声对诸大臣曰："王伯安_{文成}在汀赣，据南昌上流，旦夕且缚宸濠，诸公无恐。曩请与伯安提督军务，正为今日。"已而濠平，职方郎中论功超升，晋溪乃不得脱戍籍，岂不大舛？晋溪后以张_{孚敬}、桂_萼荐，起复为吏部尚书，卒谥恭襄。

戚

徐王宿州马公，高后父也。配郑氏，无子。初，立庙太庙东，洪武四年即王居立庙。滁阳王定远郭子兴首事濠梁，徐王避兵，以高后托之，遂育为己女。卒于和阳，葬滁州。夫人张氏三子：长战没，次陷没，幼以阴谋伏罪。次夫人张氏一女，为皇妃，生蜀王、豫王、如意王。豫王即代王。洪武元年，建庙滁阳。杨王，高皇外王父也。墓在盱眙。王姓陈，扬州人，卒年九十九，无子。长女即淳皇后。庙初在太庙东，后即墓立庙。三王皆有岁时祭。时凤阳又有以功封巩昌侯、赠陕国公、谥宣武者，与滁阳王同名，武定侯英，同母兄弟也。

异姓追封王者，杨王_{陈公}、徐王_{马公高皇后父}、滁阳王_{郭子兴}皆外戚。天造之初，滁阳又有先路之功。诸功臣家徐氏_达中山王，常氏_{遇春}开平王，李氏_{文忠}岐阳王，邓氏_愈宁河王，汤氏_和东瓯王，沐氏_英黔宁王，沐氏_晟定远王，张氏_玉河间王，张氏_辅定兴王，张氏_懋宁阳王，朱氏_能东平王，朱氏_勇平阴王，朱氏_荣宣平王，岐阳父_贞陇西王，凡十四人。以子孙王，推恩追封者，不与焉。又有降虏也先土干，赐姓名金忠，封忠勇王。

滁阳王_{郭子兴}长子郭大舍，张夫人出，战没。一女惠妃，生蜀、豫、如意三王、汝阳、永嘉二公主。次张夫人出，又次李夫人，生郭老舍。洪武四年，旨云："说与郭老舍，再三留你不住，实要回乡守祖。你旧有二所庄田，我就赐与你耕种，教户部官开除粮草。"十一年，邻人贾童儿诖误，出走。十七年，上谕张来仪撰王庙碑文，遂云王无后，令滁州卫千百户王杰等二十二人供祀事，庙首宥日兴率而祀之。又令蜀王往来修祀。比王之国，改令滁州卫掌印官致祭，宥氏分献。二十年，老舍还乡，为费谦所发，解黑窑场做工。上面谕放回，令一年一朝京师。老舍卒，谕葬立石。老舍生谦，谦生昇，昇生信，信生琥，皆一岁一朝，有籍于礼部鸿胪寺。弘治癸丑六年，琥奏得旨，冠带守祀。辛酉十四年，复奏，"下该部看了来说"。马钧阳文升行巡抚查明覆奏。壬戌十五年，奉旨是郭琥与做奉祀。正德癸酉八年，琥又求印信。王杰裔孙玺奏琥诈冒，吏部亦恶其求望渐多，覆奏，奉旨，是滁阳王祀礼，悉遵皇祖旧制行。郭琥近授职衔革了，仍照皇考前旨，止与冠带荣身，再来奏扰不饶。辛巳十六年，琥复奏，吏部议送法司问罪。嘉靖元年五月朔奉旨："你部里再查议了来说。"复奉旨：是郭琥准与原授职衔，以荣终身，不许干预祀事。琥生厚。滁阳散财集众，以启皇明万世之业，而子孙曾无一命，可乎？弘治时与奉祀，正德时革职。今上世宗新政，特旨查议，所司不能奉扬，再议革职。而圣心未慊，敕令再议。使遇马钧阳，郭氏当有禄矣。

外戚封公，自嘉靖始也。张鹤龄嗣寿宁伯，进侯，又以迎立今皇帝世宗，进封昌国公。庆云周寿除、长宁周彧除，孝肃太后宪宗母周太后家二侯伯。瑞安王源、崇善王清、安仁王瀋俱除，孝贞皇后宪庙王皇后家三侯伯。惟延龄兄弟公侯最贵盛，得祸亦最惨。

陆恺，神宫巨铛也。以孝穆纪太后兄，世官锦衣百户。纪太后，泰陵孝宗弘治所自出也，籍册无为州巢县人。

国初驸马多功臣子弟，如韩国公李善长子祺，尚临安；东川侯胡海子观，尚南康；西宁侯宋晟子琥，尚安成；瑛，咸宁，吉安侯陆仲亨子贤，尚汝宁；汝南侯梅思祖侄殷，尚宁国；凤翔侯张龙子麟，尚福清；武定侯郭英子镇，尚永嘉；长兴侯耿炳文子璿，尚江都。西平侯沐英子昕、左都督袁洪子容，皆尚公主。

驸马无封侯者：滦城李坚，永乐中除、富阳李让，世指挥、永春王宁除。西宁宋晟世，皆以军功封。惟永康公主驸马崔元，以迎立今皇帝世宗封京山侯除。孝陵少公主驸马赵辉，天顺中求封侯，不得。

郡主无荫子，惟固安以景帝出，顺义以秀怀王出。王无嗣，国绝，顺义育宫中。故其子王道、周凤官之锦衣。

卷二

经　国　门_{肇基}　靖难　交趾　北征　保泰
　　　　　　舆图　形胜　漕运　盐法

肇　基

《太祖实录》三修：建文君即位_{元年正月}初修，王景充总裁；靖难后再修，总裁解缙；缙得罪后三修，总裁杨士奇_{西杨文贞}。初修、再修时，士奇亦秉笔。

乙未正月，孝陵至和阳，郭元帅暴卒。四月，开平王_{常遇春}始来谒。孝陵遂不受小明王韩林儿伪命，渡江克太平，称大元帅。七月，攻集庆。八月，又攻集庆。九月，又攻集庆。皆不克。明年二月，破元兵于采石。三月，始克集庆。集庆，今南京也。

丁未，以信国公_{徐达}为征虏大将军，鄂国公_{常遇春}为副将军，帅师北定中原。二年_{洪武己酉}秋，遇春卒。三年春，以达为征虏大将军，李文忠、冯胜左右副将军，邓愈、汤和左右副副将军北伐。六年_{癸丑}，五将军统兵备山西、北平诸塞。当时盖有副将军，又有副副将军。后遣征南诸将，以参将代副副将军。

国初，伪汉陈友谅为劲敌，伪吴张士诚次之。吴能西扰建业，我则不敢越鄱阳而取武昌矣。是时以长兴侯耿炳文守长兴，江阴侯吴良守江阴。长兴守则陆骑不能出徽、歙，所以断平江_{苏州}之掌股；江阴守则师舟不敢窥通、泰，所以扼平江之襟喉。吴不我扰，而陈氏灭，张氏继之矣。

明氏_{玉珍}据蜀，东阻瞿塘，北恃金牛，自谓我师不能克。洪武四年春，汤中山_和为水帅，率廖永忠辈以舟师由瞿塘趋重庆，傅颍川_{友德}为陆帅，率顾时辈以步骑由秦陇趋成都。瞿塘果坚守，中山不能进，而颍川已直捣阶、文,破绵、汉矣。所谓出其不意、攻其不备者也。颍川既围成都,中山方有重庆之捷。

平蜀之功,经西番破阶、文二州者,颍川侯傅也。由瞿塘破水陆二寨者,德庆侯廖也。二州破,则北失汉水之险;二寨破,则东失江水之险。故圣祖平西蜀之序云“为傅将军、廖将军千万年不朽之功”,而中山侯汤不与焉。

孝陵平汉,封汉主陈理为归德侯,友谅父普才为承恩侯,兄友富归仁伯,友直怀恩伯,弟友仁赠南康王,又封蜀主明升归义侯。洪武五年,遣元枢密使延安答理送理昇于高丽,普才徙滁。纳哈出者,木华黎裔孙也,既降,遣归,数侵辽东。宋国公冯胜兵出塞,降之,封海西侯。卒,葬南京。其子察罕,改封沈阳侯,坐党死。

元皇孙买的礼八剌被擒,有故符宝郎以历代灵章四十余颗降。孝陵以其不忠剐之。山东降将百余人,貌皆魁梧。李丞相善长奏欲用之,孝陵疑其结党,皆杀之。

靖　　难

建文时改官制。升六部尚书正一品,设左右侍中各一人,位侍郎上。诸司去清吏字,改户部为民部,度支、金、帛、仓庾四司,刑部为详宪、比议、职门、都官四司。罢左右都御史,设都御史一人,副金都御史各一人。又改都察院为御史府,设御史大夫,正二品。革十二道,置察院一,设御史二十八人,改诸御史为拾遗、补缺。改通政司为寺,通政使为通政卿、通政少卿、参议。寺丞增置左、右补缺,左、右拾遗各一人。复大理寺,改为司,又改卿为大理卿,左右寺正都评事、寺副、副都评事,司务都典簿。太常寺改卿为太常卿、少卿,寺丞分左右。天坛祠祭署为南郊祠祭署,泗州祠祭署为泗滨祠祭署,宿州祠祭署为新丰祠祭署。孝陵置钟山祠祭署及司圃所。增神乐观知观一人。光禄寺改卿为光禄卿、少卿,寺丞如太常,而升少卿从四品,省署丞二人,增监事二人。太仆寺改卿为太仆卿,增典厩、典牧二署,设骒骟十五群,遂生三群,分隶二署。詹事府增少卿、寺丞各一人,宾客二人。又置资德院,设资德一人,资善二人,其属赞礼、赞书、著作郎各二人、掌籍、典簿各一人。国子监升监丞为堂上官,增司业二人,省博士、学正、学录,增助教十七人。鸿胪寺改卿为鸿胪卿、少卿,寺丞如光禄,而并行人司于鸿胪寺。翰林院增学士承旨一人,学士一人,设文学博士二人,省侍讲、侍读学士,置文翰、文史二馆,文翰馆设侍书,改中书舍人为侍书,文史馆设修撰、编修、检讨,而以方孝孺为文学博士。又改谨身殿为正心殿,设学士一人,罢华盖、文华、武英三殿。文渊、东阁大学士各设学士一人,待设无定员。文渊阁设典籍一人。六科罢左右给事中。改中东西南北城兵马指挥司为五城兵马司,指挥、副指挥为兵马、副兵马,始置京卫武学教授一人,启忠等斋各训导二人。布政司革左右布政使,设布政使一人,堂上官各升品一级。改提刑按察司为十三道肃政按察司,广东盐课司为广东都转运盐使司。罢北平、山东、河南、山西、陕西五省及江北学校贡士。革五府左右断事官、五军断事司,增亲王官宾辅二人,正三品,伴读、伴讲、伴书各一人,长史一人,左右长史各一人。审理正、典膳正、奉祀正、良医正、典宝正,并去“正”字,审理副等改为副审理等。郡王宾友二人,正四品,教授一人,记室二人,直史一人,左右直史各一人,吏目一人。典印、典祠、典礼、典馔、典药五署,典印、典祠、典礼、典馔、典药各一人,典仪二人,引礼舍人二人,仪仗司吏目一人。宾辅、三伴、宾友、教授进对侍坐,称名不称臣,见礼如宾师。靖难后,复洪武旧制,惟存大理寺,不设断事官及断事司。正统中,复设京卫武学。

南京承天门,建文二年_{庚辰}秋灾,复建,改名皋门。因改午门为端门,端门为应门,大明门为路门。又改谨身殿为正心殿。先是,又于乾清、坤宁二宫间,建省躬殿。

洪武三十一年_{戊寅}六月,武官选簿:齐泰由兵部左侍郎进尚书。至建文元年_{己卯}十一月二十三日附选,齐公已不金名。十二月初七日选,则茹瑺为尚书,并公姓亦不载矣。岂北平事急,公有军旅之役耶,近见新官供词,往往有云“郑村埧杀败齐尚书军马”者,岂公时辍部事,理戎务耶?或谓公倡晁错之议,及北平兵起,复偃然居守,令庸懦如_李景隆者为元帅,卒以误国。岂公固未尝居守耶?据选簿如此,附之备考。

正统初，建文帝出滇南至广西。一日，呼寺僧，谓曰："我建文皇帝也。"寺僧大惧，白官府，迎至藩堂。南面跌足坐地，自称朱允炆。曰："胡濙名访张儦俏，为我也。"众闻之悚然，闻于朝。乘传之京师，有司皆以王礼见。比至入居大内，以寿终，葬西山，不封不树。提学鄞黄润玉尝见之，言其状貌魁梧，声如洪钟。云帝尝赋诗，曰："牢落西南四十秋，萧萧华发已盈头。乾坤有恨家何在？江汉无情水自流。长乐宫中云气散，朝元阁上雨声收。新蒲细柳年年绿，野老吞声哭未休。"或曰：帝顶颇偏颇，高皇知其必不终，尝匣凭缁之具，诫之曰"必婴大难，乃发此"。以故遂为僧去靖难兵至，金川门开，僧溥洽为建文君削发。又曰：帝性颖敏，能为诗。高皇帝命赋新月，曰："谁将玉指甲，抓破碧天痕。影落江湖里，蛟龙不敢吞。"曰："必免于难。"又尝赋《金陵》诗，曰："是日乘舆看晚晴，葱葱佳气满金陵。礼乐再兴龙虎地，衣冠重整凤凰城。"后至贵州金竺长官司罗永庵，尝题诗壁间。其一曰："风尘一夕忽南侵，天命潜移四海心。凤返丹山红日远，龙归沧海碧云深。紫微有象星还拱，玉漏无声水自沉。遥想禁城今夜月，六宫犹望翠华临。"其二曰："阅罢楞严磬懒敲，笑看黄屋寄昙标。南来瘴岭千层迥，北望天门万里遥。款段久忘飞凤辇，袈裟新换衮龙袍。百官此日知何处？惟有群乌早晚朝。"

弘治中，台人缪恭学古行高，晚年走京师，上六事。其一"纪绝属"，请封建庶人后为王，奉祀懿文太子。通政司官见恭奏大骇，骂恭"蛮子，何为自速死！"系恭兵马司狱，劾上，待命，赖敬皇明圣，诏勿罪，放恭还乡。

彭惠安公韶《哀江南词》叙述建文死义之臣，至方逊志孝孺乃云："后来奸佞儒，巧言自粉饰。叩头乞余生，无乃非直笔。"盖指西杨士奇文贞辈修《实录》，书方再三叩头乞生者，非实事也。

仁宗即位之岁十一月，召礼部尚书吕震与御札，曰："建文中奸臣，正犯悉受显戮。其家属初发教坊司、锦衣卫、浣衣局习匠。功臣家奴今有存者，既经大赦，并宥为民，给还田土。"仁宗撰《长陵神功圣德碑文》，称"建文君"，虽追废，犹书其没曰"崩"，当其在位，犹尊之曰"朝廷"。又谕群臣，曰："若方孝孺辈，皆忠臣。"诏从宽典。于是天下始敢称孝孺诸死义者为忠臣云。

靖难之岁十一月，副都御史陈瑛言："皇上顺天应人，以有天下，四方万姓，莫不率服。然车驾初至京师，有不顺天而效死建文者，如礼部侍中黄观、太常少卿廖昇，翰林修撰王叔英、衡府纪善周是修、浙江按察使王良沛、知县顾伯玮等。计其存心，与叛逆同，宜从追戮。"上曰："朕初举义，诛奸臣，不过数辈。后来二十九人中，如张纨、王钝、郑赐、黄福、尹昌隆，皆宥而用之。今汝所言数人，况有不与二十九人之数者。彼食其禄，自尽其心，悉勿问。"

靖难兵未起时，中朝已有备。江阴侯吴高兵十万，屯辽东，都督宋忠兵十万，屯怀来，都督徐凯兵十万，屯河间。而张昺、谢贵在北平城中。长兴侯耿炳文又统兵三十万，至真定。何以兵起竟败，涂地瓦解？谓非天命欤？

成祖靖难用兵，出入四年，所破郡县，皆不设官守。诸郡县亦不肯归附。旋破旋守，惟得北平、保定二府。

成祖起自北藩，征诛而得天下，壬午年即位。后一百二十年，今皇帝起自南藩，揖让而有天下，壬午年改元。

交　　　趾

永乐五年丁亥七月辛卯，以成国公朱能为征夷将军、总兵官，西平侯沐晟、新城侯张辅左右副将军，丰城侯李彬、云阳伯陈旭左右参将。大将军率右副将军、右参将及清远伯陈友，统神机将军程宽、朱贵等，游击将军毛八丹、朱广、王恕等，横海将军鲁麟、王玉、商鹏等，鹰扬将军吕毅、朱吴、江浩、方政等，骠骑将军朱荣、金铭、吴旺、刘劄出等二十五将军，以两京畿、荆、湖、闽、浙、广东西兵，出广西凭祥；左副将军、左参将统都指挥陈睿、卢旺等，以巴蜀、建昌、云、贵兵，出云南蒙自；兵部尚书刘儁参赞戎务，行部尚书黄福、大理寺卿陈洽转饷，征交趾。

永乐五年丁亥五月平交趾露布：臣总兵官新城侯张辅等，谨以所获交贼伪大虞国上皇黎季犛，伪大虞国主黎苍；贼男：伪推诚守正翊赞弘化功臣云屯镇兼归化等镇、嘉兴等镇诸军事节度大使、洮江管内观察处置等使、持节云屯归化嘉兴等镇诸军事、领东路天长府路大都督府特进开府仪同三司、入内检校左相国平章军国事、赐金鱼袋上柱国、卫国大王黎澄，伪大原镇兼天开镇骠骑上将军、梁国王黎澂，伪新安镇骠骑大将军、新兴郡王黎汪；贼孙：伪太子黎芮，伪郡嗣王黎淘，伪郡亚王黎范，幼孙五郎；贼弟：伪临安镇兼太安海镇骠骑将军、特进开府仪同三司、入内相国平章事、赐金鱼袋、上柱国、唐林郡王黎季貔；贼侄：伪望江镇辅国大将军、入内判中都督、河阳郡亚公黎原咎，伪领龙兴路统府平陆县上侯黎子绰；贼侄孙：伪御辇一局正掌乡侯黎叔晔，伪清亭侯黎伯骏，伪石塘乡侯黎廷烨，伪永禄廷侯黎廷炉；贼将：伪入内金闻朝政兼内侍省都知知左班事谅山镇权金行军行谅江路同知总管府事、赐金鱼袋、柱国、东山乡侯胡杜，伪入内行遣、同知尚书左司事、枢密院副使阮彦光，伪正奉大夫、入内行遣、门下左谏议大夫、同中书公事兼三江路太守、新安镇封置使、国子学祭酒、赐金鱼袋、护军黎景琦，伪宁卫将军知威卫管左登翊军赐金团符县伯段蘗，伪神劲营亭伯陈汤梦，伪钩铃卫中郎将、领龙捷军兼领壮勇营范六材，谨差都督金事柳升、横海将军鲁麟、神机将军张胜、都指挥金事俞让、指挥同知梁鼎、指挥金事申志，槛送京师，并其伪造金印图书一十六颗，献之阙下。

永乐六年戊子，定兴张辅，今英国公世、定远邓愈二王上交趾地图。东西一千七百六十里，南北二千八百里。乃郡县其地，设都、布、按三司，分十七府，曰交州、北江、谅江、三江、建平、新安、建昌、奉化、清化、宣化、太原、镇蛮、谅山、新平、乂安、顺化、升华，四十七州，一百五十七县。卫十一，所三，市舶司一。改鸡陵关为镇夷关。

宣宗坐文华殿，召问士奇西杨文贞、荣东杨文敏交趾敕去未，对曰"行矣"。上曰："朕昔闻皇考言：'太祖初定天下，安南最先纳贡。已而黎氏篡夺，天讨不可赦。是时求立陈氏后，不得，故郡县其地。若陈氏有后，不致劳敝方隅。'朕对曰：'此诚帝王盛举。'皇考笑曰'勿泄'。朕心未尝忘。今思陈氏果有后，选立一人，使供藩职，三年一贡，如洪武制，用宁其民，我亦得省兵戍。论者将谓朕委弃祖宗之业。然继绝兴灭，实皇祖之志。"士奇、荣顿首称善。上曰："卿二人识朕意，勿言。"赐酒馔而退。

北　　征

长陵北征,命侍郎师逵督饷。逵以道险车载,民疲粮乏,乃择平坦之地,均其里路,置站堡,每夫一人,运米一石,此送彼接,朝往暮来。民以不因,食亦旋足。

永乐八年庚寅二月,成祖征本雅失理。丁未发北京,庚戌度居庸关,丁巳驻宣府,甲子阅武兴和。三月甲戌,驻鸣銮戍,乙亥大阅。四月癸卯次玄石坡,上为铭,刻立马峰,曰:"维日月明,维天地寿。玄石勒铭,与之悠久。"壬子次擒胡山,刻铭曰:"瀚海为镡,天山为锷,一扫胡尘,永清沙漠。"甲寅次广武镇,赐泉名"清流",刻铭曰:"於铄六师,用歼丑虏。山高水清,永彰我武。"五月丁卯朔,营于平漠镇,甲戌次环翠阜。戊寅,上至兀吉儿札,虏遁去。明日,追至斡难河,虏拒战。上登山布阵,麾先锋逆击败虏。本雅失理以七骑渡河遁去。壬午驻五原峰,丙戌次饮马河,谕皇太子,遂下诏班师。

保　　泰

洪熙元年乙巳三月十五日,诏略曰:"若朕一时过于嫉恶,律外用籍没及凌迟之刑,法司再三执奏,三奏不允,至于五奏,五奏不允,同三公及大臣执奏,必允乃已。永为定制。"

宣德二年丁未三月,有进《豳风·七月》图者。上喜受之,顾侍臣曰:"此见周家立国之本,周公辅成王之心。当是时,君民相亲如父子,以故周之王业历年最永。"

宣德九年,罢筑西教场。先是,教场在德胜门外,欲移西直门。上命都督武兴视可否,兴还奏"可",但徙民家三十六。既而有言其地皆民种麦苗桑枣果树及古坟墓,并须铲夷,又白云观傍地皆民纳税蔬圃。上曰:"勿病民。"事遂寝。

宣德三年,上御武英殿,问侍臣历代户口盛衰。对曰:"禹平水土,民奠厥居。至桀而耗,汤时已不及禹。至纣淫虐,武王时又不及汤。成、康致理,遂多于禹时。春秋、战国至秦,所耗尤多。汉高至文、景，民庶大增。武帝征伐不息，十数年间民数减半。昭帝罢兵务农，至成帝初，户口极盛。东汉承王莽后，率土之民，十才二三。明、章之后，天下无事，人口滋殖。三国、六朝疆宇分裂，所存无几。隋文帝恭俭，大业之初，户口极盛。炀帝荒淫，役人以百万计，丁男不足，役及妇人，由是天下之民，聚而为盗。唐贞观以后，及于永徽，户口日增，至开元又极盛。安史之乱，遂大耗。宋承五季后，自太祖至神宗，户口日盛。高宗南渡，中原板荡，所存者东南之民。此历代户口之概也。"上曰："户口盛衰，足见国家治忽。其盛也本于休养生息，其衰也必由土木兵戈。观汉武承文景之余，炀帝继隋文之后，开元之盛遂有安史之乱，岂非恃其富庶而不知儆戒乎！汉武末年乃知悔过，炀帝遂以亡国，玄宗至于播迁，皆足为世主大戒。"

宣德九年，上与侍臣论两晋。侍臣曰："晋武惩魏氏刻薄奢侈，矫以仁俭。平吴后颇事游宴，怠政事。掖庭将万人，外戚用事，势倾内外，曾不一传，祸生闺阃，驯致戎羯之乱。元帝继统江右，恭俭有余，明断不足，大业未复，祸乱内起。明帝明敏有机断，故能诛剪凶臣，惜其享年不永。成帝以后类皆孱弱，寄命强臣，奄奄百有余年，亦为幸矣。"上曰："晋武创业，不为远图，树立失宜，托付非才，况羌胡、鲜卑杂处内郡，不能先几区处，以致国祸方殷，戎寇遝至。东晋仅能立国，逆臣接迹，朝政陵夷，尚传数世，由贤人为之用也。"又曰："帝王维持天下，以礼教为本。两晋风俗淫僻，士习浮薄，先王礼乐教化，荡然扫地，岂久安之道！"

弘治十年八月，上召见内阁徐溥、刘健二文靖，李东阳、谢迁二文正于平台议政事。时太监李广以烧炼斋醮横被宠赉。阁疏力谏，上嘉纳，以疏示广李。武冈知州刘逊为岷府所奏，逮逊至京，科道疏救逊，下诏狱者六十余人，内阁疏救，得释。十一年五月，上坐平台，召见内阁刘、李、谢三公，议罢成山伯王镛、遂安伯陈韶、宁晋伯刘福总兵。越二日，又召见，议以保国公朱晖、镇远侯顾溥、惠安伯张伟为总兵代镛王等，而以溥顾同英国公张懋管团营。盖五军、神机、三千所谓三大营六提督也，六人中择二人提督团营，皆名总兵官。

舆　　图

　　洪武三年_{庚戌}冬，儒士魏俊民、黄篪、刘俨、丁凤、郑思先、郑权上《大明志》，命秘书监梓行，授俊民等官。先是，上令俊民等类编天下州郡地理形势、降附始末为书，凡行省十二，府一百二十，州一百八，县八百八十七，安抚司三，长官司一，东至海，南至琼崖，西至临洮，北至北平。六年_{癸丑}，令州府绘上山川险易图。十六年_{癸亥}，诏天下都司上卫所、城池、地理、山川、关津、亭堠、水陆道路、仓库。十七年_{甲子}，令朝觐官上土地人民图。十八年_{乙丑}夏，上览舆地图，侍臣有言"舆地之广，古所未有"者，上曰："地广则教化难周，人众则抚摩难遍，此正当戒慎。天命人心，惟德是视。纣以天下而亡，汤以七十里而兴，所系在德，岂在地之大小！"

　　唐虞时，天下分九州，又析为十二州。夏九州，分为五服。商谓九有，周九州六服。秦三十六郡。两汉十三部。西汉之衰也，县、邑、道、侯国一千五百八十七，东汉则一千一百八十矣。晋十五道。唐十道。宋三十三路。元十一省，二十三道。我朝洪武初都建康，凤阳为中都。分天下为十三布政司。永乐初_{元年}，以北平为北京，建康遂为南京_{五年}。又平安南，为交趾布政。割川、湖广南地，为贵州布政司。宣德中，弃交趾。今两直隶，十三布政司，统府一百五十二，州二百四十，县一千一百三十四，百九十三卫，二千五百五十四所，宣慰司十二，宣抚司十一，招讨安抚司十九，长官司一百七十七。朝鲜、安南来朝者五十六国。速温河等地面五十八。奴儿干、乌思藏等都司所领卫所二百三十八。

　　洪武二十七年_{甲戌}，《寰宇通衢》书成。书分为八目，东距辽东都司，又自辽东东北至三万卫；西极四川松潘卫，又西南距云南金齿卫；南逾广东崖州，又东南至福建漳州府；北暨北平大宁卫，又西北至陕西、甘肃。为驿九百四十。浙江、福建、江西、广东之道各一，河南、陕西、山东、山西、北平、湖广、广西、云南之道各二，四川之道三，为驿七百六十六。凡天下道里，纵一万九百里，横一万一千七百五十里。四夷之驿不与焉。

永乐十六年戌戌，诏纂《天下郡县志》。命夏忠靖原吉、杨文敏荣、金文靖幼孜三公领其事。景泰中修《寰宇通志》，准祝穆《方舆胜览》。叶文庄公盛曰："此赵宋偏安之物，况直为四六设。今欲成盛代一统之书，宜有资军国，益劝戒，如地理户口，类不可缺。必如永乐中志书凡例，充广之，可也。"陈芳洲循笑曰："此岂造黄册耶！"天顺五年辛巳，撰《大明一统志》。

形　　胜

国朝定鼎金陵，本兴王之地。然江南形势终不能控制西北，故高皇时已有都汴、都关中之意。观洪武元年诏曰："江左开基，立四海永清之本；中原图治，广一视同仁之心。其以金陵、大梁为南、北京。"方希古《懿文太子挽诗》曰："相宅图方献，还宫疾遽侵。关中诸父老，犹幸翠华临。"盖有都关中之议，以东宫薨而中止也。

南京城大抵视江流为曲折，以故广袤不相称，似非体国经野辨方正位之意。大内又迫东城，且偏坡卑洼，太子、太孙宜皆不禄。江流去而不留，山形散而不聚，恐非帝王都也。以故孝陵高皇欲徙大梁、关中，长陵文皇竟迁北平。

留都诸司无事时似闲，有事则参赞机务。守备武臣、操江都宪、总兵最为要职，不可不择其人。南都水军胜于陆卒，营马壮于江舟，然战守皆不得地利。孝陵再三欲徙都，不果。成祖决迁北平，万世之虑也。

永乐元年癸未二月，以北平为北京，设行部行府，改北平府为顺天府，从礼部尚书李至刚之请也。

北狩，永乐七年己丑也。六曹称行部，十五年丁酉改云行在某部。北京之为京师，不复称行在也，盖自正统辛酉始也。

太祖取南都，自太平顺流而下；成祖入南都，自仪真逆流而上。隋氏平陈，兵分两道，上游庐州总管，下流扬州总管。成祖南来，以淮安、凤阳各有重兵，间道自泗州渡淮，经天长至江上。

南京大内近多圮坏，以王廷相建言故也。今端门楼已毁，承天门楼将倾，数年之后当大坏。宗庙火，亦当复建，神所栖也。不知其神在彼乎，在此乎？故成王在镐京，而文、武王庙丰及洛都皆有之。夏言《九庙议》，诬甚。

辽东之不隶山东，先朝有深意。辽山多，苦无布。山东登、莱宜木绵，少五谷。又海道至辽一日耳，故令登、莱诸处田赋止，从海运运布辽东，无水陆舟车之劳。辽兵喜得布，回舟又得贩辽货，两便之。后以夹带私货故，禁止海船，遂废。今布运者又不得由遮洋运船海道，须经京东，出山海关，入辽苦劳。视登、莱海道，何啻百倍！此以人事言。若论地利，辽东须直隶、京师为东辅。

洪武六年癸丑，定府为三等：赋二十万石上，为上府，知府从三品；二十万下，中府，正四品；十万下，下府，从四品。已乃并为正四品。吴元年，定县三等：赋十万石以下，为上县，知县从六品；六万以下，中，正七品；三万以下，下，从七品。已乃并正七品。京县正六品。

宣德五年十二月，巡抚浙江侍郎成钧奏："海盐县民言，县并海旧置石嵌土岸，延袤二千四百四十余丈，备海患。比因风潮冲激，坏者一千一百余丈。有司虽常修筑，然旧石为水所啮，皆刓弊无廉隅，暂用累砌，终不坚固。今议于旧岸内别砌石岸，而存其旧者以为外障，庶可久远。乞如洪武中，令嘉兴、湖州、严州、绍兴等府，发夫匠协助为便。"上从之。

漕　　运

大禹治河易，今治河难。大禹时直欲除害，今并欲兴利，以故甚难。既欲顺其流，不逆水性，必难得其济漕运。既欲济漕运，难保淮西陵寝无冲决之患。大名、张秋、济宁、徐州处处畏河患，又必须引之东南流，虽大禹治之，恐亦便无长策。以故中滦之运及胶河故道皆不可不早图之。胶河即今所谓南北新河，不出登、莱大洋之险，直自安东至海仓，三百里耳。

嘉靖癸卯二十二年，王湛泉与龄为文选郎中，起用周恭肃公，以工部尚书总理河道。忌王清劲者，倡言河道无用尚书故事。王以问余，余曰："永乐初开会通河，尚书宋礼实始其事，西涯李诗所谓'几度会通河上过，竟无人说宋尚书'者是也。景泰时河决张秋，尚书石璞治之。

正德中李燧亦以尚书治河。嘉靖初年江南白茅港之役，李充嗣亦尚书也。"

景泰三年，沙湾堤坏，遣训导陈冕修筑。先是，冕以沙湾功，升教授。比沙湾复决，冕奏言："欲息斯患，在用人。"工部恶冕，请送冕山东巡抚，责其成功，否，械赴京师。既得旨，给事中陈嘉猷言："朝廷尝榜求治河之略，竟未有言。冕尝有修河绩，今更进言。而工部嫉之，必欲置诸有罪之地，人人皆将缄口不言。其他利病甚于此者，孰肯复言！冕不足恤，而国体所关甚重。乞令冕协同巡抚等官修筑便。"上从之。

洪武二十四年，河决武原、黑羊山，东经汴城北五里，又南至项城入淮，而故道遂淤。正统十三年，决张秋、沙湾，东流入海。又决荥泽，东经汴城，历睢阳，自亳入淮。景泰七年，始塞沙湾，而张秋运道复完。自后河势南趋，而汴城之新河又淤。弘治二年以后，渐徙而北，又决金龙口等处，直趋张秋，横冲会通河，奔流入海。而汴城南之新河又淤。六年，命副都御史刘东山治之，施功未竟，伏流溃溢。人皆言黄陵冈塞口不合，张秋护堤复坏，河不可治，运道不可复，且有为海运之说者。盖荥泽孙家渡口旧河东经朱仙镇，下至项城、南顿，犹有河流，淤浅仅二百余里。若多役夫力，疏浚深广，使由泗入淮，可杀上流之势。黄陵冈贾鲁旧河，南经曹县梁进口，下通归德丁家道口，足以分杀水势。然梁进口以南，滔滔无阻，以北，淤淀将平。计其功力，仅八十里。若多役夫力，疏浚深广，使由徐入淮，可杀下流之势。水势既杀，则决口可塞，运道可完矣。但既疏之后，不能保其不复淤，既塞之后，不能保其不复决耳。是时，东山能虚怀博访，推心任下，五旬而事竣。

《禹贡》夹右、碣石入于河，今遮洋运道也。浮于汶、达于济，浮于济、漯，达于河，会通河也。浮于淮、泗，达于河，淮安至徐、沛也。沿于江、海，达于淮、泗。国初，海运沿于江、海也。永乐初，中栾之运，达于淮、泗也。浮于江、沱、潜、汉，江西、湖广之道也，未必尽同，大势若此。剑阁云栈，通于秦始皇时，故梁州贡道，西倾因桓，是来浮潜，逾沔入渭，乱河也。其不浮潜沿江，从今仪真出淮安者，盖吴城邗沟以通江、淮之道,禹时未通,又须入海溯淮,太远故也。浮于积石,至于龙门西河,今兰州,北折而东,为河套,转入中国山西之西、陕西之东之河道是也。然禹时可通贡,今皆不可行,何也?汉儒亦云此不能通舟。倪文毅公岳尝疏乞复漕运,以足兵食,而纾民力。略曰:"今关、陕所需,皆山西、河南所给,而三方之地,俱近黄河。其间虽有三门、析津、龙门之险,然昔汉、唐粮饷,由此而通。即今盐船木筏,往来无滞。今令户部所计,山西米豆必运贮榆林及保德州县诸仓,河南米豆必运贮潼关卫及陕州诸仓,其诸州卫地皆濒河,可通舟楫,踵往古故迹而行,免当今陆运之害。公私之利,奚啻万万!况今河道当潼关之北数十里,接连渭河,可通陕西及凤翔、巩昌。渭河西流数千里,接连洛河,可通延安,及北上源可通边堡。渭河西流三百余里,接连泾河,可通庆阳。又龙门之上旧有小河,径通延绥。傥加修浚,必可行舟。此宜简命水部之臣,示以必行之意,相度地形,按求古迹,某处避险,可以陆运,某处可以立仓倒运,某处可以造船装运。淤塞悉加导涤,漕河务在疏通,毋惮一时之劳,而失永久之利。如是则不但三方之困可纾,虽四方之物,无不可致矣。"

景泰元年五月,漕粟十五万石,自丁字沽舟行抵雄县,分给军饷。

邵文庄公宝言运法五变:一曰海运,二曰海陆兼运,三曰支运,四曰兑运,五曰改兑。恐未然。予谓运法凡三变,初海运,再海陆兼运,三漕运。已而漕运之法又二变,初转运,再兑运。已而兑运又有支兑、改兑、遮洋,一总犹海运。但不自太仓开洋绕出登、莱大洋,只从天津入海,运至蓟州耳。转运虽变为兑运,而淮、徐、临、德四仓尚存。改兑即改支兑者为兑运,其为兑运一也,非变也。今考洪武末及永乐初,苏、松、浙江岁粮俱输纳太仓,由海道达直沽。洪武中,航海侯张赫、轴轳侯朱寿,永乐初平江伯陈瑄皆督海运。及建北京,江南粮一仍海运,一渡江,由淮入河,抵阳武,陆运至卫辉,沿卫、沂、潞达通州。永乐五年,议者言:北京军饷,河运不能给,须兼海运。今海船少,岁运不过五六十万石,且未设官专领,事不归一。请于太仓设海道都漕运使司,择文武大臣中公勤廉干者充使,行移如布政司,提调各卫所海船并出海官军。文皇令再议。九年,始命工部尚书宋礼、都督周长等，发山东十六万五千人，浚元会通河，自济宁至临清三百八十五里，以通漕舟。十年，礼言海船造办太迫，请造浅船五百，由会通河运淮、扬、徐、兖诸郡粮百万石，补海运一年之数。十二年，瑄等始议转运苏州等府并兖州送济宁仓，河南、山东送临清仓交收。浙江并直隶官军于淮安运至徐州，京卫官军于徐州运至德州，山东、河南官军于德州运至通州，名为支运，一年四转。十三年，增造浅船三千余，乃罢海运遮洋船，兑三十万石。内六万入天津仓，二十四万直沽渡海入蓟州仓。江南巡抚周文襄忱议里河民运多失农月。始令民运于淮安、瓜州，补给脚价，兑与运军卫所，出通关付缴。宣德八年，参将胡亮言：江西、浙江、湖广、江南船各回附近水次领兑，南京、江北船于瓜、淮领兑，其淮、徐、临、德诸仓，仍支运十之四。浙江、苏、松等船，各就本司府领兑，不尽者仍于瓜、淮交兑。其北边一带，如河南、彰德于小滩，山东济南州县于济宁，其余水次仿此。成化七年，都御史滕昭议罢瓜、淮交兑，里河官军将江船于江南水次交兑，民加过江之费，视远近为差。十年，议淮、徐、临、德四仓支运粮七十万石，改就水次兑军，名为改兑。

洪武三十年，海运赴辽七十万石有奇。永乐六年，六十五万有奇。十二年，北京五十万由卫河、通州，四十万由海。十六年，会通河运四百六十万有奇。宣德八年，五百余万。正统二年，四百五十万。景泰二年，四百二十三万。七年，二百九十二万。天顺四年，四百三十五万。成化八年以后四百万石。又有江南常、苏、松、嘉、湖白粮十八万八百六十余石，山东、河南粟、米、豆、麦又若干石，不在四百万数。

漕船一万二千一百四十三。里河浅船、遮洋海船十年一造，免仪、瓜坝也。江南皆五年一造，往回皆经坝也。官军十二万有奇。

席文襄公论漕船利害：成化以前病在民，成化以后病在军。

漕运，有元戎间以卿亚提督整理。自河州休庵王公竑庄毅以景泰庚午元年十二月总督漕事，明年兼巡抚江北，于是或右都御史，或左右副佥，为常设之官矣。

盐　　法

国初,召商中盐量纳粮料实边,不烦转运,而食自足,谓之飞挽。后因积纳数多,价值亦贱,兴利之臣遂改议上纳折色。行之既久,习以为常。彼时改折,粮料有余,而价亦贱,计似所入,为有赢利,未为不可。近来粮料不足,价亦腾贵,徒烦转籴,边用索矣。大率盐一引,纳银五钱,先时可籴米一石,今多不过三四斗,或二三斗。故商人所纳,数倍于前,而国初之所资以饷军者,实则无增于旧。彼此亏费,其弊益滋。是故多得银不如少得米,省和籴之扰也,杜侵克之弊也,慰待哺之望也,渐垦边地以致殷富也。一举而四善具焉。说者又谓,间曾开纳本色,召商不至。盖向者上纳本色,时商自募民耕种塞下,而得谷为易。又塞下之积甚多而价轻,又无戎虏之患。今则耕种废矣,塞下之积虚矣,谷价腾涌,强虏出没,势不安居,商人安得粮料应召募乎?欲复本色,非减斗头,利商人,使商人趋利而开垦边地不可也。然必迟之四五年,而后得其大利。

景泰元年,减中盐刍粟。先是,召商于密云、隆庆中淮盐者,引米七斗,豆五斗,草四十束;古北口引米七斗,豆三斗,草三十五束。至是减密云、隆庆米、豆一斗,草十束;古北口米五升,豆一斗,草十束。

卷三

建官门 职任 妇寺 功封 太宰
阁臣 恩典 沿革 符信

职任

洪武元年_{戊申}始设六部，以滕毅为吏部尚书，正三品，属中书省。十三年罢省，以山西参政偰斯为吏部尚书，改正二品。自偰至张纮，皆在南京。蹇忠定公义以后，皆在北京。

六部、都察院、通政司、大理寺，名九卿，相颉颃，不得相压，实自我朝始，始于洪武十三年。

六部主事列衔御史上，永乐中修《五经》、《四书》、《性理大全》时尚然，其后郎中皆列科道官后，不知起自何时。都左右给事中列御史上，自景泰三年始。

洪武辛亥_{四年}，礼官崔亮定外官庆贺礼，以武臣为班首。壬戌，广东布政司请庆贺班秩。孝陵曰："礼行于藩司，班首以品秩叙。"今都司无实授者，惟实授都指挥使，正二品，乃得为班首。

永乐至正统间，诸老臣在政地既久且专。忠定_{蹇义}秉铨、忠靖_{夏原吉}握利权，皆二十七年。忠宣_{黄福}尚书两京三十九年，而在交南者十有九年。忠安_{胡濙}为礼部尚书三十二年。文襄_{周忱}巡抚江南二十二年。以故用人、理财、礼乐、征伐诸大政，文经武纬，各尽其长，章程故在，后鲜能及。

洪武十一年，令考绩殿最，分三等：称职、无过为上，赐坐宴；有过、称职中，宴而不坐；有过、不职下，不预宴，叙立于门，宴者出，然后退。十七年，令方面官无侵郡县之职。

吴元年，选郡县官三百三十四人，赏绮布道里费及其父母妻子有差，著为令。曰："以养汝廉奉公，无渔民也。"洪武元年，诏中书省自今除府、州、县官，赐银十两，布六匹。征天下贤才为守令，厚赐而遣之。

洪武三年，上幸后苑，见巢鹊卵翼，叹曰："谁无母子！"令群臣亲老得归养。是年，赐朝臣袍带，赐廉吏嵩县刘典史布帛，择文儒性行清洁者充学官。赐文武官朝服、公服，又赐冬衣。

洪武癸亥_{十六年}，赐六部尚书马。己巳_{二十二年}，赐有司方面官马。谕兵部试尚书茹瑺曰："布、按二司官，方面重臣，府、州、县官，民之师帅，跨驴出入，非所以示民，或假马部民，因被浸润，不能举职，甚乖治体。其官为市马，司二十匹，府半之，州、县又半之。马一率十户食之，岁一更。"

宣德二年_{丁未}，行在吏部言："自永乐十九年_{辛丑}迄今，遣回庶官四千三百十九人居乡，往往不循分守，构词健讼，持官府短长。请悉召至京，考验才能，可用者以次叙铨，否，罢为民。"

成化中，太监张敏卒，侄太常寺丞苗倾资上献，乞侍郎。上曰："苗本由承差，若侍郎，六部执政，不可，可授南京三品。"左右急持官制请，竟得南京通政使。是时四方白丁、钱房、商贩、技艺、革职之流，以及士夫子弟，率夤缘近侍内臣，进献珍玩，辄得赐太常少卿、通政、寺丞、郎署、中书、司务、序班，不复由吏部，谓之传奉官。阁老之子若孙，甫髫龀已授中书，冠带牙牌，支俸给隶，但不署事。朝参大抵多出于梁方之门。弘治间，马端肃公_{文升}言："京官额一千二百余人，传奉官乃至八百余人，内实支薪俸者九十一人，冗官莫甚于今日。请因灾汰罢。"上从之。

景泰三年，御史练纲等言："举用方面事例，有旨令礼部集议。吏部不俟议定，即奏升福建佥事李颙为参政，杨珏为按察使。盖吏部恐议定莫遂其奸尔。夫所举，纵皆得人，亦得避嫌。况杨珏见为副使，曹祥发其赃私。且吏部推选多不公。如向举陕西按察使何自学，不能检身齐家，为家奴所杀；山东按察使张清，今为尚书薛希琏所黜；副使张哲未任，为都御史韩雍所黜；户部主事杨愈考平常，例不当升，乃升河南知府；湖广副使陈质九年例升二级，止升参政一级；佥事曾蒙简未及一考，以杀贼功升一级，越升左参政三级。臣等非不劾奏，但给事中、御史有以直言触其同类大臣者，吏部尚书怀猜忌，往往退其见任之职，钳其欲言之口。所以居言路者，以言为讳，职风宪者，以职自保。宁负朝廷之恩，不敢犯大臣之怒。今吏部复尔专权鬻爵，肆行欺罔。臣等如不复言，皇上深居九重，何由知其弊之若是！臣等非不知触犯权臣，祸不能免，但朝廷耳目所系甚重，岂可知有权臣不知有陛下，知有身家不知有朝廷！请下太子太保兼吏部尚书何文渊、右侍郎兼少詹事项文曜于法司，明正其罪。文曜阴险奸邪，群臣共知，比之文渊，情罪尤重，难佐天官。少保兼太子太师、吏部尚书王直，太子太傅兼吏部左侍郎俞山，素行本殊于众，今亦为文曜等所愚，失于举觉，亦宜究问。乞俯从臣言，命吏部但遇三品以上大臣举用方面等官，每置二簿，钤印，备书举主与被升者。一封进司礼监，便御览，一送翰林院，备顾问。俟一考，政绩卓异者，赏举主，政绩无闻及犯赃，举主同罪。"上曰："御史职居言路，凡事当言。今所言俱是，但知人之难，从古为然。已升除者置不问，何文渊、项文曜等亦姑宥。自今选官务洗心涤虑，广询博访，必从公道，毋得徇私。"四年，以御史钱昕为真定知府。御史给事中乞留昕，御史王直遂请老，上不许。昕竟去真定为知府。

<h2 style="text-align:center">妇　寺</h2>

洪武五年壬子，上令定女职。礼部具陈："周制，后宫设内官，以赞内治。汉设内官一十四等，凡数百人。唐设六局二十四司官，凡一百九十人，女使五十余人，皆选良家女充。"上曰："古者所设过多，宜防女宠，垂法将来。"命重加裁定。遂立六局、一司。局曰尚宫、尚仪、尚服、尚食、尚寝、尚功，司曰宫正，俱正六品。尚宫总司纪、司言、司簿、司闱。尚仪总司籍、司乐、司宾、司赞。尚服总司宝、司衣、司仗、司饰。尚食总司馔、司酝、司药、司供。尚寝总司设、司舆、司苑、司灯。尚功总司制、司珍、司彩、司计。凡二十四司。宫正掌戒令、责罚之事。二十二年己巳，令六尚局官服劳既多，或五载六载，归其父母，从宜婚嫁。年高者许归，以终天命。愿留者听其在宫闱，及见受职者，

家给与禄，视外品。

内官之制，定于洪武二十八年乙亥，凡监十一，曰神宫、曰尚宝、曰陵神宫、曰尚膳、曰尚衣、曰司设、曰内官、曰司礼、曰御马、曰印绶、曰直殿。凡门四，曰奉天门、曰午门、曰端门、曰承天门。凡司二，曰钟鼓、曰惜薪。凡局六，曰兵仗、曰内织染、曰针工、曰巾帽、曰司苑、曰酒醋面。凡库三，曰内承运、曰司钥、曰内府供应。其正官，监有太监，门有门正，皆正四品；司有司正，局、库有大使，皆正五品。洪武三十年丁丑，增都知监、银作局。东宫六局，曰典玺、曰典药、曰典膳、曰典服、曰典兵、曰典乘，各正官局郎，正五品。王府承奉司典宝、典膳、典服三所，各有正官，正六品。又有内使门正、公主府中使司、司正、司副，皆杂职。

正德十六年辛巳，工部言："内侍巾、帽、靴、鞋，合用纻丝纱罗皮张等料，成化间二十余万，弘治间三十余万，正德八九年至四十六万，今至七十二万。昔东汉永平中，始定宦官员，中常侍四人，小黄门十人。和帝以后，中常侍至十人，小黄门二十人。唐太宗诏内侍不立三品。中宗时黄衣二千人，员外置千人，衣紫者尚少。开元、天宝黄衣以上三千人，衣紫千人，其称旨者辄拜三品，列戟于门。宋初自供奉官至黄门定员一百八十人。孝宗定二百人，后增至二百五十人。洪武二年，定置内使、监、奉、御凡六十人。今自太监至火者近万人矣。"

成化末年，宦者尚铭坐东厂，陈准继之，甚简靖。令刺事官校曰："反逆妖言则缉，余有司存，非汝辈事也。"坐厂数月，都城内外安之。权竖以为失职，百计媒孽。准自知不免，一夕缢死。准，广东顺德人。

林见素俊劾继晓妖僧，下诏狱。茂陵宪宗怒甚，事且不测。司礼太监怀恩叩首诤不可，曰："杀俊，将失百官心，将失天下心，奴不敢奉诏。"上大怒，曰："汝与俊合谋讪我，不然，安知宫中事？"举砚掷恩，恩以首承砚，不中。又怒仆其几。恩脱帽解带，伏地号泣，曰："奴不能复事爷爷矣。"叱恩出，至东华门，使人谓典诏狱者曰："若等诇梁方，合谋致俊死，若等不得独生。"乃径归卧，称中风不能起。上怒解，命医治疾，屡使劳问，俊得不死。时星变，黜传奉官。御马张敏请马坊传奉者，得勿黜。持疏谒恩，跪庭下。恩徐曰："起起，病足不能为礼。"问何为，曰："得旨，马坊传奉不必动。"恩大声曰："星变专为我辈坏国，外臣何能为！今甫欲正法，汝又坏之。他日天雷且击汝首。"指其坐曰："吾不能居此矣。汝兄弟一家，遍居权要，又欲居我位乎？"敏素骄贵，又老辈，闻其言，不敢吐气。归家，愤恨死。章瑾进宝石，求锦衣镇抚。命恩传旨，恩曰："镇抚掌诏狱，武臣极选。奈何以货故与瑾？"上曰："汝违我命乎？"恩曰："非敢违命，恐违法耳。"改命覃昌传旨。恩曰："外庭傥肯谏，吾言尚可行。"因讽余肃敏执奏，"吾且从中赞之"。余谢不敢。恩叹曰："吾固知外廷无人！"王端毅为都御史，屡上疏论事，言甚切直。恩每叹曰："天下忠义，斯人而已！"力左右之，卒免于祸。弘治初，大开言路，言者辄指内臣为刀锯之余。覃昌大怒，恩曰："吾侪本刑余之人，又何怒为！"

正德庚午五年，逆瑾既缚，治党与，长沙李东阳欲逮内阁曹元。太监张永曰："老先生勿开此端，当为日后计。"元得削籍去。正德辛巳，新都杨廷和因言官论晋溪王琼，票拟下诏狱，且将杀晋溪。司礼曰："万岁今才年十五，王天官左班大臣，一旦至此，恐日后事不可料。"大礼议时，永嘉张孚敬欲逮新都，司礼亦不肯。

宣德六年辛亥十二月，太监袁琦有罪，凌迟，诛其党陈海等十人，诏天下。又谕都御史顾佐："内臣出外有犯令，所在官司奏闻，重治；知而不奏，罪同；军民拨置害人者，罪死。"

宣德四年七月，太监马骐矫旨下内阁书敕，付骐，复往交趾闸办金银珠香。时骐自交趾召还未久，内阁覆请，上正色曰："朕安得有此言！渠曩在交趾，荼毒军民，卿等独不闻乎！自骐召还，交人如解倒悬，岂可再遣！"然亦不诛骐也。

弘治十一年十月，清宁宫灾。诏行宽恤，求直言。内阁上疏曰："窃见顷年灾异频仍，内府火灾尤甚：军器库火，番经厂火，乾清宫西七所火，内官监火。而清宁宫之灾尤为大异。古先圣王遇灾而惧，避殿减膳，责己求言。修政事，明赏罚。然后可以转祸为福，变灾为祥。本朝列圣，具有故事。今日急宜举行。向来奸佞荧惑圣聪，妨蠹圣政，以致贿赂公行，刑赏失当，纪纲废弛，贤否混淆，赋役繁兴，科派百出，公私耗竭，军民困惫。而大小臣僚，被其胁制，畏罪避祸，箝口结舌,下情不达,上泽不宣。愁叹之声,仰干和气,灾异之积,正此之由。今天道昭明,元恶李广殄丧,圣心开悟,洞察前非。然余慝未除,宿弊未革,虽圣仁广大,姑示含容,而中外人心,愤郁未释。故上天仁爱,复有此异。伏愿大开离照,独运乾纲,进贤黜奸,明示赏罚。当行之事,断在不疑,无更因循,以贻后患。尤望特降纶音,戒谕臣工,痛加修省,广求直言,指陈时弊,并垂采择,次第施行,以收人心,以回天意。"上悉从之。时太监李广死,乞祠额,不许。广党周辅请令李东阳为广寺碑文,又不许。言官劾文武大臣交结广者,请追究簿籍。上因东宫午讲,过左春坊,放班后召内阁,出袖中诸大臣辩疏,问:"处分云何?"内阁请治其罪。上曰:"然。但六部尚书五人被劾,奈何?"对曰:"但查簿籍,治其有实迹者。"上曰:"本无簿籍,究之恐滥及耳。"对曰:"请付臣等拟上,必不太滥。"上曰:"此籍不知有否,姑宜已之。"内阁疏中所谓奸佞元恶,皆指广也。

正德元年丙寅十月,刘瑾入司礼监,矫诏杀太监王岳、徐智、范亨,罢户部尚书韩文、郎中李梦阳,勒少师刘健、少傅谢迁致仕,以吏书焦芳兼武英殿大学士,吏侍王鏊为户部尚书兼文渊阁大学士,入内阁,兵书许进代芳,加李东阳少师兼太子太师、吏部尚书、华盖殿大学士。先是,上初即位,瑾等以东宫内侍导上游戏。内阁上疏言:"皇上视朝太迟,免朝太数,奏事渐晚,游戏渐广。长夏之时,遂停经筵,并辍日讲。不知陛下宫中何以消日? 奢靡玩戏,滥赏妄费,非所以崇俭德;弹射钓猎,杀生害物,非所以养仁心。鹰犬狐兔,田野之畜,不可育于宫廷;弓矢甲胄,战斗不祥之象,不可施于禁籞。夫使圣学久旷,正人不亲,直言不闻,下情不达,而此数者交杂于前,则圣贤义理何由而明? 古今治乱何由而知? 民生困苦而莫伸,政事弊坏而莫救。宗社所系,生民所赖,今日之事,臣实忧之。六月中旬,风雨飘荡,雷霆震怒。正殿鸱吻及太庙脊兽、天坛树木、禁门房柱,各有摧折,或至烧毁。天心示警,盖已甚明。伏愿陛下惕然省悟。"报闻。复上疏曰:"两月以来,日高数丈,尚未视朝。兹天变民穷之时,正宜恐惧修省。怠荒若此,祸乱将至。"又报闻。会太监王赟、崔通去南京、苏、杭织造,乞长芦官盐万二千引。户部请予半,上不喜,召见内阁问状。内阁对曰："宜如部议。"上曰："用不足，奈何？"对曰："宁加银数，不可多盐引。"上诘其故，对曰："盐引有夹带之弊，引多则夹带益多。"上曰："彼独不畏法乎？"对曰："彼既得旨，沿途骚扰，朝廷岂得闻知？"上色变，语益厉，曰："岂独此数人坏事！譬如十人，岂能皆贤，亦未免有四五人坏事者。"时有潜健、迁者，上入其言，故云。内阁退，上疏自劾，曰："先帝顾命惓惓，以陛下为托。臣等誓以死报，未敢求退。近者地动天鸣，五星凌犯，星斗昼见，白虹贯日，群灾叠异，并在一时。诸司弊政，日益月增，百孔千疮，随补随漏。当此之际，内外臣僚，协心倍力，犹恐弗堪，方且持禄固宠，任情作弊，谗谤公行，奸邪得计，变乱黑白，颠倒是非。人怨于下而不知，天变于上而不畏。窃观古今载籍，未有如此而不乱者！政出多门，咎归臣等，扪心反顾，无以自明，展转于衷，事非获已。若窃禄苟容，既负先帝，又负陛下。伏乞罢黜。"不允。又上疏曰："痛惟孝宗皇帝大渐之时，召臣等至乾清宫御榻前，面赐顾命，谆谆数百言。臣等顿首拜受，不胜呜咽。彼时司礼监太监陈宽等实共闻之。陛下嗣位之初，臣等尤得少尽其职。近来数月，往往旨从中出，略不预闻，有所议拟，径行改易。"并上诏书不信、政令失中数事，皆不听。言官亦会疏论内侍罪状，留中。户部尚书韩公文每朝退，辄泣恨不能救正。部郎中李梦阳说公："大臣义共国休戚，徒泣何益！"公曰："计安出？"梦阳曰："比言官入章交劾诸阉，章下，阁老持劾章甚力。公诚及此时率诸大臣死争，阁老又得诸大臣，持劾章必益坚，去瑾辈易耳。"公捋须昂肩，毅然改容，曰："善！即是弗济，吾年足死，不死不足以报国。"明日早朝，公密叩阁老，许之，倡诸大臣，诸大臣皆唯。公退，具疏曰："臣等待罪股肱，值主少国疑，瞻前顾后，心焉如割，中夜起叹，临食而泣者屡矣。近岁朝政日非，秋来视朝渐晚。仰观圣容，日就清癯。皆言太监马永成、谷大用、张永、罗祥、魏彬、刘瑾、丘聚等置造巧伪，淫荡上心，击球走马，放鹰逐犬，或俳优杂剧，错陈于前，至导万乘与外人交易，狎昵媟亵，有伤礼体。日游不足，夜以继之，劳耗精神，亏损至德。遂使天道失序，地气靡宁，雷异星变，桃李秋华。考厥占候，咸非吉征。切缘此等细人，惟知蛊惑君上，以便己行私，不思皇皇帝业，在陛下一身。今大婚虽毕，储嗣未建，万一起居失节，虽将此辈齑粉菹醢，何补于事！昔我高皇帝艰难百战，取有四海。列圣继承，传之先帝，以至陛下。先帝临朝顾命，陛下所闻也。奈何姑息群小，置之左右，累圣德乎！今永成等罪恶既著，若纵不治，将来无所忌惮，为患非细。伏望奋乾纲，绝私爱，上告两宫，下谕百僚，将永成等明正典刑，以回天变，泄神人之愤，潜消乱阶，以保灵长之业。"疏入，上惊泣不食。诸阉大惧。太监王岳者亦与永成等共事，素刚厉，颇恶其党。初，阁老持言官章不肯下。诸阉窘，相对泣。会诸大臣疏又入，上遣司礼诣阁议，一日三至。阁益持议不肯下。岳王顾独曰："外廷议是。"明日，忽召诸大臣入。诸大臣或有咎公韩文者，曰："公疏言何？"公故不应，令吏侍王鏊趋诣阁候。洛阳语王鏊曰："事且十成七八，诸公第坚持。"至左顺门，太监李荣手诸大臣疏曰："有旨：诸先生爱君忧国言良是，第奴侪事上久，不忍即置之法，幸少宽，上自处。"众惧，莫敢出一语答。荣李面公韩文："此疏本出公，公云何？"公曰："今海内民穷盗起，水旱频仍，天变日增。文韩等备员卿位，靡所匡救。上始践阼，游晏无度，狎昵群小，文等何忍无言。"荣曰："上非不知，第欲宽之耳。"诸大臣遂旅退。鏊前谓荣曰："设上不处，奈何？"荣曰："我颈有裹铁邪，敢坏国事！"是日，诸阉益窘，自求去南京安置。阁议坚持，犹不肯下。是夜，瑾等绕上前，跪伏哭，头触地，曰："非上恩，奴侪且磔喂狗。"上色动。瑾又进曰："害奴侪者王岳。"上曰："何谓？"曰："岳前掌东厂，谓言官先生有言第言。阁议时岳又独是外廷议。狗马鹰兔，岳尝献否，上心所明也。今独咎奴侪！"益伏地痛哭。上怒，夜收岳及亨、智。瑾又曰："狗马鹰兔，何损万几？左班官敢哗无忌者，司礼监无人耳。有则惟上所欲为，谁敢言者！"上立诏瑾入司礼监，窜岳、智、亨南京。内阁又上疏，曰："伏见旧年以来，龙颜清减，心切忧惶。传闻每夜戏乐，有妨寝膳，皇城禁门，开闭无节，甚至入市交易，全无扈卫，皆由左右诱引，以致圣心荒怠，政令乖违，财尽民穷，上干天变。昨者府、部、科道等官合词累奏，皆谓瑾等狎昵淫巧，罪大恶极，乞明示典刑。臣等读未终篇，涕泪交下。连日司礼太监李荣等三至内阁传示圣意，乃谓瑾等自幼服事，不忍遽行斥逐。夫人君之于小人，若不知而误用，其失犹小，天下尚望其能知而去之，若既知而不治，则小人狎玩，愈肆奸邪，正人危疑，被其离间，天下之事无可复为，必至于乱亡而后已。且邪正必不两立。今满朝文武、公卿科道皆欲急去数人，而使之尚在左右，非但朝臣尽怀疑惧，而此数人者亦恐不能自安。上下相疑，内外不协，祸乱之机，皆自此始。宗社所关，诚非细故。"上不允。三臣各疏求去，内批健、迁致仕，东阳留用。东阳再乞退，上曰："自陈休政，臣下职也。黜陟人才，朝廷公论。卿毋再辞。"韩文、李梦阳皆致仕。言官刘蒨、戴铣等俱下诏狱。锦衣镇抚牟斌杖阙下，夺职。王岳、范亨、徐智为瑾所杀，死于道路。

正德二年丁卯，逆瑾矫敕戒谕百官，勒罢公卿台谏数十人。又指内外忠贤为奸党，矫旨榜朝堂。略曰：奸臣王岳、范亨、徐智，交通内阁刘健、谢迁，尚书韩文、杨守随、林瀚，都御史戴珊，郎中李梦阳，主事王守仁、王纶、孙槃、黄昭，检讨刘瑞，给事中汤礼敬、陈霆、徐昂、陶谐、刘蒨、艾洪、吕翀、任惠、李光翰、戴铣、徐蕃、牧相、徐暹、张良弼、葛嵩、赵士贤，御史陈琳、贡安甫、史良佐、曹兰、王弘、任诺、李熙、王蕃、陆昆、张鸣凤、萧乾元、姚学礼、黄昭道、蒋钦、薄彦徽、潘镗、王良臣、赵佑、何天衢、徐钰、杨璋、熊倬、朱廷声、刘玉玄云。遂停日讲。而尚宝司卿崔璿、御史姚祥、主事张玮荷校两长安门及张家湾，谪戍边。

康陵武宗时，司礼珰王岳、范亨忠义果直，为逆瑾所忌。亨以正德元年十一月二日充南京净军，瑾党长随王成等追至临清小沙滩，缢杀之。十六年四月二十六日，诏旨赠官祭葬。亨兄璋，授世锦衣百户。

正德庚午五年，逆瑾既缚，有旨降南京奉御。长沙李东阳谓诸大珰曰："如此，彼若复用，肆毒当益甚，奈何？"太监张永曰："有我辈在，无虑。"已而瑾上白帖，言"奴缚时封奴帑，奴赤身无一衣，乞与一二敝衣盖体"。康陵武宗见瑾帖，怜之，令与瑾故衣百件。永等始惧，谋之长沙，令科道劾瑾，劾中多指阿附瑾文武大臣。永持疏至左顺门，付诸言官，曰："瑾用事时，我辈莫敢言，况尔两班官。今罪止瑾一人，可领此疏去，易疏急进，勿动摇人。"比疏入，坐瑾奸党律。永辈又不欲止罪内臣一人，乃连及文臣张綵吏部尚书一人，武臣杨玉等六人。狱词具上，綵疏称冤，尽发长沙阿依瑾事。长沙大怒，又与永辈谋，不重法诛锄此辈，后受其乱。乃改谋反律，然亦不尽本律。

杨文襄公一清与太监张永西征也，叹息泣谓永曰："藩室乱易除，国家内变不可测，奈何？"永曰："何谓？"公曰："公岂一日忘情，顾无能为公画策者。"遂促席手画"瑾"字。永曰："渠日夜在上傍，上一日不见渠不乐。今其枝附已成，耳目广矣。奈何？"公曰："公亦天子信幸臣，今讨贼不付他人付公，上意可知。公试班师入京，诡言请上间语宁夏事，上必就公问。公于此时上真镨伪檄，并述渠乱政，凶狡谋不轨，海内愁怨，大乱将起。上英武，必悟，且大怒诛瑾。瑾诛，柄用公，公益矫瑾行事。吕强、张承业暨公，千载三人耳。"永曰："即不济，奈何？"公曰："他人言，济不济未可知。言出公，必济。顾公言时，须有端绪，且委曲。上万一不信，公顿首请死，愿死上前。即退，瑾杀奴喂狗。又涕哭顿首，得请即行事，无缓顷刻。漏机事，祸不旋踵。"永勃然作，曰："老奴何惜余年报主乎！"已而永入京，请见如公策，竟诛瑾。

正德十四年二月乙酉，司礼萧敬传旨，上自称总督军务威武大将军太师镇国公朱寿，巡幸南北直隶、泰安神州。丙戌，又传旨南巡。武选郎中黄巩、车驾员外郎陆震上疏，极言江彬席宠擅权，迷朝误国，乞诛彬，罢巡幸。上怒。上初议以三月壬子警道东巡，祀岱宗，历徐、扬，抵南京，下苏、杭，复溯江浮汉，登武当。人情汹惧，将相大臣多从谀，不敢谏。是月己西，翰林修撰舒芬等亦疏谏，各部及行人司皆怀疏集阙下，吏部尚书陆完沮之曰："无归恶于上。"众退。是日，吏部员外郎夏良胜、礼部员外郎万潮、太常博士陈九川，明日，吏部郎中张衍庆等，刑部陆俸等，又明日，礼部姜龙等，兵部孙凤等，行人司余廷瓒等，俱连疏入。又有医士徐鏊独疏以医谏。上遂大怒，不果出。癸丑，巩、震、良胜、潮、九川、鏊下锦衣狱，芬、衍庆、俸、龙、凤等百七人跪午门外五日。甲寅，廷瓒等下狱。明日，同巩等六人亦跪午门外五日，械系。是日，工部林大辂等三人、大理寺周叙等十人连疏入，明日，俱下狱，亦械系跪五日。金吾卫指挥张英愤曰："是大变故明效，驾出必不利。"肉袒囊土，手持刀欲自刎死，上疏谏。数日，天色阴霾，京师震骇。公卿被唾骂，瓦砾掷晨夕，出入不敢待辨色。至请命，礼部禁言事者，通政司遂格不受疏。又有贡谀参劾属吏安言者。上怒，遂不可解。戊午，水溢内海子，不了桥高四尺，铁柱七斩折。是日，系芬等一百七人午门外，挞三十。疏首调外任，余夺俸半年。四月己卯，系巩等六人午门，挞五十。鳌成边。

功　封

吴元年，始封宣、信、鄂三国公。洪武三年庚戌冬，大封功臣，封公二人，侯二十八人。是年又封伯二人，侯一人。四年，又封侯一人。十年，进封公一人，侯一人。十二年，又封侯十二人。十九年，论云南功，进封公一人，侯四人。十七年，定功臣次第。建文四年壬午九月，长陵封公二人，侯伯各十三人，加禄一人，赠公二人，侯二人。已而又封侯三人，伯六人。徐增寿先赠武阳侯，永乐二年甲午赠定国公。详见《异姓诸侯传》。

洪武六年癸丑，武官一万二千九百八十人。九年丙辰，择功臣子耿璇等一百四人为散骑舍人。十一年戊午，选武臣子弟入国子学读书。十四年辛酉，令公侯武臣皆遣子弟入国子学受业。二十一年戊辰，颁《武臣大诰》，又颁八条敕谕武臣，又颁《武臣训戒录》，又赐武臣保身敕。二十二年己巳，禁武臣预民事。二十三年庚午，赐公、侯、伯屯成百户。二十六年癸酉，颁《稽制录》于诸功臣。二十九年丙子，大赍致仕武臣，各升一级。铨于甘肃、大同、北平、大宁、辽东诸卫所，凡千五百人。

公、侯、伯爵凡三等，以封功臣，皆有流有世，并给铁券。高广凡五等，号凡三等。佐高皇定天下，曰"开国辅运"云云，佐成祖曰"奉天靖难"云云，余曰"奉天翊运"云云。其武臣也，曰"宣力功臣"，文臣曰"守正文臣"。岁禄视功有差，多不过五千石。已封而又有功者，仍爵或进爵加禄。其才而贤也，充团营三营提督总兵坐营官、五府掌印金书、留都守备，出充总兵官镇守，否，食其禄。其袭替，征券诰，论功过，核适孽。幼而嗣者，学于国子监。有过革冠服，平巾学于国子监。坐罪夺禄，重夺爵。

开国功臣封公侯世袭者，券云："谋逆不宥。其余若犯死罪，尔免二死，子免一死。"若封公侯而子孙世袭指挥使者，则云："其余死罪免二次。"

开国功臣续封常_{怀远}、李_{临淮}、邓_{定远}、汤_{灵璧}皆侯,刘诚意伯五姓,嘉靖中续封,甚惬人情。但李太师善长之后不沾一命,尚为缺典。

嘉靖己丑_{八年}夏,勋臣六十五人,公六人,侯二十二人,伯三十七人。开国者三人_{徐、沐、郭}而已:南京魏公、滇南黔公暨武定侯也。余皆靖难、征虏、平蛮、捕倭、讨贼、擒叛之功,而外戚恩泽封者,乃十有六人。文臣封爵,如李善长韩国公,汪广洋忠勤伯,刘伯温诚意伯,茹瑺忠诚伯,徐有贞武功伯,杨善兴济伯,王越威宁伯,王守仁新建伯,或没世而革,或再传而罢,甚者戮及其身。惟王骥以麓川功,子孙尚袭靖远伯,刘瑜近得嗣诚意伯。

洪武中,中山王徐达初封,东瓯王汤和进封,皆信国公。忠勤伯二人:洪武汪广洋,洪熙李贤。新建伯二人:宣德李玉,嘉靖王阳明。外戚安平伯三人:景泰母家吴安,孝烈皇后父方锐,永乐功臣李远封安平侯,子安嗣安平伯。

永乐元年_{癸未}冬,定军功袭替例。自后洪武、永乐、宣德年军职绝,不论堂兄弟侄,并袭。成化十七年,以都御史何乔新言,凡军职绝,非立功人子孙,不得袭。弘治十八年,又稍许立功人亲侄孙已袭者,得沿袭。正德十四年,兵部尚书王琼又请堂兄弟侄并得袭。十六年,兵部尚书彭泽言琼议非是,复不许袭。会兵部火,群失职者流言,得复袭。嘉靖十年,兵部尚书王宪曰不可,稍酌议,立功人绝,同时亲弟侄得袭,其侄孙以下及堂兄弟侄,除亲祖例前相沿人自立有军功者,扣袭;其无功侄孙以下至堂兄弟侄等,及沿袭后别无立功者,不许袭。旁子孙革职者,俱收总旗。

国初,湖广有所谓灵通侯者,鄱阳之役,有所谓舍命王者,二人竟莫可考。

太　　宰

詹同、詹徽父子吏部尚书,本黄冈人,寓徽州。同有文行,徽历官监察御史,佥都、左都御史。洪武十九年,上以徽奉职公勤,复其家。二十二年,为吏部尚书兼左都御史。明年,以徽子太子洗马绂为尚宝司丞。二十四年，龙江卫吏以过罚书写，值母丧，乞守制，徽不听。吏击登闻鼓。上切责徽，曰："吏虽罚役，天伦不可废。使母死不居丧，人子之心终身有歉。夫与人为善，犹恐其不善者。若有善而阻之，何以为劝？"徽大惭。吏得终丧。是年，擢宁海儒学训导阎文为燕府右长史，南昌儒学训导曾恕为周府左长史。徽言："训导秩满，例升教谕。今授长史，越资，宜试职。"上曰："师儒职虽卑，其道则尊，不可以资格论。"遂实授，仍赐冠带、文绮袭衣。二十五年，太子太保支兼俸。二十六年，诏免天下耆民来朝。先是，诏天下民年五十以上者朝京师，访民疾苦，有才能者拔用之。其年老不通治道，则宴赉而遣之。自是来者日众。上谕徽曰："朕念来朝耆民，其中亦有年高者，跋涉道涂劳苦，可遣人驰传于所在止之。"《大诰》中称徽刚断嫉恶，不容奸伪。二十六年，坐蓝玉党死。验封主事翟善署吏部事。

永乐癸未元年至天顺丁丑元年，五十五年，吏部尚书蹇义、郭琎、王直三公。何文渊、王九皋佐泰和也。天顺丁丑至弘治乙丑，四十九年，凡十一人，而耿文恪裕再入吏部。正德丙寅元年至嘉靖丁未二十六年，四十二年，凡二十二人，罗钦顺、杨旦、李承勋三公未任，王琼、许进二公再入。永乐至弘治以前，冢宰无坐罪者。正德以后张綵伏诛，陆完、王琼谪戍，乔宇、熊浃、唐龙削籍。

正德中，吏部三尚书，张綵坐刘瑾党死，陆完坐宸濠宁庶人党、王晋溪琼坐奸党乱政，皆论死，减谪戍。石文隐公珤代晋溪，有匿名书帖吏部门云："莫做莫做，莫贺莫贺，十五年间，一连三个。"

嘉靖辛亥三十年三月，吏书夏邦谟去，吏部会推都御史屠侨、南吏书屠楷、吏侍郎李默。上简用李。议者皆言冢宰必历任正卿，资久望深，方得转授，未闻侍郎即正位冢宰者，籍籍问余。余应曰："李膺简命，固圣明特达之知，然于先朝，实为故事。洪武壬午，成祖即位初也，蹇忠定公义以吏侍升尚书，秉铨二十七年，辍部事，留京师，备顾问。郭公琎以吏侍代蹇凡十五年，至正统壬戌七年致仕。而王文端公直以礼侍代郭，凡十四年，天顺丁丑元年致仕。是时，上能推诚，下无逸口，盖五十六年间，吏部三尚书耳。今自弘治丙辰九年至嘉靖辛亥三十年，亦五十六年，凡易二十八人。而晋溪王琼、松皋许赞，许进之子皆再任，整庵_{罗钦顺}、巽庵_{杨旦}、晋叔_{李承勋}皆未任。铨揆数易如此，他可知矣。成化癸巳_{九年}，尹恭简公_旻亦以吏侍为尚书，代姚文敏公_夔，历十三年致仕。惟崔庄敏公_恭吏侍为尚书，代李襄敏公_秉，未逾年去。此五公皆能称其职。当时未闻有超资之议。逆瑾时，焦芳、张綵以吏侍相继为尚书，清议耻之。即使二人不由侍郎为尚书，亦岂得为善类乎！昔傅说起版筑为冢宰，而甘盘旧学不以为嫌，此何足异，顾称弗称耳。”

阁　臣

　　直文渊阁入内阁预机务，出纳帝命，率遵祖宪，奉陈规诲，献告谟猷，点检题奏，拟议批答，以备顾问、平庶政。不得专制九卿事，九卿奏事亦不得相关白。凡上所下，一曰诏，二曰诰，三曰制，四曰敕，五曰册文，六曰谕，七曰书，八曰符，九曰令，十曰檄，皆审署而调剂焉，平允乃行之。凡下所上，一曰题，二曰奏启，三曰表笺，四曰讲章，五曰书状，六曰文册，七曰揭帖，八曰会议，九曰露布，十曰译，皆审署而调剂焉，平允乃行之。凡东宫出阁讲读，领其事，叙其官，而授之职业。凡修实录、史志诸书，充总裁官。实录成，呈上，焚其草禁中。凡宗室请名、请封，及诸臣请谥，并拟上焉。凡图书缮写、雠校，皆课而察之。凡郊祀、巡狩、亲征，扈行。凡累朝御文、实录、宝训、玉牒之副，古今书，皆籍而藏之。凡会敕，稽其由状而叙述上请焉。凡礼部会试、廷试、贡士、国子生月课，岁贡生廷试，夷馆译生，皆总领之。其属制敕房书办，制敕诏旨，诰命册表，宝文玉牒，讲章碑额，题奏揭帖，一应机密文书，及王府敕符底簿；诰敕房书办，文官诰敕，番译敕书，并夷书揭帖，纪功勘合，皆稽按典故，起草进画，若漏泄稽缓，遗失妄误，皆有罚。盖罢中书丞相，此直文渊阁者，即虞揆、殷衡、周宰之职也。治乱安危，恒系于斯。可不慎哉！可不慎哉！

　　国初设中书省左右丞相，党狱起，罢。诏五府九卿分理庶务。翰林春坊官看详诸司奏启，署“翰林院兼平驳诸司文章事某官某”。成祖靖难后，召解公缙、黄公淮_{文简}、胡公广_{文穆}、杨公荣_{东阳文敏}、杨公士奇_{西杨文贞}、金公幼孜_{文靖}、胡公俨入直文渊阁。时洪武壬午，实建文四年也。自后，杨公溥_{南杨文定}、张公瑛、陈公山、陈公循、曹公鼐_{文忠}、马公愉襄敏、苗公衷文康、高公毅文毅、张公益文僖、彭公时文宪、商公辂文毅、江公渊、王公一宁文通、萧公镃、王公文毅懋、徐公有贞、许公彬襄敏、薛公瑄文清、李公贤文达、吕公原文懿、岳公正文肃、陈公文庄靖、刘公定之文安、刘公珝文和、刘公吉文穆、彭公华文思、尹公直文和、徐公溥文靖、刘公健文靖、丘公濬文庄、李公东阳文正、谢公迁文正、焦芳、王公鏊文恪、杨公廷和、刘宇、曹元、刘公忠文肃、梁公储文康、费公宏文宪、靳公贵文僖、杨公一清文襄、蒋公冕文定、毛公纪文简，盖自壬午至正德辛巳，凡百二十年，五十一人。内有再入、三入阁。惟西杨士奇文贞起布衣，历四朝四十一年。

洪武十一年戊午二月，禁六部奏事不得关白中书省。又明年十三年正月，杀右丞相胡惟庸，遂罢中书省。

洪武三十五年建文四年壬午，文皇即位，开内阁。召七臣入预机务，名直文渊阁。盖自壬午至嘉靖，百六十年间，凡六十八人：直隶十人，南直隶八人，浙江八人，江西十六人，河南七人，山东四人，福建二人，湖广四人，四川四人，山西一人，广东三人，广西一人。

入内阁为辅臣预机务，特避丞相名耳，实始于建文四年壬午。长陵成祖即位之初，阁中有文渊阁印，印文玉箸篆，惟封上、诏草、题奏、揭帖用之，不得下诸司。下诸司以翰林院印。凡入内阁，云直文渊阁。即官至三殿、二阁、二坊大学士，无入内阁旨，不得与机务也。虽编修、赞善等官，有入内阁旨，亦得预机务矣。文渊阁在禁中，徐武功有贞署衔自称"掌文渊阁事"，可乎？

先朝用人惟贤惟材，虽内阁辅臣，不专翰林。初开成祖内阁，七人，用王府审理副杨士奇、中书舍人黄淮、给事中金幼孜。知县胡俨改翰林官，入直文渊阁。又翰林待诏解缙、翰林修撰胡广、编修杨荣共七人。此后如文达李贤起吏部主事，文清薛瑄起御史，功业道德有过二公者乎？近日但有改入翰林及宫寮者，千万指摘，十无一完。即有才行出群之士，亦深避峻却，惟恐一旦改官，徒增多口耳。且往时忌人官禄，至于死后定谥，尚有公论。今亦大异于昔矣。

嘉靖己酉二十八年《应天试录策》言，初开内阁，所用七人者，皆修撰、编修、检讨等官，然不言当时七人者，惟文穆胡广修撰、文敏杨荣编修耳。大绅_{解缙}起谪胥，为待诏，文简_{黄淮}中书舍人，文贞_{杨士奇}齐王府审理副，升编修，文靖_{金幼孜}给事中，若思_{胡俨}桐城知县，升检讨，非由翰林者，亦入内阁也。

永乐中，解公_缙、胡公_濙出内阁，为广西参议_解，国子祭酒_胡。宣德四年己酉，礼书华盖殿大学士张瑛、户书谨身殿大学士陈山，以干请诸司，出内阁，改瑛南京礼部，山专教内竖_{小内使书}。景泰七年丙子，江渊亦自内阁出为工部尚书，代石璞。

永乐初，内阁儒臣考满升任，不必在内阁，如胡若思_俨出为祭酒。以故永乐五年丁亥十一月，长陵谕蹇太宰_{义、忠定}曰："胡广等侍朕日久，继今考满，勿改外任。"

或曰："今内阁一人兼四官，非礼。"此不然，顾其人称否耳。唐、虞、三代盛时，大禹嗣崇伯，为司空，加百揆，三官也。其帅师征苗，又兼士师蛮夷、猾夏之职。伊尹为冢宰，领阿衡，又兼师保，太甲称为师保，高宗称为阿衡，意当时亦有封爵，非四官乎？周公以鲁侯代太公，为太师，兼冢宰，领东伯；召公以北燕伯入为太保，代周公为冢宰，领西伯司马；毕公以列侯代周公为太师，领东伯，皆四官也。景泰时，陈芳洲_循一人领五官矣。

初设内阁，杨文贞公_{士奇}历二十三年，官止五品。后加至少师，止兼兵部尚书、华盖殿大学士三官。蹇忠定公_义以少师兼吏部尚书，掌部事，不欲文贞班在忠定上，以存冢宰统百官均四海之职。陈芳洲_循虽五官，亦止户部尚书。此后惟李文达公_贤以吏部侍郎，后领吏部尚书。而彭文宪_时、商文毅_辂、万安相继领吏部尚书，自后遂为首相故事。正德、嘉靖间，遂有一内阁皆领吏部尚书者。

景泰四年癸酉九月，以太常少卿兼侍读学士陈询为国子祭酒。时祭酒王恂卒，监丞安贵言："太子少师、侍郎、学士萧镃任祭酒，诸生悦服。乞照胡俨_{若思}例，不妨内阁职务，时来提督，仪刑后学。"上不许，以询代恂。永乐中，俨实出为祭酒，不复入内阁也。

江西入内阁者，自解大绅_缙、胡文穆_{广，更名靖}、杨文贞_{士奇}、金文靖_{幼孜}、胡若思_俨、陈德遵_山、彭文宪_时、萧孟勤_镃、陈庄靖_文、刘文安_{定之}、彭文思_华、尹文和_直、费文宪_宏、桂文襄_萼，近日贵溪_{夏言}、分宜_{严嵩}，凡十

六人。

浙人入内阁者,今七人：黄文简淮、王文通一宁、吕文懿原、商文毅辂、谢文正迁、张文忠孚敬、李南渠本。文毅相业不在文贞杨士奇、文达李贤之下,文贞始嫌于君臣汉庶人高煦谋夺嫡,文达终嫌于父子。文毅当易储之际立见济,易储微言讽止,而位在第六。以故丁丑天顺改元之难,仅削籍归田。茂陵宪宗固知之,竟复召用。俞纲入阁甫十余日,仍理部事。

嘉靖壬寅二十一年七月朔,日食。逐贵溪夏言去。时诸城翟銮一人在内阁,中秋分宜严嵩入内阁。甲辰二十三年,诸城以二子举进士,为言官所劾,父子并削籍。数月后,灵宝许太宰赞、石首张宗伯璧二人同入内阁。丙午,许乞致仕,闲住去,张病卒。是冬,复召贵溪夏言。贵溪至,而寿宁侯张延龄死于西市。戊申冬,贵溪亦如之。

太宰灵宝许赞入内阁,南昌熊浃代之。因论箕仙不经,不足崇信,忤上意,削籍。兰溪唐龙为吏部,病,乞致仕,忤上意,削籍,卒于张家湾道中。都御史周白川用恭襄代之,病卒。司寇闻石塘渊代之。南昌首论大礼,始终不附张孚敬、桂萼,朴忠自许,有大臣风节。数年间,善类皆思灵宝、南昌。

我朝内阁以私喜进用人者有之,未尝有以私怒杀人者。万安文康、焦芳、刘宇、曹元,亦未尝至此。焦、刘、曹俱削籍。

景泰元年庚午九月,初令九卿内阁相移文书,名内阁移司,属书孔目名。

恩　　典

诏恩各从其类。上慈闱徽号,则有封赠父母恩;立东宫,则有荫子入监恩;灾异修省,则有蠲逋减刑恩;登极,则大赦矣。立中宫及东宫出阁,皆无恩例。若建大工、平大贼、诛大奸,亦有诏,皆以类行。惟蠲逋减刑,每诏有之。九庙灾,时议下诏宽恤,至有欲褒亲荫子者,谬矣。

洪武至宣德六十八年间,登极,立中宫、东宫,及上慈闱尊号徽号诏,皆无文武官封赠、荫子、试署实授恩例。英宗登极诏宣德十年乙卯,始令署都督佥事、事都指挥、署都指挥佥事、事指挥实授。景皇登极诏正统十四年己巳,始令在京文官及在外方面官一考无赃犯者,照洪熙、宣德年例,与诰敕。景泰三年壬申立怀献太子见济诏,始令署郎中、员外郎、主事、试中书实授。又与土木死事诸臣诰敕封赠,荫子入监,不愿入监者听。天顺复辟诏丁丑,始令内外文武署职、试职、因功升授者,与实授。天顺八年甲申两宫徽号诏,始封两京文武七品以上官父母,署职、试职实授。成化二十三年丁未上慈闱尊号诏,两京文武官七品至四品,先封父母,三品以上与诏命。泰陵登极成化二十三年丁未诏,内外文官署职、试职实授。内外武官,天顺八年正月以前功升试职、署职,遇例实授。该世袭者,子孙仍袭。其未实授及以后功升试职、署职实授。弘治五年壬子立东宫诏,文武官试职、署职年半以上者,实授,不及年半者,扣至实授。弘治十一年戊午清宁宫灾诏,两京文武署职、试职理刑者,实授。历任未及一考者,与诰敕。其诰敕准给未领,因事降调,非贪淫酷刑者,仍给与。弘治十八年乙丑上两宫尊号诏,文武官署职、试职实授,两京七品以上文官未及一考,与诰敕。父母已封者,服色许与子同。今上世宗登极诏,正德十四年文武官员人等因谏止巡游,跪门责打,降级、改除为民、充军者,该部具奏,起取复职,酌量升用。打死者,追赠谕祭,仍荫子入监读书。充军故绝者,一体追赠谕祭,优养亲属。嘉靖元年壬午尊号诏,两京文官未一考者,与诰敕。父母已封者,服色许与子同。诰敕准给未领,因事降调,非贪淫酷刑者,仍给与。嘉靖九年庚寅大报礼成诏,两京文官未及一考、无过者,给与诰敕。嘉靖十九年庚子皇子生诏,始令两京三品以上文官,例该荫子,未及一考者,荫子入监,两京文官未及一考者、在外七品以上历任三年无过者,与诰敕。文官五品以上、武官四品以上,署职、试职者,并试职御史,实授,仍与诰敕。十五年丙申立东宫诏,两京三品上文官荫子,两京文官未及一考者、在外七品以上官历任三年无过者,与诰敕。两京文武官署职、试职,实授,仍与诰敕。十七年戊戌郊庙大礼成诏,两京文职并在外五品以上方面,有司四品官未及一考者,与诰敕。两京文武官并新旧武举官署职、试职,实授,仍与诰敕。十八年己亥立东宫,两京文职三品上官与诰敕,荫子。二十四年乙巳宗庙成诏,两京文官未及一考,与诰敕,署职、试职实授,仍与诰敕,愿驰封者听。

永乐十八年庚子，论营建北京功，升营缮郎中蔡信为工部右侍郎，所副七人为所正，丞六人为所副，匠二十三人为所丞，赐督工群臣及兵民夫匠钞、椒、苏木有差。正统年间六年辛酉十月，营建三殿、两宫，包砌京城及修造各衙门，升除匠官不过五六人。

祖训，内府禁密，不许盖造离宫别殿。正德间，左右近幸献谄希恩，内起新宅、佛寺、神庙、总督府、神武营、香房、酒店，外起镇国府、总督府、老儿院、玄明宫、教坊司、新宅、石经山、祠庙、店房。嘉靖改元，诏令在内内官监、工部、锦衣卫、科道官，在外抚按查勘，拆毁改正，或存留别用，变卖还官。官匠因是升官、查革。

景泰四年六月，户部尚书金濂上京官折俸银，除公、侯、驸马、伯，武臣每季十二万四千三百十二两奇，文臣三千五百八十九两奇。

正德年间，亲王三十位，郡王二百十五位，将军、中尉二千七百位，文官二万四百，武官十万。卫所七百七十二，旗军八十九万六千。廪膳生员三万五千八百，吏五万五千。其禄俸粮约数千万。天下夏秋税粮大约二千六百六十八万四千石，出多入少，故王府久缺禄米，卫所缺月粮，各边缺军饷，各省缺俸廪。今宗室王二等亲王、郡王，将军三等镇国、辅国、奉国，中尉三等镇国、辅国、奉国，主君五等郡主、县主、郡君、县君、乡君及疏庶人、罪庶人凡五万余。文武官益冗，兵益窜名投占，徒烦抽补召募，名数日增，而实用日减，加以冗费无经，财安得不尽，民安得不穷哉！

景泰四年，刑科给事中曹凯言："比者户部请听军民官吏输豆，如输豆四千石以上授指挥，历俸十六七年，偿彼豆倍半矣。又令管事世袭，以生民脂膏，养无功之子孙于无穷也。有功者必曰：'吾累世忘躯获此官，彼输豆亦获此官，朝廷以吾躯命同于菽粟，其谁不解体！'起端虽微，弊流甚大。乞敕输粟豆授武职者，带俸不任事，不世袭。犯赃罪如文职，止许原籍衙门带俸终身。"上曰："凯言有理。已授职者仍旧管事，承袭。今后悉如凯言。"

嘉靖初，锦衣旗校革三万一千八百余人，岁省粮储数十万。裁革冗官冗兵四万余人，岁省京储一百六十八万石。

天顺五年夏季，军官俸折色银一十四万。至嘉靖七年冬，每月米二十四万七千石有零矣。李文达公贤常言于裕陵英宗曰："军官有增无减，且天地间万物有长必有消。如人只生不死，无处着矣。自古有军功者，虽金书铁券，誓以永存，然其子孙不一再传而犯法，即除其国。或能立功，又与其爵。岂有累犯罪恶而不革其爵！今若因循久远，天下官多军少，民供其俸，必至困穷，而邦本亏矣。不可不深虑也。"上曰："此事诚可虑，当徐为之。"

宣德七年壬子，大学士张瑛乞增南北两京七品以下官俸。正统元年丙辰，副都御史吴讷言："洪武间京官俸全支。后因营造减省，遂为例。近小官多不能赡，如广西道御史刘准，由进士授官，月支俸米一石五斗，不能养其母妻子女，贷同道御史王裕等、刑部主事廖谟等俸米三十余石，去年病死，竟负无还。乞下廷议增俸。"

洪武十一年戊午，封周王于河南开封，一郡惟一王府。今则郡王三十九府，辅国将军二百一十二位，奉国将军二百四十四位，中尉而下不计矣。洪武年间，军职二万八千有奇。成化五年，军职八万二千有奇。成化迄今不知增几倍矣。洪武初年，锦衣卫官二百五员，今一千七百余员。此禄俸所以不足也。嘉靖八年春，詹事霍韬奏云。

沿　革

我朝之有内阁辅臣，自解大绅缙始也；辅臣之系诏狱也，亦自解始也。其有谨身殿大学士也，自东杨荣始也。辅臣之历官至一品也，自西杨士奇始也。官至一品入内阁也，自王毅愍文始也，一人领四官也，亦自王始也，其论死西市也，亦自王始也。辅臣如东、西杨皆领三官，陈芳州循、高文义毅领五官矣，然皆领户、工尚书，其领吏部尚书，亦自王始也。西杨文贞兵部、东杨荣工部，终其身也，自王以后，多吏部矣。辅臣之有少师，自西杨始也，西杨卒而少师虚位者四十余年。万安文康亦登少师，博野刘吉继之。自后洛阳刘健、长沙李东阳、新都杨廷和、顺德梁储、丹徒靳贵、铅山费宏、永嘉张孚敬、贵溪夏言、分宜严嵩，皆少师矣。吏部尚书之领太子太保也，自詹徽始也。詹坐蓝玉党死。其登少师也，自蹇忠定乂始也。文端王直、端肃马文升、恭襄王琼，皆少师也。漕运之有都御史也，自王庄毅竑始也。两广之有总督文臣也，自忠肃王翱始也。郧阳之有抚治也，自原杰始也。江南之有巡抚也，自周文襄忱始也。汀漳抚臣之得提督军务也，自王阳明守仁始也。参政之赞理军务也，自叶文庄盛始也。治河之有大臣，自宋司空礼始也。陕西之有镇守宪臣也，自王毅愍文、陈僖敏镒始也。二公在内台，岁更出镇也。巡抚之必兼宪职也，自耿清惠九畴始也。

北边有戎警，则设总制大臣，或都御史，或尚书侍郎兼宪职。自巡抚以下，皆禀受节度。东路宣府、大同一员，西路陕西、延绥、宁夏、甘肃一员。盖黄河自金城出中国，经戎地东行，南入中国，在大同西界偏头、河曲、延绥，东界府谷、神木之间。故西路有警，则宣、大游兵驻河东滨；东路有警，则延、宁游兵驻河西滨。戎入套，则西路之警；出套，则东路之警。西路总制治固原，在延庆、凉、洮之中，东路则往来于宣、大。嘉靖中，改总制为总督。

景泰时，南方叶宗留、邓茂七之变，文臣总理军务，皆称镇守。浙江兵部尚书孙原贞，福建刑部尚书薛希琏。

南京设参赞机务，自户部尚书黄忠宣公福始，实宣德乙卯十年，英宗初即位也。已而黄公兼掌兵部事。正统五年庚申代黄公者，兵部侍郎徐琦。十四年己巳，琦升尚书。景泰元年庚午，止掌部事。靖远伯王骥代琦总督机务。成化间，崔庄敏公恭以南吏书、王端毅公恕以南右都御史参赞机务，恐亦未然。又云始于正统辛酉，亦非。盖正统辛酉六年十一月始定名南京也。

南都之有参赞机务也，自黄忠宣公福始也。黄公宣德十年六月任初至南都，为户部尚书，寻兼掌兵部正统五年正月卒。裕陵英宗即位初，始有参赞机务。盖长陵成祖崩后，仍称北京为行在，则南都为京师，故称机务。正统六年辛酉，定都北京，去行在，则当改为参赞留务矣。往时参赞不专兵部，近时王端毅公恕以留台参赞机务，后升南京兵部尚书，又参赞。先是，靖远伯王忠毅公骥兼南京兵部尚书，称总督机务。正德末新建伯王阳明亦兼南兵书，乃止称参赞。

参赞军务者，始于洪熙元年。以武臣疏于文墨，选方面部属官，于各总兵处整理文书，商榷机密，于是有参赞参谋军务，总督边储。

景泰中，大同参政丹阳沈固、宣府参政昆山刘琏、山东参议会稽周颐、广西副使刘绍如、刘清辈，又以郎中、给事中称参赞军务也。

巡抚之名，实始于洪武辛未二十四年。是年，敕遣皇太子懿文巡抚陕西也将都关中。建文中，遣侍郎夏忠靖原吉等二十四人充采访使，巡行天下。永乐辛丑十九年，遣尚书蹇忠定义等二十六人巡行天下。宣德庚戌五年，遣侍郎于肃愍谦、周文襄忱等六人出巡抚也。建文、永乐巡行大臣，并以给事中佐之。

符　　信

朱字传帖者，奉天门朝罢驾兴，司礼巨珰持下丹陛，呼该衙门官与之。次日早朝，该衙门官具奏本御前，奏云"传奉事理补奏本"。鸿胪寺官接递，司礼小珰进览。

墨字传帖，则出自顺门，付该衙门奏行，不复面缴。若事未稳便，须执奏者，固不问朱墨也。

洪武十九年丙寅，《大诰》三编俱成。二十八年乙亥，始令法司拟罪引《大诰》减等。盖因《大诰》初序未有云"一切官民诸色人等，户户有此一本。若犯笞、杖、徒、流罪名，每减一等，无者每加一等"故也。然至今但有减等，而无加等。

永乐中，献陵仁宗监国南京，长陵成祖时时北征。有所宣制，天子用"广运之宝"，曰"敕"，皇太子用"皇太子宝"，曰"谕"。选武官选簿，御前亦用"广运宝"，东宫用"功懋之记"。

诸司印九叠篆，御史印八叠，文渊阁印玉箸，将军挂印柳叶。

大同初叛之岁，失总兵官所佩"征西前将军印"，职方请给新印。余为主事，白郎中："总兵印文柳叶篆，请改印文。或称别将军，或增减其字。恐原印在叛军处，有事时行文奏报，真伪不可辨，误事非小。往年胡忠安公濙在礼部，失'行在礼部之印'，改铸'行礼部印'。此在内衙门尚然，况边镇兵权，又反侧不靖时乎！"郎中不以为然。

卷四

经　武　门 兵权　驭夷　定变

兵　权

　　国初立大都督府，皇侄文正为大都督，节制中外诸军事。以其权太重，寻设左右都督、都督同知、都督佥事。洪武十三年庚申，又以其权统于一衙门，设中左右前后五军都督府，分领在京各卫所，在外都司、卫所。其在京锦衣等亲军上直卫，又不隶五府。若有征讨之役，以公、侯、伯及三等真署都督充总兵官，名曰"挂印将军"。其在外镇守地方武臣，原无挂印，至洪熙元年乙巳二月始，颁各镇总兵、参将佩印。总兵六人：云南黔国公沐晟征南将军，大同武安侯郑亨征西前将军，广西镇远侯顾兴祖征蛮将军，辽东武进伯朱荣征虏前将军，宣府都督谭广镇朔将军，甘肃都督费瓛平羌将军。参将四人：交趾荣昌伯陈智都督，方政征夷副将军，宁夏保定伯梁铭都督，陈怀征西将军。后设蓟州、淮安总兵，皆在畿内，不得挂印称将军。京营操练之法，洪武时止为五军营，分大小教场与城外城内操练。永乐初，分为三大营：曰"五军营"，有步队、马队，专教阵法；曰"神机营"，皆步队，肆习火器；曰"三千营"，皆马队，专扈从出入，管车辇宝纛等事。每营以公、侯、伯二人充提督某营总兵官。景泰三年壬申，于肃愍公谦建议立团营，拣三大营中壮健士卒团练。就于三营六提督中拣二人充提督团营总兵官，即于五府中莅事。文臣提督以兵部尚书。是年团营总兵武清侯石亨，遂请故都察院改为帅府。天顺元年丁丑罢团营，成化元年乙酉复立团营，寻罢。成化三年丁亥又复团营，团营之兵名为"头拨"。初，团营分为十营，后增为十二营。一营以侯、伯、都督等官一人为坐营官。有事出征，不必拣选，但拨某营出征，则某营将领其营士卒启行。承平日久，团营非复操练之旧，又立东、西官厅，名为"听征"。盖三营变为团营，团营变为东、西厅也。祖宗微意，不欲武臣权重。在内营操官，止管操练者，无开设衙门，亦无印信。在内五府，有衙门印信，理常行政务。至于营操，非特命，不得干预。盖五府、三营、十二营，职掌不相侵也。至于出征，亦不止大将一人，必选二三人名位谋勇相等者相参用之。出师之日，赐平贼、讨贼、平虏、平胡、征夷、征虏等印，或将军，或副将军，或大将军，随时酌与，必由兵部题请，五府亦不得干预。事平之日，将归于府，军归于营，印归于朝，其意深矣。今考洪武三年庚戌征胡，以信国公徐达为征虏大将军，平章李文忠、右詹事冯胜为左右副将军，御史大夫邓愈、汤和为左右副副将军。是时达未封魏国公，文忠曹国公、胜宋国公、愈卫国公、和中山侯，皆未封也。四年辛亥伐蜀，以中山侯汤和为征西将军，江夏侯周德兴、德庆侯廖永忠为左右副将军，入瞿塘。颍川侯傅友德为征虏前将军，济宁侯顾时为左副将军，出秦陇。永乐四年丙戌征安南，以成国公朱能为征夷将军，西平侯沐晟、新城侯张辅为左右副将军。是时晟未封黔国公，辅未封英国公。永乐十二年甲午征胡，安远侯柳升领大营，都督马旺、陈翼、程宽、金玉副之；宁阳侯陈懋左哨，襄成伯李隆、都督朱崇副之；丰城侯李彬右哨，遂安伯陈瑛、都督费瓛、胡原副之；成山侯王通左掖，保定侯梁瑛、都督曹得副之；都督谭清右掖，新宁伯谭忠、都督马震副之。是时上亲征，故不立将军、副将之号。宣德五年庚戌御胡，以阳武侯薛禄为镇朔大将军、总兵官，恭顺侯吴克忠为副总兵，武进伯朱冕、奉化伯滕定为左右参将。此意又非但欲分其权，盖亦难其人。以一将将十万，其材岂易得哉！嘉靖庚戌二十九年，虏窥京师。朝廷厘革营务，罢团营，仍为五军营，内分十二小营。改三千营为神枢营，神机营仍旧。三营共设总督。京营戎政公、侯、伯一人，协理文臣一人，五军营副将二人，练勇参将二人，参将四人，游击将军四人。神枢、神机营各副将一人，练勇参将二人，佐击将军六人。以昌国公故宅为戎政厅，给戎政之印，柳叶篆文，虎钮，如将军所挂印。通计京操凡大营三，内分为小营三十。副将以下三十人，人坐一营。副将用真署都督，参、游、佐、击用真署都指挥，或都督。大抵统军不专于一人，练军不专于一人，行军不专于一人，皆有意焉。

团营始于景泰三年，于肃愍公谦建议也。兵制本三营，一曰五军，肄战阵，一曰神机，习火器，一曰三千，备宿卫。此三营中选健锐者合营团操，故曰团营。然原营之名终不改。如军选自三千营，团操于立威营，即名为立威三千营，五军、神机亦如之。是三营之有团营，即选锋也。今又于团营中选官军，别名东、西官厅操练，名"听征"，而听征者亦不足用。兵部尚书提督团营，将校以黜陟所在，乃肯奉法，若别设一尚书专领营务，彼知其权轻，不肯受约束。掌印尚书又恐一旦有警，督营尚书便当统兵四征，又力辞营务耳。

嘉靖丁未二十六年秋，兵书陈经被劾，王以旂代陈。未几，以河套议，出陕西总兵，督边务，刘储秀代之。刘循例疏辞，上怒，削籍去，赵廷瑞代之。不半年，兵部更四尚书。近年兵书最久者张瓒，边事大坏自瓒始。瓒有才略，无奈其好货何！

嘉靖壬寅二十一年，北虏孔棘。兵书张瓒恐统兵出御，于会推总督文臣疏中，历举往年御虏皆遣都御史故事。奏下吏部。时文选郎中谓余曰："往时边事急，推总督文臣，皆兵部会府部诸衙门议上。今乃移吏部，又必欲推都御史，奈何。"余曰："渠负国恩，边事大坏。今犹为此奸巧，渠独不知虏棘本兵自出乎？天顺五年，孛来寇陕西，马昂统兵。木麓川之役，王骥。嘉靖初，河西之役，金献民。皆本兵也。景泰时于少保谦自请行边，岭南蛮反，用兵久无成功，议设两广总督，于少保亦自请行。此独非故事耶！"已而廷推，首上瓒，次毛伯温、刘天和。三人皆兵书，毛掌院，刘督团营。又次起用翟鹏。内批用鹏。

紫荆之有提督都御史，自孙祥始也。蓟州之有边备都御史，自邹来学始也。皆景泰初事。嘉靖庚戌二十九年，俺答犯京城，畿内设官多矣。紫荆有艾希淳，又有侍郎翁万达。经略蓟州有吴嘉会，又有侍郎何栋。提督通州有都御史王忬，天寿山有都御史许宗鲁。坐院都御史商大节经略京城内外。若景泰时，都御史又有河间萧启、真定陆矩、保定祝遏、居庸王竑，巡关侍郎江渊，紫荆、白羊、倒马。大理卿孔文英，少卿曹泰，寺丞段信泰，寻改参赞京圻涿、易、真、保、通五路军务。

南赣与湖广、福建、广东相连，流贼易起。郧阳与陕西、四川、河南相界，流民易聚。故江西、湖广既有抚宪，此则又设提军抚治之官也。南赣山深而人狡，郧阳土旷而民贫。

永乐十七年十二月，敕五军都督府、北京留守、后军都督府、兵部："迩来军伍空缺，器械损敝，互相蒙蔽，欺诳百端，岂欲卖朝廷、危社稷乎？其急整饬，违者必杀无赦！"

驭　夷

国朝取天下于胡元。顺帝遁去，而名号尚存。不得已，常遣使欲与通和。顺帝崩，其子爱猷识理达剌称帝塞外。洪武五年壬子，上书谕元幼主，欲其通好，遣使取其子买的里八剌北归。初，买的里八剌为我兵所获，封崇礼侯，留京师。七年甲寅，遣使送崇礼侯北去。爱猷识理达剌死，其子脱古思帖木儿立。脱古思帖木儿即买的里八剌也。二十一年，脱古思帖木儿为其下也速迭儿所弑，诸酋立坤帖木儿为可汗，而猛哥帖木儿为瓦剌王。是时，虏数侵边。魏国公徐达、宋国公冯胜、凉国公蓝玉、颍国公傅友德、西平侯沐英、成祖、晋王、周世子相继讨虏，虏益扰我塞下。建文二年庚辰，虏中衰乱，其大酋脱列干等乃款塞。三年，坤帖木儿亦遣人归款北平。是年，坤帖木儿死，鬼力赤立为可汗。永乐元年癸未，遣指挥朵儿只恍惚等书谕可汗通好，不听。再言谕，亦不听。已而鬼力赤与瓦剌相仇杀，始皆遣人入贡，然亦数寇边。四年，书谕可汗通好，勿拘留我使，不报。六年，书谕本雅失理。是时鬼力赤衰，虏中立本雅失理为可汗。七年，遣给事中郭骥使虏通好。虏不从，杀骥。上怒，乃封瓦剌酋马哈木为顺宁王、太平贤义王、把秃孛罗安乐王，以挠本雅失理，而遣淇国公丘福、武城侯王聪、同安侯火真、靖安侯王忠、安平侯李远五将军出塞讨虏。五将军入虏伏，败没于胪朐河。八年，成祖出塞讨本雅失理及其臣阿鲁台。十一年，遣人招阿鲁台。十二年，瓦剌叛侵边，成祖北征瓦剌。是时，瓦剌数攻败阿鲁台。阿鲁台乞保息塞外，遣使奉表称臣，贡驼马。上曰："虏性黠诈，势穷来归，非其本心。然天地覆育，岂有所择！"纳其贡使，封为和宁王。久之，生聚畜牧蕃富，遂叛我，拘留我使，数寇边。二十年,围我兴和。成祖怒,出塞讨阿鲁台。阿鲁台北走。班师还。是年,阿鲁台弑其主本雅失理而自立。本雅失理妻率其属来朝,乞居内地避之。二十一年,成祖又出塞讨阿鲁台。阿鲁台时为马剌木之子脱欢所败。二十二年,阿鲁台部落侵塞上,成祖又出塞讨之。自顺帝至鬼力赤凡七世,其二世不可考。洪熙元年马哈木破阿鲁台,欲自立,众心不附,乃立元孽脱脱不花为主,居漠北。宣德元年,阿鲁台、脱欢各遣人朝贡。是时,瓦剌强而阿鲁台弱。八年,阿鲁台遣人自辽东入贡,上敕总兵巫凯曰:"往年虏使自大同、宣府入,今乃迂路从辽东来,谨防之。"瓦剌残阿鲁台,阿鲁台遣人来告瓦剌之难,赐敕抚谕之。阿鲁台为瓦剌所败,死。脱欢遣人朝贡,告杀阿鲁台。阿鲁台子阿卜只奄来归,以为中府左都督。正统元年丙辰,脱欢与其酋朵儿只怕仇杀,脱欢遣人贡马,且通兀良哈、女直,伺我塞下。二年,脱脱不花遣人贡马。四年、五年,数贡马,亦数入塞。六年,脱脱不花及其太师也先遣人贡马。八年,又贡马。也先者,脱欢之子也。当是时,脱脱不花弱而也先强。也先又以其姊妻脱脱不花,数年间,挟脱脱不花遣人并入贡马,凡得赐金帛无算。使人皆馆京师,逾春始遣还,桀骜不恭,时时杀掠道路我往来通事,变诈出好语,告以中国虚实。也先因与通事言"吾有子,请婚南朝公主"。通事皆许,绐之曰:"吾为若奏皇帝,皇帝许尔。"也先大喜,夸诸酋曰:"吾且进聘礼。"十四年春,遣二千人贡马,曰:"此聘礼也。"朝廷初不知,答诏不及和亲事。也先大愧怒。七月,大举分寇大同、宣府。塞上诸城堡多陷没。羽书纷至,遣驸马都尉井源等四将军统兵四万,出御虏。太监王振力劝上亲征。八月庚申,至土木,车驾北狩。十月,虏复至京师,索大臣出议和,迎车驾。以通政司参议王复为礼部侍郎、中书舍人赵荣为鸿胪卿出见英宗,辞归。时瓦剌可汗普化,即脱脱不花也,遣使贡马寻和。十一月,也先又遣使索大臣议和,皆不许。景泰元年,吏部办事吏徐镇上疏言京官潜遣家归,民心惊惧,乞禁止。时虏酋阿剌知院遣人贡马请和,赐敕答之。虏遂至大同、宣府,京师戒严。阿剌又遣人贡马,也先亦遣人至居庸关。我遣礼部侍郎李实、大理少卿罗绮、指挥马显偕阿剌使人至瓦剌,贻书可汗,赐敕也先及阿剌。而脱脱不花遣皮儿马黑麻贡马至京。又遣右都御史杨善、工部侍郎赵荣、都指挥王息正、千户汤胤勣偕皮儿马黑麻使虏。而李实等及也先使人把秃至京，把秃还，赐敕也先。八月丙戌，杨善等奉英宗还京，居南宫。景皇宴瓦剌使人于奉天门，英宗宴之南宫。已而脱脱不花、也先各遣人贡马。赐敕也先，称瓦剌都总兵答剌罕太师、淮王大头目中书右丞相。二年，也先强盛，劫夺脱脱不花，而遣人贡马。三年，遗书瓦剌可汗。是年，也先逐脱脱不花，收其妻妾太子人畜，献良马，二告捷。逾月，也先又遣人贡马，请命使往来。上曰："正统中缘使臣往来构隙，几危宗社。今听虏使朝贡，优其赏宴便。"遂敕边镇练兵防虏。十一月，宴瓦剌使臣太尉察占、平章哈只呵力等二千九百四十五人于礼部。是冬，也先及其诸酋乞黄紫织金九龙纻丝及金酒器、药材、颜料、乐器、佩刀诸物，礼部言"龙袍、金器非所宜用，乞勿与"。与药材诸物。数年间，也先人每至京，辄几千人。出入骄恣，殴守卫，掠人财物，至欲骑入长安门。稍稍约束，即弯弓持刀，欲夺马杀人。通事都督昌英每好语沮之，不听，辄侮骂。贡使尚在京时，时入塞捕掠人畜。将官请剿，又以通好故，恐贪功启隙，不欲与虏战。虏益骄，东结朵颜，西交哈密，胁赤斤蒙古，往来窥塞下。四年正月，瓦剌使还，敕也先曰："太师求答使，朕恐使交构，彼此怀疑，以故不遣。太师遣人多，二次三千余人。边将坚请谢绝，朕念太师忠义，姑听使人入京。自后可少遣，遣时与总数文书，否，守关者闭不纳。太师并各头目差正副使二十二人，升都督、都指挥、指挥、千户等官，赏金相犀带九级，花金带九，素金带三，花银带一。其三千余人贡马、貂鼠皮，赏织金彩素纻丝二万六千四百三十二，绢九万一百二十七，衣靴帽万。谕太师知之。"是月，也先攻败脱脱不花，奔兀良哈，依沙不丹。沙不丹杀脱脱不花。也先遂自立为可汗。十月，也先遣哈只贡马、貂鼠、银鼠皮，书称"大元田盛大可汗"。"田盛"，华言"天圣"也。末书"添元元年"。下礼官会议答书。吏科都给事中林聪言："辄称可汗，不可。宜谕以顺逆。"安远侯柳溥言："宜仍称瓦剌太师。"并下廷议。礼官胡濙等言："'大元田盛大可汗'固不可从，若'可汗'乃隋唐以来北狄酋长之常称，非中国所禁，称为'瓦剌可汗'便。"上令再议。仪制郎中章纶言："称可汗则彼益强横，称太师则彼必惭愤。封为敬顺王，或称为瓦剌王便。"再下廷议。淡等复言称"瓦剌可汗"便，言官卢祥、李钧、路璧等以为不便，宜仍称太师。上曰："也先虽桀傲，亦能敬顺朝廷，宜如议称'瓦剌可汗'。"敕文武督兵大臣曰："也先擅易名号，其所遣使从大同来，或从宣府、甘肃来，奸计叵测，京师备御不可不严。尔等其选兵训练，条上长策，听便宜行事。"并敕沿边守将。十一月，瓦剌使臣贡玉石五千九百斤，却令自售。也先弟赛因诸酋并遣人贡马。时也先新立，恐诸部不附，欲与中朝通好，贡市往来，不复深入寇掠。然数年赏赐，费亦不下百万。天顺初，也先有平章哈剌者，逐也先走死，部落遂分散。而孛来瘸王子强。孛来杀哈剌，立小王子。小王子之名始此，不知其所自起。孛来寻弑小王子。天顺二年春，孛来寇陕西。三年秋，寇大同，抵雁门。烽火达于京师。俄又寇宣府。五年，寇河西，入兰州，关陇震动。六年，孛来衰，而毛里孩、阿罗出、猛可三酋逐孛来，共立脱思，亦称小王子。脱思者，故小王子从兄也。小王子弱，不能驭。而诸酋毛里孩、阿罗出、孛罗出始入套争水草，不相能，以故不敢深入为寇，时遣人贡马。成化初，阿罗出结乩加思兰，孛罗出结毛里孩，各为党，出入河套，我汉人被虏去及罪人走塞外者又为之向导。元年，遂入榆林塞。二年，毛里孩入寇陕西。三年，又入榆林塞，入大同塞。是年，乩加思兰杀阿罗出，并其众，而结满鲁都。满鲁都僭称可汗，以乩加思兰为太师。脱思不知其所终。五年，孛罗出、乩加思兰入榆林塞，又入宁夏塞，掠至固原。六年，阿罗出、毛里孩、乜烈忽屡入陕西塞。八年，都御史王越总制关中军务，言："自虏据河套，边人大扰。乞搜套，复东胜。"上遣武靖侯赵辅为总兵，出搜套。辅以疾还。遣吏部侍郎叶盛行边，上方略。盛言："增兵守险便。河套、东胜之役，未可轻议。"遂止。九年冬，虏遣人贡马。十年，虏寇大同、宣府及庄浪、宁静，深入巩昌、平凉。然亦遣人贡马。十二年，寇宣府。十三年，寇宣府。满鲁都、乩加思兰遣桶哈阿忽剌千七百五十人贡马、驼五千。当是时，乩加思兰女妻满鲁都，欲代满鲁都为可汗，恐众不己服，又欲杀满鲁都而立幹赤来为可汗。满鲁都知之，索幹赤来。乩加思兰匿不与，遂相仇杀。十五年，满鲁都杀乩加思兰，并其众。十六年，满鲁都入榆林塞。尚书王越率兵出塞捕虏,至威宁海,斩虏首四百三十七,封威宁伯。十七年,亦思马因入大同塞。十八年,又寇大同。十九年,入大同、宣府塞。二十年,户部尚书余子俊提兵御虏,虏退去。是时虏众分散,反复相残,并阴结朵颜,伺我塞下。即贡马,诸酋各以部落通中国,恐中国左右,以故虽深入,彼自相猜,不能久留内地。未几,满鲁都衰,而把秃猛可称小王子,及其太师亦思马因、知院脱罗干屡遣人贡马。弘治初,把秃猛可死,阿歹立其弟伯颜猛可为王。虏中太师官最尊,诸酋以王幼,恐太师专权,不复设太师。三年,伯颜猛可及其诸酋与瓦剌酋并遣人贡马。时马文升为兵部尚书,金都御史许进巡抚大同。进数条边事,戎政修明。中朝大臣知进,进疏至辄允下。进尝贻书小王子,言通贡之利。小王子、瓦剌二种闻进威名,遣哈桶察察少保等贡马,凡三年三贡。多至三千人,少不下二千,皆从猫儿庄入,留大同,遣数百人至京师。当是时,伯颜猛可幼,新立,瓦剌亦衰,以故数年间我无虏患。七年,遂大举寇陕西。十年,寇甘、凉。其酋火筛,小王子部落也,最强悍,结诸部寇大同、宣府。归正人言虏谋且深入,敕侍郎许进督军、刘大夏转饷,御虏。又召王越总制陕西军务,经略哈密。是年虏亦贡马。十二年,虏迭入榆林、大同、宁夏塞,亦遣人贡马。十三年,火筛入大同、宣府塞,京师戒严。火筛屡寇边,获财畜,日强盛跋扈,与小王子争雄,纠诸部入寇。上遣都督李澄守潮河川,张晟居庸关,襄城伯郦紫荆关,侍郎李介经略宣、大,王宗彝黄花镇、天寿山及居庸、白羊关,史琳紫荆、倒马关,备虏。是秋,虏入榆林塞。冬,入偏头关。十四年秋,火筛入花马池,至固原大掠。自后虏寇关、陇,辄由花马池矣。十五年秋,虏入大同塞。时刘大夏在兵部,秦纮总督陕西军务。十六年,虏入榆林塞。十七年,兀良哈结小王子寇边,小王子遂称求贡,否且深入。谍言虏诸酋期分道并犯黄里。黄里者,华言京城也。上召见内阁刘健等议兵事。是秋,虏入大同塞。上锐意讨虏,太监苗逵数请出师。大夏力言不可,乃已。是冬,虏入花马池、清水营,攻陷清水营。起杨一清经略陕西。正德元年,改一清总制军务。一清请复守东胜,据河套水草之利。会泰陵崩,逆瑾专政,一清去,不果。是年,大夏致仕。四年冬,虏入花马池,杀总制尚书才宽。先是,小王子太师亦不剌有女许嫁小王子,而小王子之弟阿尔秃斯娶为子妇,小王子恨之,欲杀阿尔秃斯、亦不剌。是年,二酋奔出河套,入西海,攻破西宁诸族,据其地而居之。二酋寻归小王子,未几,亦不剌杀小王子长子阿尔伦台吉,复走入西海。八年,虏入宣府塞。十年,朵颜北虏入马兰谷,杀参将陈乾。是秋,虏深入固原、平凉。十一年春,虏入榆林塞。秋,入宣府塞。十三年,入宁夏塞,大掠秦、陇。十六年,虏入花马池。瓦剌西徙,与土鲁番相仇杀。小王子三子:长阿尔伦台吉,次阿著,次蒲官嗔。阿尔伦台吉二子:长卜赤,次乜明,皆幼。著称小王子。阿著死,众立卜赤,称亦克罕。卜赤死,而不及儿台吉称小王子。或曰不及儿台吉即乜明,或曰卜赤子也。阿著二子:曰吉囊,曰俺答。阿不孩亦不剌部从吉囊,火筛部从俺答。而小王子种落又盛。

外夷封王,如朝鲜、安南、占城、海岛诸国来朝贡者,各以其国名封。惟琉球封中山、山南、山北三王,今存中山王。北虏封王者四人:鞑靼阿鲁台和宁王,瓦剌马哈木顺宁王,太平贤义王,把秃孛罗安乐王。西域二人:哈密忠顺王,阿端安定王。西番七人:正觉大乘法王,如来大宝法王,阐化王,阐教王,辅教王,赞善王,赞化王。

土鲁番一名土尔番,在火州西百里,古交河县安乐城也。城方一二里,地平,四面皆山,气候多暖,少雨雪。土宜麻麦,有瓜果羊马之利。人皆屋居,信佛法,多僧寺。城西二十里有崖儿城,城仅二里,居民百余家,相传故交河县治,又云古车师国。永乐十二年,行在验封员外郎陈诚使至其国,诚言:“西北百里有灵山最大,有夷人言此十万罗汉涅槃处也。近山有高台,台伴有僧寺,寺下皆石泉林木。从此入山,行二十里,至一峡。峡南有小土屋,屋南登山坡,坡有石屋,屋中小佛像五。前有池,池东有山。山石青黑,远望纷如毛发。夷人言此十万罗汉洗头削发处也。循峡东南行六七里,登高崖,崖下小山累累,峰峦秀丽,罗列成行。峰下白石成堆,似玉,轻脆不可握。堆中有若人骨状者,甚坚如石,文缕明析,颜色光润。夷人言此十万罗汉灵骨也。又东下石崖,崖上石笋如人手足。稍南至山坡,坡石莹洁如玉。夷人言此辟支佛涅槃处也。周行群山,约二十余里,悉五色砂石,光焰灼人。四面峻壑穷崖,天巧奇绝,草木不生,鸟兽鲜少云。"甘肃大抵无北虏患,专镇防西夷。夷种中土鲁番最奸狡。宣德五年始遣使来贡。正统以后亦尝来贡。成化、弘治间,番酋阿力阿黑麻父子扰我西鄙,虏我哈密。忠顺王罕慎、陕巴、拜牙即,是时专伺哈密。至正德,遂数犯我甘肃,语在《哈密传》中。嘉靖十一年,西域贡,称王者七十五人,贡使至二百九十人。礼官夏言请国称一人王。内阁张孚敬言:"西域称王者多,恐彼自封授,或部落相称。先年入贡称王亦有三四十人者,答敕并称王。今尽裁夺,恐夷情觖望。"下礼兵部议。言言:"西域诸国称王者,惟土鲁番、天方、撒马儿罕三国。如日落诸国,名甚多,朝贡绝少,且与土鲁番诸国不相统。弘治、正德间,土鲁番十三入贡,天方正德间四入贡,称王者率一人或二人三人,余称头目、亲属。嘉靖二年、八年,称王者天方至六七人,土鲁番至十一二人。此两年间,撒马儿罕至二十七人。内阁言,先年亦有称王至三四十人者,并数三国耳。乃今土鲁番十五王,天方二十七王,撒马儿罕至十三王,并数则百五六十王,前此所未有。况所称王号,原非旧文,即有同者,地面又异。弘治时回敕书,国称一王,若循撒马儿罕往年故事,类答王号,人与一敕,恐非所以尊中国而严外夷也。自后各执赐敕,率其部落,贡不如期,使不如数,任意往来,势难阻绝,驿传劳烦,宴赐频数,竭我财力,以役远夷,计其左矣。"上从夏言言。当是时,土鲁番强,残破我嘉峪关外七卫及城郭,诸国地大人众,非复陈诚验封奉使时矣。

　　和宁王阿鲁台,文皇封之,卒宣德间。子阿卜只奄率其家属部落来降,授左都督。其子后升锦衣指挥使,英宗赐姓名和勇。以紫荆、香炉功,擢至都督同知。勇子忠,忠子诚,袭锦衣使。

　　洪武十五年壬戌,命翰林侍讲火原洁等编类《华夷译语》。上以前元素无文字,发号施令但借高昌书,制蒙古字,行天下。乃命原洁与编修马懿赤黑等以华言译其语,凡天文、地理、人事、物类、服食、器用,靡不具载。复令《元秘史》参考,以切其字,谐其声音。既成,诏刊布。自是使臣往来朔漠,皆能得其情。

　　四夷馆分十人,所设通事六十人。大通事有都督、都指挥等官,统诸小通事,总理贡夷、降夷及归正人夷情番字文书,译审奏闻。

永乐壬寅二十年,上北征。五月,驻独石,大阅将士。英国公辅、安远侯升、宁阳侯㦞、武安侯亨、阳武侯禄、隆平侯信、应城伯亨、新宁伯忠、兴安伯亨驰射,应城伯不中,罢其领兵。隆平侯称疾不至,降办事官。

永乐七年己丑,遣太监郑和、王景弘、侯显率官兵三万下西洋。凡西洋功次,即非斩首,选法不得减革。十三年乙未,行在吏部验封司员外郎陈诚上《使西域记》,凡十七国。

正统十四年己巳,虏至京城。榜购能擒斩也先者,赏万金,封国公。景泰元年,购杀也先者赏银五万两,金万两,封公,官太师;杀伯颜帖木儿、喜宁等赏银二万两,金千两,封侯。

正统己巳十四年孟冬,虏犯京城。石亨欲尽闭九门,以待勤王之兵。于肃愍公谦力争,请同亨率兵出营德胜门外,与虏对垒。已而虏被我炮击死者近万人,大沮退。石亨奋欲蹑击,肃愍公又力争,纵虏令北去。出战所以护京师,纵虏所以安上皇也。

恭仁康定景皇帝初封为郕王。正统十四年己巳七月,裕陵英宗正统北征,王居守,坐阙左门,西面见群臣。八月,裕陵北狩。皇太后诏立其长子宪宗为皇太子,郕王监国,坐午门摄朝。廷臣班劾王振,监国仓卒未有处分,廷臣大哭。锦衣指挥马顺,振党也,叱且退。台谏王竑等愤捽顺,捶死,且索毛、王二长随。二长随亦党振。廷中大哗,监国起且退。兵部侍郎于谦肃愍趋上掖监国止,顿首曰:“请殿下坐。”监国复坐,问曰:“尔意云何?”谦进前密对数语,顿首下。监国遂曰:“百官前! 振罪当赤族,予请太后行诛未晚。顺罪亦应诛,今击死勿论。”又令左右缚二长随至,立命将军爪击二长随死。命都御史陈镒籍振家,玉盘径尺者十四,珊瑚树高六七尺者十数,金银十余库,马数万匹。诛振侄锦衣指挥山,夷其族。移监国入坐奉天门左,以谦为兵部尚书。翰林侍读彭时文宪、商辂文毅入内阁。九月丙子,监国以太后命即皇帝位,诏改明年庚午为景泰元年,大赦天下,遥尊裕陵为太上皇帝,尊皇后钱氏为太上皇后。虏遣使致书,书词悖慢。答书言:“中国已立皇帝,天下兵力强盛,行当决战。”以罗通、孙祥为副都御史,守居庸、紫荆关。敕翰林侍讲徐理等十五人分镇要害，纠合义旅，防护京师。是秋，虏脱脱不花寇辽东，不乐出寇陕西。都指挥岳谦至虏营，虏知中国立皇帝。十月，也先杀马大宴，复尊上皇为天子，行贺礼曰"将奉天子还京也"。喜宁导也先给上皇还京，遂入紫荆关。孙祥走死，京师戒严。于谦上御虏方略，出石亨、杨洪于狱中，以为总兵官。以王通为都督，及鸿胪卿杨善守京城。孙镗、卫颖、范广、张义、张轨、雷通分兵守战。监以侍郎江渊，给事中王竑、叶盛_{文庄}、程信、亨、洪。安远侯柳溥统兵出战。尽移郭外人入城，令虏所过坚壁清野，固守勿与战。急散官军通州粮百万入都城，尽焚都城外积刍。十一日，也先拥众至城下，谦及亨统兵出御虏。虏见我师坚不可撼，喜宁嗾也先邀谦及王直、胡濙五六大臣出议和，索金帛万万计。众皆知虏诈，不出，以通政司参议王复为礼部侍郎、中书舍人赵荣为鸿胪卿出见上皇，即辞归。虏逼京城，谦、亨出德胜门，闭门对垒约战。以上皇在虏中，未敢辄动。已谍知虏移上皇西，我发大炮击虏，虏死炮下者数千人，斩其酋铁颈元帅。亨及其侄彪又战彰义门、清风店，皆捷。也先稍却，谦请大出圣旨榜文，潜遗虏营中，谕回、达、奚、汉有能擒斩也先来献者，赏万金，封国公，疑虏。十六日，也先出居庸，伯颜帖木儿奉上皇出紫荆。杨洪、孙镗、范广等又击虏于涿州、紫荆、固安，虏败去。自是不敢深入。论功，加谦少保，总督军务、尚书如故。亨封武清伯，兼太子太师，提督京营。洪复封昌平伯。彪游击将军。以都督郭登、都御史任宁守大同。尚书石璞、侍郎刘琏、都督朱谦守宣府。都御史罗通、都督范广守山西。朱鉴守雁门。都御史王翱守辽东。王文、陈鉴、刘广衡更出守陕西。王通守天寿山。邹来学为佥都御史，提督京东军务。左都御史沈固出大同，参谋军事。平江侯陈豫守临清。

　　刘文安公_{定之}陈十事，其八言赏罚，曰："石亨、于谦等将兵御虏，未闻摧陷腥膻，迎回銮辂，但迭为胜负，互相杀伤而已。虽不足罚，亦未足赏。今亨自伯爵升为侯爵，谦由二品升为一品。天下之人，未闻其功，而但见其赏，岂不怠忠臣义士之心乎！今宜使亨等但居旧职，勿授新升，以崇廉耻之节，以作敌忾之气。夫既与而不忍夺者，姑息之政也，既进而不肯退者，患失之心也。上不行姑息之政，下不怀患失之心，则治平可计日而望矣。"时罗通亦以为言。然自德胜之役之后，也先再不敢窥我居庸、紫荆者，谁之力也？

北虏凡求贡，必纠诸部落在塞上挟我。我边臣幸其缓入，许奏闻入贡，转展二三月，虏必深入。往岁雁门、太原之祸皆然。总督抚镇所奏番字文书，往往夸述也先之事，中间又多不逊语，通事人不敢译闻，止云"内多番字，不能尽译"。岂四夷馆分地专业而不解番文乎！

景泰元年庚午七月癸亥，礼部右侍郎李实及也先使臣把秃等至自瓦剌。宁阳侯陈懋、吏部尚书王直文端等言："实至自虏中，言虏欲和，且还大驾。又引实至上皇正统所。上皇谕：'虏请和非伪，慎勿疑阻。朕需少物作人事，汝归，为朕取来。朕得南还，即令朕守祖陵，或为庶人，朕亦甘心。'乞再遣实奉衣物礼币奉迎。"上不听，曰："虏谲叵测，实归，杨善复去，不必更使。即以迎上皇意敕也先，附其使去便。"丙寅，懋、直等再上言："往者脱脱不花、阿剌遣人议和，皇上不吝一介。今也先悔祸，专使行成，竟不一报。适启戎心，后患无已。"下大臣再议。丁卯，实上言："臣自瓦剌还时，也先与臣约八月五日来迎上皇。臣言：'需归朝请旨，未敢窃定期约。'也先言：'正使即未遣，须先遣一二人同我使来报，不然，勿谓我失信。'遂令诸小酋偕少卿罗绮收还大同、宣府塞上部落。臣过怀来，见官军出郊刍牧，收禾转饷，虏言可信。臣复命日蒙召对，详述虏情。近在廷大臣累疏未允，臣将命讲和，其欲遣人迎复，定约期日。臣特传也先口语，伏望俯从群言，别遣材智大臣往迎。虽虏情变诈不测，亦可塞彼无词。不然，直在彼，曲在我。犹豫趑趄，过期失约，复欲遣使，或又以命臣，臣自揣愆期，决不敢往。彼此相疑，和议不成，则上皇终不可复，干戈终不可息，边鄙终不可宁矣。"疏入，复下大臣再议。是日，把秃等还，谕也先曰："把秃等至，悉议和之意。顾前已遣杨善、赵荣赍书币至可汗及太师，专为迎朕兄太上皇帝。朕念朝廷自祖宗来，待瓦剌甚厚。一旦因嫌构隙连兵，太师既能复修旧好，朕亦当勉从所请。继今益宜上顺天意，下顺人心，休兵息民，以实前言。把秃等回，特颁赏给至可汗。也先所言欲送还大驾，实朕至愿。果出诚心，即令杨善等奉迎还京，朕当永保和好。太师其深省之。"是日，懋、直等复请再遣实奉迎。上曰：

"俟善还。"时御史毕銮等、翰林检讨邢让皆疏乞迎驾，不听。己巳，善至虏营。庚午，也先引善见上皇。是日定议，也先遂奉钱上皇。

景泰三年壬申秋七月，御用左少监阮浪侍英庙正统南宫。浪下内官王尧者往芦沟桥抽分。浪以南宫所赏镀金梁扣绣茄袋、镀金结束刀一把与尧。尧归，饮锦衣指挥卢忠家，蹴球褫衣，忠因见其袋、刀非常制，遂令妻进酒醉忠，解之。俄而入皇城，白里行太监高平，以为南宫欲谋复皇储，令浪遗尧以袋、刀赏忠，求外应。尧竟以此与浪义子赵缙皆凌迟，没产。浪入诏狱，炮烙锻炼，苦惨备至，卒不承，死狱中。天顺复辟元年丁丑二月，平、忠亦凌迟。赠浪本监太监。命儒臣撰文立碑，官缙子锐锦衣试所镇抚。

成化二年，东虏董山纠众入寇。三年，武靖伯赵辅充总兵，都督王瑛、封忠为副，左都御史李秉督军，率汉番京边官军五万讨之。董山降，送京师，放归广宁。赵辅、李秉曰："山不可宥，请诛山。"九月，分左军出潭河、柴河，越石门、土木河，至分水岭；右军由鸦鹘关、喜昌口过凤凰城、黑松林、摩天岭，至泼猪江；中军自抚顺经薄刀山、鲇鱼岭，过五岭，度苏子河，至虎城，期日会兵进剿。朝鲜亦遣中枢府知事康纯、鱼有沼、南怡率兵万人，遏其东走。我兵捣贼巢，虏遁，擒斩俘获虏指挥若女等千人，班师。指挥张额的里率妻子乞降，朝廷怜而释之。明年，留韩斌为副总兵防守，筑抚顺、清河、瑗阳诸堡。

弘治甲子十七年六月，虏中走回人云：闻虏中欲掳黄里。黄里者，京城也。时北虏小王子求贡，朝廷既许而不至，且闻有异谋。又走回人云：朵颜头目阿尔乞蛮领三百人与北虏通和，小王子与一小女寄养，引诱入寇，而大同亦寻叛。于是泰陵孝宗欲出军，召刘东山面议。东山力言京军不可轻出。上曰："文皇朝频年出兵，逐虏数百里，未尝失利。"对曰："文皇时何时也！有粮有草，有兵有马，又有好将官，所以得利。今粮草缺乏，军马罢敝，将官鲜得其人，军士玩于法制，不能杀贼，且又因而害人，徒费财物，有损无益。"师遂不出。

嘉靖庚子十九年、辛丑二十年，北虏吉囊、俺答连入太原，直至平阳、潞安。大同将士不用命，山西诸将望风溃散，不肯力战。总兵王升、白爵、李蓁、张达，及巡抚龙大有、刘臬相继下诏狱。四总兵论死，两巡抚戍边。已而四总兵千方营解得脱死，立功自赎，辄以功报，得复旧物。两巡抚尚未脱士伍。

嘉靖庚子十九年，北虏破大同塞，深入山西。时兵部三尚书，张瓒掌部事，毛伯温掌都察院事，刘天和提督团营，皆不肯帅师御虏。起都御史翟鹏于家，总督宣、大、偏保、山东、河南等处军务，驻大同境上。鹏质直端劲，外若悃愊，内有经纬，不善附权贵，通贿遗，有前辈大臣风节。柄臣恶之，北虏退，捃摭细故闲住。明年，虏又至。诸大臣益畏惧，莫肯出大同，复起鹏提督如故。以防御功，历升兵部尚书。甲辰二十三年，兵部议掣防秋兵太早，虏直犯紫荆。上大怒，逮鹏诏狱，谪戍边。行至河西务借宿，民家不纳。告之钞关主事，主事挞民家，留鹏宿。民家告之。东厂以闻，遂复逮鹏瘐死锦衣狱。先是，樊继祖为总督，丧师失律，且杀良民报功，侵费帑金数十万，以厚赂巧媚得无罪。

陕西修边，正德初杨文襄公一清建议经理，为逆瑾所恶，被逮去。兵部以修墙议是，上文贵、张鼐、曹元三人，乞简一人继成其役。瑾不肯，尽取修墙银熔为大锱，入瑾私室。至嘉靖八九年，王恭襄公起督陕西，修花马池一带边墙三百里，甚坚壮可恃。先是，宁夏巡抚徐廷章、延绥巡抚余子俊皆有修边之功。史琳亦尝请经略花马池边塞。而秦襄毅公为总制，不以为然，止筑肆伍小堡。弘治甲子十七年、乙丑十八年，虏大入花马池塞，残破陕西。以是简用文襄，竟为权奸所阻。

大同人赵小挨者，极狡黠，通虏。嘉靖己酉二十八年夏，以守臣差至京，觇我虚实。庚戌二十九年春，小挨去虏中，久之回，言虏强盛，请抚镇用一妓诈称总兵女，送虏酋俺答求和。抚镇大怒，杖之四十。小挨遂走从虏，墩军数招之，答曰："直至北京正阳门外，始与尔等再相会。"是夏，大同总兵张达、副林椿皆死于虏，总督侍郎郭宗皋、巡抚陈燿被逮，廷杖，谪戍边。起复尚书翁万达，代宗皋，未至，兵侍苏祐出总督，赵锦代燿。时蓟州巡抚王汝孝，愤喜峰口外夷人猛可等索赏无厌，两出境扑杀。诸夷恨我，亦数入塞，遂通虏。七月，大同仇鸾总兵报俺答纠河套吉囊子、狼台吉部落及辽东达子入寇。又报虏东行，将犯独石。八月，万寿圣节前二日己巳，虏自独石边外东行。甲戌，至大、小兴州。乙亥，王巡抚为口外陈通事所诈，报虏自大、小兴州往西北去，且曰："请宽主忧臣辱之虑，坐收安内攘外之功。"是日，虏遂至古北口外。丙子，王巡抚又报虏到古北口外，被我军射退，及夺获马匹数多，必不能入。是日申时，虏已入古北口。二鼓报至，京城戒严。丁丑黎明，陆锦衣炳分布官校于皇城四门，兵书丁汝夔发勇字四营兵分驻城外，威字四营及三大营兵守城。令九门各文武大臣一人监督。甘肃巡抚王仪驻守通州，吏部侍郎王邦瑞提督城守军务，金都御史商大节提督巡城。是日未时，保定巡抚杨守谦统副总兵朱楫、参将祝福兵驻东直门外，参将冯登兵驻安定门外，守备井田兵驻崇文门外。戊寅，仇总兵统副总兵徐珏、游击张腾兵驻朝阳门外。己卯，虏在白河东岸，仇总兵诸军迤逦移营东行。是日，宣府副总兵孙勇、游击贺庆兵驻德胜门外。上赐仇总兵平虏大将军印，赏银千两、蟒衣一袭，升杨巡抚兵部左侍郎，提督内外官军截杀，赏银四十两，纻丝三表里。时京城诸恶少凶徒，往往群聚，言内外文武大臣家积金银数百万，虏即近城，我等放火抢诸大臣家。诸大臣惧，言城外有边兵可恃，宜移京军入护皇城，勿惊阙廷。于是邦瑞请九门各添兵千人，巡捕官军分营东西长安街，大节请九门城上各添兵千人，丁尚书请于十王府、庆寿寺各驻一营，营三千人。于是，城外之兵掣入城者大半。是晚，宣府总兵赵国忠、统参将赵臣、孙时谦、袁正，游击姚冕，山西游击罗恭兵，驻小榆河；辽东参将杨应奇、总兵李琦、山西守备刘潭、游击柴缙兵皆相继至郊畿。是时虏在白河东岸，杀掠人畜。庚辰，至河上。辛巳，渡河西北行，结阵东郊。散遣三五骑或十余骑，旁都城杀掠，焚庐舍，日夜火光不绝，直至东直门外马房，执内臣八人去。俺答纵归，上番书，言求贡及朵颜引路事。城外居民被伤千万，成群奔京城。城门闭，不肯开，万口号恸，声彻西苑。上令开门，听民出入。是日，虏掠我妇女，酣饮大教场中。是夜，宣府赵总兵等兵在小榆河与贼前哨对垒，仇总兵等亦还兵驻京城东北。壬午，零贼往来京城后六门外，杀掠人畜。癸未，虏至巩华城西北，益出轻骑近京及西山口，杀掠甚惨。上震怒，御奉天殿宣谕群臣。是夜逮王仪、参将刘锦下诏狱。甲申，逮丁尚书、杨侍郎廷讯。是日，虏住西北郊。乙酉，逮汝孝、希翰，革兵侍谢兰、职方郎中王尚学、户书李士翱、十三司郎中周鲁等职,与工书胡松俱戴罪冠带管事,候事宁处治。是日,虏至白羊口。丙戌,上怒甚,急欲杀丁、杨,索法司奏当急。法司持未肯上,上益怒,夜逮刑侍彭黯、左都御史屠侨、大理少卿沈良才等,廷杖五十,降俸五等。法司遂上拟丁、杨死律。是日,虏半从横岭口出怀来、张家口。丁亥,丁尚书、杨侍郎死于西市。是日,张家口虏落川去,半自白羊口复回东行。赵总兵夜遣健卒八十人往天寿山四面放铳,贼疑我有伏,不敢入红门。己丑,仍出古北口去。勘奏者言虏杀我男妇六万,掳去四万,掠杂畜数百万,焚庐舍万区。通计男妇死且掠者盖六十万。当是时,城外京边军竟不曾与虏一战。仪、士翱闲住,兰降,南太仆卿鲁外任,松夺俸,汝孝、希韩、尚学谪戍。留鸾总理京营戎政,珏代鸾镇守大同,邦瑞以侍郎掌兵部事,俄改协管京营戎政,史道以兵侍掌部事,寻还邦瑞理部事,为尚书,而召赵锦代邦瑞。明年春,邦瑞自陈削职,赵锦代邦瑞为尚书,户侍傅凤翔代锦。松亦自陈致仕,欧阳必进代松。

京师在北平,宣府、大同视周汉唐朔方。近有言止守居庸、雁门,此乃误国之贼。又或言尽撤山西兵,专力并守大同,亦非良策。大宁藩篱,雁门门户。藩篱以御外侮,门户以固内防,二者皆不可缺。

沿边诸镇,惟辽东最易治。虏寡亦弱,又縻我官赏交市,且地饶鱼米盐马。近年抚臣于敖减赐物,又计杀虏酋,遂失虏心。嘉靖丁未二十六年,抚臣胡宗明因虏屡来侵掠,扑杀虏百八十人。虏大恨。戊申二十七年春,结众深入辽西,杀掠人畜万计。宗明及总兵戴廉罢任听勘。起李珏代宗明。珏未行,被劾,得留用。珏素有才,操履亦慎。大狱谪戍。后起抚山西,遂不及曩时。

广宁、辽阳间,中有三岔河,皆闲田,我戍兵绕而守之。若取而屯牧焉,我地益广,边备益省。马端肃文升、李康惠承勋二公皆尝议复此地,不果。盖三河汇流,土地沃衍,草木茂密,又多鱼虾之利。三卫夷人牧马其中,若夺其生业,兵隙必开。且地多沙陀,土亦疏恶。三河并趋,时遭垫没。不若守我封疆之为愈也。

河套古朔方,我朝自正统后渐弃东胜,于是河套遂为虏巢,然亦时去时来。近年吉囊、俺答二酋连岁残破秦、晋,久驻套中。先朝大臣，屡有复套之议。成化八年，遣吏部侍郎叶文庄公盛行视。文庄以为未可轻议，特缮障增戍，谨备之便。九年，遂移延绥镇城于榆林，此余肃敏子俊经略之功也。王恭襄公琼又以肃敏为失策。嗣后杨邃庵亦屡议及河套，然亦财力不给，不敢力主其事，旋议旋罢。嘉靖丙午二十五年，侍郎曾铣自山西移为陕西总督，上言复河套事，内批嘉奖。然中外皆知兵弱财窘，且无文武将吏，恐挑强胡，祸不可解，然亦顾忌莫敢言者。铣区画兵食，关中骚动，人有怨言。又请户部银，多至四百万两，人益不喜。铣又劾河西总兵咸宁侯仇鸾，鸾被逮。会丁未二十六年仲冬，澄城山裂而移者相去四五里，有分崩离析之象。是冬腊月辛未，京师大风霾。今皇帝世庙敬天疑畏，以套议问辅臣分宜严嵩言："贵溪夏言左右铣为此议者。臣不得预，臣亦不能止，不敢言。"上遂大怒，逮铣，夺贵溪辅弼官，以尚书致仕。而咸宁侯仇鸾又发曾铣匿出塞丧师诸事，贿贵溪得解，及河套不可复状。上益怒，贵溪行至丹阳，逮系入京。铣事下锦衣，讯上，又下法司，会官拟铣罪。法司言铣犯无正律，上怒，令再议，竟论死。铣为御史时，计擒辽东叛军有功，升大理寺丞，又寻升佥都御史，巡抚山东。时山西被虏数寇残，移铣山西。山西二年得无虏患。又寇陕西。时陕西总督尚书张珩谪戍，铣代之。贵溪至京，论死，坐交结近侍律也。

朵颜在渔阳塞外，福余、大宁、建州、海西在辽阳塞外，皆我藩篱，食我桑黮，怀我好音久矣。今皆通迤北，为我边患。恐数年之后，北虏见京东塞外水草畜牧之利，将并朵颜、建州，我东塞亦与北虏为邻，如宣府、大同矣。亟谕东虏，无引贼入室，自受其害，如景泰时事，诸酋或有悔悟者。不然，忧未已也。

大同古云中，宣府古上谷。虏入大同塞，必犯紫荆、倒马，入宣府塞，则犯白羊、居庸，自独石边外顺潮河川南下，则古北口、黄花镇不能御矣。大同、宣府有重兵，古北口、黄花镇兵最弱。

沙州，汉敦煌郡，今为蒙古卫。川边四川古塔赤斤，即汉屯田柳中地，今为罕东地。瓜、沙、赤斤等处番达，本皆一种，枝大族分，因地异名耳。

四夷何以首安南也？我郡县也。次兀良哈何？我武卫也。哈密、女直非欤？羁縻之虏，非我官长也。兀良哈之有三卫，以靖难欤？非也。大宁之北有三卫也，盖自洪武始也。其南据大宁也，乃永乐始也。将复交趾而收大宁乎？都统之议，夷且嗤我，革兰台以来，骎骎乎我贰矣。弃哈密而抚女直乎？哈密罢我河西，女直扞我辽东也。土番入哈密，而嘉峪不惊，胡虏通女直，而山海弗靖矣。朝鲜何以次兀良哈也？知礼教也，大国也。琉球小夷，何以次朝鲜也？学于中国也。何以终鞑靼也？非劲寇乎？我胜国也。盛衰之运，中国有安危焉，以故别考而存之，战守之略可几而得矣。高皇何以有海外之使也？更始也。成祖西洋之艘，不已劳乎？郑和太监之泛海与胡濙之颁书也，国有大疑焉尔。羌三王，胡四王，我厪厪焉。西番五王，世优之，何也？不能为我深创也。苟因俗而治之，得相安焉可矣。西域何以不得浮南海也？王公设险假树渠焉。如之何使其纵横出入几遍宇内也？海岛之夷勤我封使，往来之礼欤？夷不言往来，往来言诸侯也。四夷来王，八蛮通道，未闻有报使焉。然则领封可乎？奚为而不可也？陪臣请命于京师，王人致命于海上，非往来乎？呜呼！均覆载者，天德也，辨华夷者，王道也。昔也夷人入中华，今也华人入外夷也。喜宁、田小儿、宋素卿、莫登瀛，皆我华人，云中、闽、浙忧未艾也。是故慎封守者，非直御外侮，亦以固内防也。池鱼故渊，飞鸟旧林，人情独不然乎？彼其忍于捐坟墓、父母、妻子、乡井而从异类者，必有大不得已也。呜呼！德惟善政，政在养民，盍亦反其本矣。不然而欲郡县我子弟，武卫我干城，乌可得哉！

曲靖，云南之襟喉也。洪武十四年九月朔，傅友德、蓝玉、沐英三将军率甲士三十万南征。偏师由永宁趋乌撒，大军由辰、沅趋贵州。大军遂克普定，进攻曲靖。伪梁司徒达里麻果悉精兵十余万，屯曲靖拒我师。我师急趋渡白石江，遂平曲靖。而颍川傅复城乌撒，以通永乐之兵，克七星关以通毕节之道。云南亦破，而伪梁王方国珍走死滇池。

麻阳之役，师老财匮，言官论奏，竟尔中辍。初，广、贵二省抚臣谋议不合，起万治斋镗嘉靖二十一年勘处。治斋不欲用兵，力言抚便，已有端绪。遽召还京。已而贼复出抄掠，湖抚姜仪、贵抚王学益请合兵进剿。杨参将赴湖，过辰州，为贼所缚。姜畏罪，上言王兵失期不至。内批切责，务期荡平。四川巡按袁凤鸣遂劾王，逮下诏狱，以李义壮代王。用兵数月，日费千金，官军顿挫，人畜残破，遂罢兵。姜降三级外任。盖剿既无功，抚又失策矣。自古南蛮与北狄不同。四夷经见者，自三苗始，干羽两阶，今可鉴也。本朝累有征蛮之役，未有得全胜者。盖宁河武顺王时然矣。

西南夷自国初为梗，洪武己巳二十二年，征南将军傅友德帅二十四将军，分驻湖广、四川练兵，防西南夷。友德寻召还。时中原既定，而西南夷屡叛，用兵无虚岁。

嘉靖丁亥六年，田州之役，实姚东泉之功也。是年六月三日进兵，两广汉达马步官军、土兵打手、杀手，共十万二千七百七十七员名，分为五哨。凡攻破巢砦九十五处。贼猛殒首归顺，子邦彦窜死齐村，冯爵死富州，岑约死径村。韦好、陆绥诸恶目俱被擒斩。惟卢苏、王受未授首。比东泉归，阳明王守仁以抚处为策，苏受来降矣。阳明又以八寨之讨被旨诘责，赠谥恤典停罢，并平宸濠宁庶人之功皆不录。新建之封，终其身耳。东泉锦衣之荫亦罢。是时，前剿后抚皆谓无功，难乎任事矣。

嘉靖壬寅，起故右都御史万镗治斋为副都御史，勘处湖、贵蜡尔山夷情。明年，万疏有曰："此夷先是宣德七年用兵十二万，攻围九个月，剿贼过半。正德七年用兵五万，攻围四个月，剿少抚多。今初拟用兵六万，期以半年。臣博访各贼巢穴，如蜡尔等山，接连三省。当其险绝之处，晦冥之时，一夫拒守，百夫莫前。与其多兵以冒险，而犯欲速之虞，不若减兵以存粮，而图持久之效。乃减兵三万，大抵以剿之威行抚之恩。今虽平定，但地方大坏极敝，苗夷易动难安。目前虽已宁帖，而后患所当预防。"遂条上方略，专意防守，不事征进。后至丁未，遂大用兵，两省骚动，迄无成功。万又尝有书与中朝人士，其略曰："苗贼巢穴如蜡尔、雷公等山峒，接连湖、贵、四川，周回千数百里。猩猱所居，人迹罕至。其悬崖鸟道，莫可跻攀，狭路羊肠，不容并足。且竹箐丛生，弥望无际，幽岩曲涧，在在皆然。鳞次栉比，殆无空隙，人非侧肩偻背，莫能入也。贼从内而视外则明，每以伏弩得志。我从外而视内则暗，虽有长技，莫施审据。军前汉土官员曾经两广、滇、蜀等处征进者，皆云山峒之险峻，各省亦有之，至于竹箐之深阻，则所未尝见也。其地利之难如此！苗巢所居，率皆险僻幽翳，天晴之日亦将午而后开朗，未晡而已晦暝。但遇稍阴，即霏雾迷蒙，寻丈莫辨。计其阴雨，十常六七。盖山岚瘴湿、气候郁蒸之所致也。其天时之难如此！先年土官守法，易以驾驭，苗夷椎鲁，易于牢笼。自正德以来，边方多故，土官征调，皆顾倩此苗以为前锋，用能克敌称强。及至近年，土官构仇，各厚饵此苗以助攻杀，因而启衅生乱。由是土人与苗互结姻亲，情多牵制，且其技俩亦为贼所窥破，无复畏惮。今用土兵，不免前弊。欲摈而不用，彼以切近之地，素稔之情，不但引诱窝藏在所必有，甚或借兵赍粮，岂能尽防！况湖、贵官军皆不足用，湖广除永顺、保靖之外，其余土酋可调之兵，能出千数者无几。至于贵州，舍酉阳、平茶之兵，愈少而愈难矣。必欲别省调兵，则又不谙地理，成功难必，而其沿途扰害，尤不可言，决难轻调。其事势之难如此！苗贼常言：'朝廷有千万军马，我有千万山峒。'又云：'诸葛亮有七纵七擒，我苗有三紧三慢。'所谓紧者，军退则突出劫掠，所谓慢者，军临则散漫潜藏。又云：'不怕官府军多，只怕官府粮多。'盖以军虽多，而山箐深险，力未易施，粮若多，而围困久长，势将自毙。然彼明知道路梗涩，粮运甚难，料不能多，故为此言。其狡夷叵测之难如此！历观史牒所云，大率皆然。故昔人云：'自古用兵，未有大得志于南夷者。'诚有以也。前此两省官司非不知地方之害，亦非无灭贼之心，然而莫肯以剿贼为己任者，盖亦畏其难耳。况远得于传闻者，恒失其实，旁观于闲暇者，每易其言。不以为邀功生事，则以为劳师费财，人亦何苦冒地方之利害，而招己身之艰危乎！积习有年，稔乱斯极。其独力任事之难如此！"

东南海寇日甚一日，丙午嘉靖二十五年秋遂至浙西，吾邑亦被其害。此事皆缘势要之家，通番获大利以贻国家。东南之忧，国初设官市舶，正以通华夷之情，迁有无之货，如西边茶市、北边马市亦然。观其官以市舶为名，意可知矣。圣祖特起信国公汤和于衰暮之年，令其筑城海上，自山东至浙，专防倭寇，而乃有市舶，许海夷进贡，岂无深意！

今徒禁绝番夷入贡，遂使势豪得侔其利。禁愈严，则势豪之利愈重，而残杀之害愈酷矣。要之，势豪之家亦必有殒身灭族之祸。盖缘其始欺官府而结海贼，后复欺海贼而并其奇货，价金百不偿一。积怨既深，一旦致毒，祸不远矣。

近日东南倭寇，类多中国之人，间有膂力胆气谋略可用者，往往为贼。蹦路踏白，设伏张疑，陆营水寨，据我险要，声东击西，知我虚实，以故数年之内，地方被其残破，至今未得殄灭。缘此辈皆粗豪勇悍之徒，本无致身之阶，又乏资身之策。苟无恒心，岂甘喙息，欲求快意，必至鸥张。是以忍弃故乡，幡从异类。倭奴借华人为耳目，华人借倭奴为爪牙，彼此依附，出没海岛，倏忽千里，莫可踪迹。况华夷之货，往来相易，其有无之间，贵贱顿异。行者逾旬，而操倍蓰之赢，居者倚门，而获牙侩之利。今欲一切断绝，竟致百计交通。利孔既塞，乱源遂开。驱扇诱引，徒众日增。若不包荒含垢，早为区处，恐数年之后，或有如卢循、孙恩、黄巢、王仙芝者，益至滋蔓，遽难扑灭矣。洪武年间，倭奴数寇东南傍海州县。其时浙江一省，既遣信国公汤和筑城，又遣魏国公徐辉祖、安陆侯吴杰练兵，又遣都督商暠、杨文、刘德出战，又遣都督於显出海巡倭。此皆上公元侯，谋臣宿将，尤且迟之数年未得宁息。复遣南雄侯赵庸招抚沿海渔丁、岛人、盐徒、蜑户，籍为水军，至数万人。又遣莱州府同知赵秩、礼部员外郎吕渊宣谕倭奴。迨至洪武二十五年以后，而海上始得安静。则凡可以解散贼党者，宜亟为议处也。

洪武初，设太仓、黄渡市舶司，至今称为六国马头。寻以海夷黠，勿令近京师，遂罢之。已复设于宁波、泉州、广州。七年九月，又罢。后乃复设提举一人，副提举二人，属吏目一人，驿丞一人。三提举司皆然。

定　　变

宣德三年戊申五月，蔡福、朱广、薛聚、于瓒、鲁贵、李忠伏诛。福都督，广、聚、瓒皆都指挥，贵指挥，忠千户。福等在交趾守义安，被贼围，福不战，率广等降贼，且教贼造攻具，攻东关。我兵九千余人愤欲焚贼营，福等又令百户牟英告贼，贼杀尽九千余人，遂攻昌江等城。福又历说各城人降。尝至清化，驰马城下，大呼曰："守城者可见几全首领，不然，肝脑涂地。"为和州罗通等大骂而去。至是，则送福等归京师，悉弃市，籍其家。

正统末，云南木麓川贼酋叛，遣兵数十万讨之，东南骚动。于时浙江叶宗留、福建邓茂七、广东黄萧养相扇而起，各拥众数十万，僭号攻城，杀掠吏民。湖、贵苗、僚，两广瑶、僮亦叛。分遣文武大臣为镇守、总督、提督、参赞、协赞军务、巡抚、巡视、总兵、副总兵、参将、分守、协守、守御，每省多至数十人，少亦不下十数人。所在聚兵各数十万。浙江侍郎孙原贞、副都御史轩輗，福建尚书金濂、侍郎薛希琏，两广侍郎揭稽、李棠，都御史杨信民，贵州侍郎侯琎、寺丞某，湖广都御史王来、李实，四川都御史李匡、侍郎罗绮。

满四，固原土胡也，骁健好杀，时出劫行人，掠牛马，聚恶少食饮。参将刘清、指挥马杰稍法绳之，四略掠资即解。即数日，又复中他事收捕。捕至，辄得贿，贿已又捕。四大恨，曰："必杀此二人者。"成化四年四月，遂反。不数月，有众二万。廷议，请敕镇守问激变故。敕未至，清进与贼战，大败。宁远伯任寿、广义伯吴琮、巡抚陈价、都指挥费良，皆败或死。兵部请合陕西、延绥、宁夏三镇兵进剿。贼益肆，行劫攻城，杀掠吏民，羽书交至。以都督刘玉为总兵，副都御史项忠提督军务，会巡抚马文升讨贼。忠未至陕，陕西、宁夏兵先至，不俟延绥兵辄进，大败。四尽夺两镇军器，闻大兵且至，退保石城山。忠等分兵七屯合围之，戒勿战，困贼。伏羌伯毛忠违命，先登败死。贼益张，言且攻西安。兵部尚书程信请改命抚宁侯永总京、边军四万往讨。大设赏格，擒四者赏金五百两，银倍之，官世指挥使。四人共，亦如之。十一月，忠围贼益急，度必破贼。又闻别命将，不敢辄止，奏言宜令新总兵星驰赴援，傥不日破贼，别奏止兵。上手忠奏，付太监怀恩等召兵部议。内阁信曰："兵行不可缓。"彭时、商辂曰："贼不能出，入山自保，我兵困之甚固。观忠疏，贼不足忧也。"信曰："不然。忠且退至平凉未可知，敢必其能困贼耶！"尚书白圭、侍郎李震相视不言。时曰："然则度京军当何时抵固原？"信曰："明春二三月。"时曰:"胜负决今冬,奈何至明年! 观忠奏,贼愈矣。止京军便。"太监曰:"然。然则边军去乎?"时曰:"亦不去便。"辂曰:"留京军,而遣边军便。"信大不平,谓人曰:"忠败,陕西动摇,内阁不得辞其责!"内阁又辄言:"忠足办灭贼,观其疏,岁终贼平矣。"是月丁丑,忠计擒四四心腹杨虎、狸远汲被擒,释使内应。十二月捷音至。明年正月,槛送四等三百人至京师。太监问四反故,曰:"无奈清、杰侵剥我也。"四等凌迟,亦斩清、杰。

　　刘千斤者,荆襄大盗。景泰、天顺间,河南北、襄南、湖北流民聚郧房山中者数十万,四出行劫,急或拒相殴脱。官府捕之辄匿,未敢公然格斗。成化元年,流劫邓州李家。李家豪有力,尽闻诸上官,云不捕且入奏。官府集兵围捕急,遂纠众反,称大王、将军、国老、军师、先锋,推千斤为主,刘长子、苗龙虎副之,石和尚为谋主,势甚猖獗。攻掠河南、南阳、郧阳,西至汉、沔,东及蕲、黄。尚书白圭、抚宁伯朱永督诸军进讨。至漳南,湖广总兵李震以土兵来会,议进兵方略。千斤等惧,遂拥众出战。属永病,圭督震分兵截剿破贼。贼退保巢寨。我兵乘胜进攻,破之,擒千斤、龙虎等。和尚、长子脱走,益深入万山中。永病起,帅诸兵入山搜捕。襄阳文总旗者,隶都督喜信、指挥张英下,颇骁健。遇长子,相搏不胜,长子欲杀文总旗。总旗曰:"榜急石和尚,汝无主名。汝能缚和尚,献军门,升赏有榜例。"遂与俱见英。英抚劳长子,遣去,果诱获和尚。诸将忌英功,大哗英匿贼赃,英俱不敢争。长子、和尚竟以俘献,并千斤等伏诛。未几,千斤余党李胡子反,野王刚、小王洪亦反。都御史项忠讨平之。成化□年,设湖广行都司于郧阳,都御史一人抚治,寇盗稍息。

　　嘉靖甲申三年,大同伍堡军叛,杀巡抚张文锦、参将贾鉴。时总兵江桓坐视不能讨贼,朝廷罢桓,以桂勇代之。令桂疾驱入大同,诛首恶,抚胁从。且遣都督鲁纲、总兵侍郎胡锭提督军务,率兵屯阳和堡,候勇诛首恶抚定,即班师。勇已诛郭巴子等首恶十七人,锭、纲以为功非己有,起营而西。大同军复闭门,及骂勇倒鬼诳我,缚勇,欲杀之。勇不屈,言:"汝等再杀我,阖城无噍类矣。"乃释勇,尽杀勇家丁。代王微服走宣府,锭等又妄言功奏捷。中朝皆知之,不得已,召还京。

是时内阁费宏不欲再用兵，幸无事。余及瓯宁李默各上疏，乞讨贼。李疏报闻，余疏乙酉正月十七日进，留中。蓟州总兵马永亦请自率兵讨贼，不听。以故大同叛军至今为边镇大祸。

卷五

右 文 门_{敬天 崇祀 造士 定谥 正讹}

敬 天

近日士人知天文者多有其人，惟光禄少卿乐護鸣、殷华湘原楚为精。二人共上《五星聚营室疏》，甚明畅恳切。礼官覆疏，亦直言规戒。皆可传。

吴元年，太史院使刘文成公_基率其属高翼等上《戊申大统历》。洪武元年_{戊申}，改院为司天监，又置回回司天监。是年十一月，征元太史院使张佑、张沂，司农卿兼太史院使成隶，太史同知郭让、朱茂，司天少监王可大、石泽、李义，太监赵恂，太史院监候刘孝忠，灵台郎张容，回回司天监黑的儿、阿都剌，司天监丞迭里月实十四人。二年，又征元回回历官郑阿里等十一人至京，议历法，占天象。三年_{庚戌}，定为钦天监，掌察天文、定历数。

洪武十七年_{甲子}，《大明清类天文分野》书成，凡二十四卷。诏赐秦、晋、燕、周、楚、齐六府。是书刻在南雍，余尝托友人印刷。友人言："此非我朝书，殆前代人所纂，或出山野小说家。洪武中，止有今南京为京师，何以此书乃有北京？又言南京'应天府'，若前代书。何以又有十二布政司？布政司，古未有也。"余曰："是洪武中书无疑。此时未有贵州布政司，而有北平。又洪武元年诏以应天为南京，大梁为北京矣。"

正统己巳_{十四年}，《大统历》二至日晷，昼夜六十一刻。岳文肃公正大异之。识者以为用事大臣任私智，废历法，必有摇本之祸。八月，六师陷土木。

嘉靖十八年五月，夏言落职致仕，寻复入内阁。以梁材为户部尚书。六月丁酉震，奉先殿、鼓楼灾。山西地震，有声如雷。南京礼部右侍郎吕柟致仕，理河副都御史朱裳卒。七月，辽东兵变。庚寅，震武功坊，江浙大水。庚申，葬献皇后显陵。闰七月，木、火、水、金四星聚东井，河南大疫。辛未，献皇后祔庙中宫，亚献。咸宁侯仇鸾总督军务，兵部尚书兼右都御史毛伯温参赞军务，讨安南。九月，虏数入宣府塞。辛酉，上行视长陵，癸亥还宫。十月，大同总兵、都督梁震卒。十二月，虏入宣府塞。

成祖于建文己卯元年七月起兵靖难，宸濠宁庶人亦以正德己卯十四年六月反。湖广二阁老，皆石首人：文定杨溥，即南杨永乐甲辰二十二年、文简张璧嘉靖甲辰二十三年入阁，所事二帝，皆藩王入继大统。永乐辛丑十九年四月庚子日，三殿奉天、华盖、谨身灾，嘉靖辛丑二十年四月，九庙灾。

正统四年己未四月灾异，修省，敕谕公、侯、伯、府、部、院等衙门官宽恤事宜。第一条，吏部擢用官员，宜精选贤才任之。或罢软无能者，或老疾不堪，平昔行止不端谨者，悉皆罢去。承差、知印、吏典人等，亦宜精详考察贤否，贪污及庸懦无能，并不谙行移者，悉皆罢去。不许徇私滥用，糜廪费禄。盖先时皆因事因灾考察也。

嘉靖丙午二十五年，京城大水。明年，岁星守营室，西内灾，澄城山分崩离析，都城隍庙灾。又明年二月日，有异常之变。三月朔，日食于夜。是月望，月食，暖阁又灾，寻有孝烈方后之丧。又明年，有庄敬太子之戚。《春秋传》云："王一岁而有三年之丧二焉。"谓后及太子也。

崇　祀

洪武五年壬子，罢孟子配享文庙。逾年，上曰："我闻孟子辩异端，辟邪说，发明孔子之道，宜祀如故。"二十九年丙子，罢杨雄从祀，祀董仲舒。正统二年丁巳，进胡安国、蔡沈、真德秀从祀。八年癸亥，追封吴澄为临川郡公，从祀。成化二年丙戌，追封仲舒为广川伯，安国建宁伯，沈崇安伯，德秀浦城伯。弘治八年乙卯，追封杨时为将乐伯，从祀。嘉靖九年庚寅，改"大成至圣文宣王"为"至圣先师孔子"。四配为复圣颜子、宗圣曾子、述圣子思子、亚圣孟子，从祀。及门弟子称先贤，左丘明以下称先儒。去塑像，设木主。尽罢公、侯、伯诸封爵。申党、申枨二人存枨去党，公伯寮、秦冉、颜何、荀况、戴圣、刘向、贾逵、马融、何休、王肃、王弼、杜预、吴澄十三人罢祀，林放、蘧瑗、郑玄、郑众、卢植、服虔、范宁七人祀于其乡。进后苍、王通、胡瑗、欧阳修、陆九渊从祀。改称大成殿为先师庙，大成门为庙门。别立祠，祀齐公叔梁纥，称启圣公孔氏，以颜无繇、曾点、孔鲤、孟孙氏配，称先贤，程珦、朱松、蔡元定从祀，称先儒。撤无繇、点、鲤从祀。

嘉靖九年庚寅，更定南北郊礼。南郊，皇天上帝南向，太祖西向。东一坛，大明，西一坛，夜明，东二坛，二十八宿，西二坛，云师、雨师、风师、雷师。北郊，皇地祇北向，太祖西向。东一坛、中岳、东岳、南岳、西岳、北岳、基运山、翊圣山、神烈山，西向，西一坛，中镇、东镇、南镇、西镇、北镇、天寿山、纯德山，东向，东二坛，东海、西海、南海、北海，西向，西二坛，大江、大淮、大河、大汉，东向。

洪武甲寅七年二月丁酉朔，日食。下礼部尚书、给事中等官议文庙祀礼。请改用仲丁。制曰"可"。

国初郊庙、社稷、先农为大祀，已而改先农及山川、帝王、先师、旗纛为中祀，诸神小祀。今皇帝世宗以朝日、夕月、天神、地祇为中祀。大祀致斋三日，中祀二日。祀有牲，牲四等，曰犊、曰牛、曰太牢、曰少牢。色尚骍赤或黝黑。天地、日月加玉焉。玉三等，曰苍璧、曰黄琮、曰玉牲。大祀入涤九旬，中祀三旬，小祀一旬。杀礼不用牲，用果脯，从其族也。或用素羞。祀有帛。大祀、中祀京师用制帛，制帛五等，曰郊祀、曰奉先、曰礼神、曰展亲、曰报功。小祀素帛、礼佛帛。王国、司、府、州、县亦用帛，小祀则否。凡祀有乐，乐四等，曰九奏、曰八奏、曰七奏、曰六奏。奏乐有歌有舞，歌堂上舞堂下。舞皆八佾，佾有文有武。先师六佾，佾去武。小祀则否。凡助祭，文臣五品，武臣四品以上。嘉靖中，都给事中乞得助祭。帝、社稷无助祭，大臣五六人陪拜焉。小祀则否。

嘉靖十年辛卯三月朔，敕谕："朕仰惟太祖肇创洪图，奠清宇宙，扫除腥秽，复我文明。克享天心，君临亿兆，必自上世之积，乃出中夏之元圣。顾追报之典未举，而昧幼之怀罔遂。朕躬承祖鉴，恭行大禘礼。今孟夏之吉，祀始自出之祖于太庙，奉皇祖配。每逢辛丙之年一举，著为成范。钦哉！"亲撰祀文，定拟神牌、冠服、陈设、图仪。凡祭，书神牌于太庙，曰"皇初祖帝神"，南向，太祖配位西向。

洪武二年己酉，立功臣庙于鸡鸣山，论功列祀二十一人，命死者塑其像，生者虚其位。是时，胡大海、冯国用、赵德胜、耿再成、丁德兴、俞通海、张德胜、茅成八人先栖神于卞蒋等庙，乃塑像移祀于此。徐中山达、常开平遇春、李岐阳文忠、邓宁河愈、汤东瓯和、沐黔宁英六王及华高、吴良、吴桢、曹良臣、康茂才、吴复、孙兴祖尚存，但虚其位。洪武二年，太庙侑享，初有廖永安，凡十三人。永安、俞通海、张德胜、桑世杰、耿再成、胡大海、赵德胜七人已卒，祀庙中。九年，始加封号，赠谥。罢永安祀。时徐、常、李、邓、汤、沐六王俟其卒，进侑，皆太祖所亲定也。然功臣庙无廖永安、桑世杰，而太庙乃有之，冯国用、丁德兴、茅成、华高、吴良、吴桢、曹良臣、康茂才、吴复、孙兴祖祭于功臣庙，而太庙侑享不与焉。此太祖之权衡度量，非后人所能测识也。昔西汉定元功十八人位次，东汉云台三十二人，唐凌烟二十四人，宋昭勋崇德二十四人，皆托褒扬于位貌而已。太祖之庙庭侑享，则以血食寓褒扬，其报最重，其礼最隆矣。嘉靖十六年丁酉，郭勋欲进祀其立功之祖武定侯英于太庙，乃仿《三国志》俗说及《水浒传》，为《国朝英烈记》，言生擒士诚、射死友谅，皆英之功。传说宫禁，动人听闻。已乃疏乞祀英于庙庑。又言英本开国功臣，卒于永乐年间，以故不庙祀，而不知太祖定庙祀时，固兼生死而论定矣。且英之封在洪武十七年甲子，论平云南功，大将颍川侯傅友德进封颍国公，副将蓝玉、仇成、王弼先封流侯者，与世嗣。偏裨都督佥事陈桓、胡海、郭英、张翼，兵兴以来屡效勤劳，今勋尤著。于是桓封普定侯，海东川侯，英武定侯，翼鹤庆侯。盖庙祀定后十六年，而英始侯也。

历代帝王庙，岁仲春秋，皇帝遣大臣祭太昊伏羲氏、炎帝神农氏、黄帝轩辕氏、帝金天氏、帝高阳氏、帝高辛氏、帝陶唐氏、帝有虞氏、夏禹王、商汤王、周武王、汉高祖皇帝、汉光武皇帝、唐太宗皇帝、宋太祖皇帝。分五室，室太牢一，礼三献，乐七奏，舞八佾。从祀名臣：风后、力牧、皋陶、夔、龙、伯夷、伯益、伊尹、傅说、周公旦、召公奭、太公望、召穆公虎、方叔、张良、萧何、曹参、陈平、周勃、邓禹、冯异、诸葛亮、房玄龄、杜如晦、李靖、郭子仪、李晟、曹彬、潘美、韩世忠、岳飞、张浚，凡三十二人，列两庑。庑二坛，坛少牢一。先是，洪武元年戊申祀三皇，用太牢，勾芒、祝融、风后、力牧配。四年辛亥，令天下立三皇庙，岁春秋祭。已而令祭于陵。是年，命官参考历代圣帝贤王，但在中原安养人民者三十四君，合祀之，择名臣从祀。六年癸丑，礼官言古帝王有父子、祖孙一庙合祭，非礼。令别立历代帝王庙，同堂异室，岁春秋祀三皇、五帝、禹、汤、文王、武王、汉高祖、光武、唐高祖、太宗、宋太祖、元世祖，其守成贤君，令所在有司岁春秋祭于陵。七年甲寅，塑帝王衮冕坐像。上曰："伏羲、神农未有衣裳之制，勿皆冕服。"已而郊祀祔祭诸帝王，省春祭，岁仲秋遣官祭于庙。二十年丁卯，以武成王从祀帝王庙，去王号，罢故庙祀。二十一年戊辰，礼官择上历代名臣始终全节者三十五人，从祀帝王庙。上曰："赵普负太祖，不忠，不可祀。元木华黎，安童祖也，不可祀孙而去祖，可祀木华黎，罢安童祀。祀伯颜，阿术可勿祀。"又曰："汉陈平、冯异、宋潘美，皆宜祀。"未几，上曰："文王虽基周命，终守臣节。唐高祖有天下，本太宗力也，可勿祀，祀于陵。增祀隋文帝。"是年，庙火，改建于钦天山之阳。去隋文帝。子午卯酉年，传制祭陵，停庙祭。嘉靖九年庚寅，罢历代帝王南郊从祀。礼官请加南京庙春祭，上不从。令建庙京师，岁仲春秋祭。南京祭罢。十年春，庙未成，今皇帝世宗祀之文华殿。庙初成，今皇帝至庙祭。是年，修撰姚涞请罢元世祖祀，礼官议不可。上从礼官议。二十四年乙巳，给事中陈棐又言之，乃罢祀元世祖，并罢从祀木华黎五人。

　　洪武十一年秋，享太庙。太常奏："栗未熟，请以桃代。"上曰："诸祭果实，不必常品，有即用之。著为令。"

　　皇祖制太庙祭器，曰："今之不可为古，犹古之不可为今。礼顺人情，可以义起，所贵斟酌得宜，必有损益。近世泥古，好用笾豆之属，以祭其先。生既不用，似亦无谓，其制祭如生仪。"

　　侑庙功臣位次，中山王十二人，洪武年定，河间王四人，洪熙年定，皆序封爵，首王，次公，次侯。开国功臣、靖难功臣各自为序。嘉靖丁酉十六年，进诚意伯刘基位六王之下，群公之上，以为不伦。及营国公郭英进祝，并两朝功臣叙爵，于是营国公列永义侯之上，诚意伯列宁国公之下矣。

造　士

洪武辛亥四年有进士，永乐癸未元年无进士，天顺癸未七年亦然。永乐初即位，天顺南省火，皆以明年甲申会试。永乐己丑七年，长陵北征。又明年九年，殿试。故有辛卯进士。正德庚辰十五年，康陵武宗南巡。明年正德十六年辛巳，新天子世宗自兴邸入即位，故有辛巳进士。又明年癸未嘉靖二年，遂有进士。我朝百六十一年，癸未惟一举。今万历十一年癸未。

洪武三年庚戌，开乡试。明年辛亥，会试。是年，天下亦举乡试。又明年壬子，连举乡。江西吴伯宗，辛亥状元也。解学士文有曰："家君以洪武四年辛亥主考江西。"盖会、乡是岁同举。解，江西人，遂主江西试事。壬子，则今子午卯酉例耳。

圣祖开科，诏务求博古通今之士。乃所试仅有判语及一二时务策，生徒竟未识。《大明律》所云"时务尽掇述括帖"，以故士乏通今之学。其于政体得失、人材优劣且不论，只历朝纪年及后姓陵名，知者亦鲜。近二十年来，士大夫始以通今学古为高矣。

洪武开科四年辛亥，诏五经皆主古注疏，及《易》兼程、朱，《书》蔡，《诗》朱，《春秋》左、公羊、穀梁、程、胡、张，《礼记》陈皓。乃后尽弃注疏，不知始何时。或曰始于颁《五经大全》时，以为诸家说优者采入故耳。然古注疏终不可废也。

永乐甲午十二年十一月，上谕行在学士胡广，侍讲杨荣、金幼孜曰："《五经》、《四书》，皆圣贤精义要道，其传注之外，诸儒议论有发明余蕴者，尔等采其切当之言，增附于下。其周、程、张、朱诸君子性理之言，如《太极通书》、《西铭》、《正蒙》之类，皆六经羽翼，然各自为书，未有统会。尔等亦别类聚成编，务极精备，庶几垂后。"广等总其事，举朝臣及教官有文学者同修，开馆东华门外。明年九月书成，上御殿受之，群臣表贺。盖未及一年而成，可谓太速矣。时文贞杨士奇辅献陵仁宗南京监国，故不预。

《历代名臣奏议》，成祖敕纂之书也。永乐丙申十四年十二月成，进览,刊布。先是,上以玺书谕皇太子,令翰林儒臣采古名臣如张良对汉高,邓禹对光武,诸葛孔明对昭烈,董仲舒、贾谊、刘向、谷永、陆贽奏疏之类,汇录以便观览云。今此书无序,亦无监纂、编纂官职名。是时,西杨士奇在南京佐太子监国,正危疑之际也。

定　　谥

丘文庄公濬言我朝文臣有谥,始于姚恭靖公广孝、胡文穆公广。恐恭靖未可谓为文臣,谓之武臣可也。文臣赐谥,实始于王文节公祎。文节于建文元年四月赠翰林学士,赐谥。永乐中,改谥忠文。

翰林始得谥"文",余不得与,不知出何令典。刘文安定之、仪文简智、吴讷、杨廉二文恪,魏文靖骥、叶盛、王鸿儒、邵宝三文庄、何文肃乔、王文毅,皆非翰林。彭从吾韶易名惠安,林见素俊有改谥之请,未见施行。然亦有官至内阁不得谥"文"者,马愉、许彬二襄敏,王毅愍文、陈庄靖文是也。

我朝帝后尊谥,皆有"孝"字,惟景皇汪后无"孝"字。文臣无谥"孝"者,国初惟赠东海侯陈文谥"孝勇"。

谥"端"者惟三太宰:谥文端王直、端毅王恕、端肃马文升;一司徒:文端周经;一司马:端敏胡世宁。近日秦凤山亦端敏,吴白楼亦文端。

国初谥,美恶兼用。洪武二十二年己巳鲁王卒,上谕礼部尚书李原名曰:"父子天性,谥法公义,朕不得以私恩废公义,可谥曰'荒'。"永乐六年戊子,伊王谥"厉"。洪熙元年,上命礼部尚书吕震谕翰林,定故兵书兼詹事金忠等十八人谥,内有通政使贺银谥不美。上曰:"此数人皆在先朝尽心国事,有德行重厚,表里一致者,有涉历艰难,始终一心者,必加旌褒,庶几礼贤厚终之道。但朕意未尝及银。银劳可赠官衔,不应美谥。若加银恶谥,又不若无谥,人不得议焉。古人制谥,正为定论美恶,示至公也。"银竟不谥。

姚广孝僧谥恭靖,邵元节方士文康荣静四字谥。又有太医院判蒋用文恭靖,院使袁宝襄敏,太子太保、尚书、掌太医院事许绅恭襄。

正 讹

人言金石之文及志书可信，余尝录《九卿题名》，殊可笑。兵部尚书刻齐泰、铁铉，时未有北京也，况铁以军功升，仍在行中，未尝任部事。嘉靖中，一时五尚书，皆经略四方，未尝至部，亦题其名。胡端敏公世宁实为兵部尚书，代王时中，而李康惠公承勋继之，乃不书其名，名在侍郎中，又不书升本部尚书。初建北京，设行部，部设尚书三人，侍郎四人，其属六曹清吏司。以户部尚书掌北平布政司事郭资、刑部尚书掌保定府事雒金为尚书。金坐事死，黄忠宣公福代之。刘辰实为行部侍郎。今改"行"为"刑"，尽题名刑部。《江西通志》首书宁王封于宁夏，而不知宁王之封大宁。大宁即北平行都司地，永乐初，以其地界朵颜三卫，迁都司于保定。《山东通志》书齐王贤烶反，而不知反者贤烶之父榑也。他如此类，不可悉举。

《南雍志》，祭酒黄佐所修。载弘治元年谏官张九功奏言："孔庭从祀，荀况、马融、王弼、杨雄皆在所当出。今之儒臣、礼部侍郎兼翰林学士薛瑄在所当入。"上命礼部会议。于是尚书周文安公洪谟等佥言：杨雄已黜于洪武时，而薛瑄尝与元儒刘因并欲从祀，以大学士杨士奇西杨谓其无所著述而止。文贞西杨卒于正统九年甲子三月卒。文清薛瑄天顺元年丁丑正月入内阁，六月致仕，天顺八年甲申六月卒。何谬至此！

李文达公贤《天顺日录》云："八月十五日之变，天下闻之，惊惧不宁。赖今上皇帝景泰以太弟即位，尊兄为太上皇，人心始安。"又云："景泰不孝于亲，不敬其兄，不睦其室。朝廷之上，怨恨忧郁，灾遍天下。"前后何不类如此！

国朝小说书数十种，中亦有浪传不足信者。惟《野录》中一事极可恶。献陵仁宗洪武十一年戊午生于凤阳。长陵成祖入金川门时，献陵守北平，年已二十五。景陵宣宗建文元年二月生于北平。献陵得子最早，年二十九岁已有六人，凡十子。成祖爱景陵，时时称："太孙英武类我。"景陵擒汉庶人高煦诏有"诬妄先帝，爰及朕躬"语。好事者为《野录》，遂妄言耳。

南京《中府守备厅题名记》，一李克嗣，一乔宇，二公名通今之士。李记云："太宗迁都，皇孙监国。"而不知成祖时监国乃太子，非太孙也。是时仁宗为太子，监国南京，宣宗为太孙，从行抚军，监国北京。仁宗初即位，宣宗为太子。洪熙元年四月，以南京地屡震，令太子祭告皇陵孝陵为名，实有监国南京之命。乔记云："永乐乙巳，诏以勋旧重臣镇守。"而不知永乐二十二年甲辰八月帝崩，明年乙巳乃洪熙元年也。近日《尚宝司题名碑》"张文隐公文甚佳"下书少卿，首姚继，次袁忠彻，是矣。继下书"文敏公姚夔之子，浙江建德县人"。不知继乃恭靖公姚广孝之嗣子，长洲市中人也。文敏公正统七年己丑进士，父以正统举进士，而其子乃永乐中恩荫为少卿，此不足辩，直可发一笑耳。文敏三子，璧、莹、玺。

南京《吏部题名记》，首高昌，洪武三年任，次张铭善，次郎本中，次陈修，又次滕毅。毅注洪武四年任。今考毅于初设吏部时，与杨士义等六人为六部尚书，入见奉天殿，受面谕。毅后赵瑁，瑁后高昌、李信、詹同。同洪武四年为尚书兼翰林学士承旨，七年出吏部，为翰林学士承旨吕熙代之。《题名》乃云洪武七年任。张、郎、陈三人，亦非相继，并在革中书省后为尚书。洪彝在翟善之前，刘崧在偰斯之后。《题名》以"偰"为"揭"，乃后有洪彝，而无刘崧。崧署尚书，陈敬、余炜皆试尚书，寻为真。翟善验封署郎中事主事，署部，寻为真。

南京诸衙门《题名碑》宜分别书。如吏部，首书吏部某官某，次书南京吏部某官某，又次复书吏部，又次复书南京吏部，乃为实录。今概书南京，未善。况都察院名台名府不同。又御史大夫、御史中丞与今官名亦不同，乃概列于今名官，可乎？

《于肃愍公谦神道碑》，倪文毅公岳作。倪公弟皋，于公孙婿也。碑文以虏入寇京城为景泰元年，以上皇还京为辛未年。辛未，景泰二年也。虏至德胜门，实正统十四年己巳十月事。上皇入南宫，实景泰元年庚午八月丙戌日事。此名臣大功业，儒臣大制作，尚尔舛误。金石之刻，岂足尽信！

近记时事小说书数十种，大抵可信者多。惟《双溪杂记》、《寒斋琐谈》二种好短人，似其好恶亦欠端。然《杂记》中言哈密事却是。彭莘庵泽忠孝刚方，有大臣风节，其处哈密，能无遗憾也。

我朝虽设修撰、编修、检讨为史官，特有其名耳。《实录》进呈，焚草液池，一字不传。况中间类多细事。重大政体，进退人材，多不录。每科京师乡试考官赐宴，皆书冢宰内阁大臣，其先后相继，竟不可考，他可知矣。

《春秋》谨华夷之辨，中国有主也。文中子王通帝元魏，未为非。圣祖功德高百王，诏文尝称曰"天命真人"。于沙漠帝王庙中，以元世祖与三皇、五帝、三王、汉高、光、唐宗、宋祖并祀，真圣人卓越之见。

纪元有号，起于汉武帝，至今千数百年，正统分裂，僭逆不知凡几纪元。一帝一纪元，实自洪武始，然亦有同于前者。张重华、王则皆永乐，元出帝天顺，夏崇宗正德，唐高祖、太宗止武德、贞观一纪元。

卷六

人　物　门 道学　臣品　异术

道　学

抚州吴与弼，天顺中元年石亨荐之，命行人曹隆赍敕书、束帛造其庐，以伊、傅礼聘之。与弼拜使，即言朝廷厚意，当赴阙谢恩。但本意不受官职，就辞币。比至，授左谕德，引见文华殿。上问曰："久闻高义，特聘尔来，如何不受官职？"对曰："微臣草茅贱士，少婴疾病，不能出仕。今年六十有八，衰朽，实不堪供职。"上曰："宫僚亦从容优闲，不必辞。"对曰："朝廷之职，台谏之次，宫僚为重。"上曰："宫僚亦众，不专劳先生。"不允所辞，终不敢应。于是赏文币四表里，羊酒柴米，遣太监牛玉送至馆。上顾谓李贤曰："此老非迂阔者，务令就职。"与弼终不就，三辞，后称病。上谓贤曰："与弼既来，如何不受职，若受职，亦不相拘，听其自在。候秋凉欲归，亦不固留。以俸禄养其终身，不亦可乎？"复命贤谕意，亦不受。留京两月，具本再辞天顺二年五月辞归。上曰："既以行人聘来，还以行人送归。"再与敕书，令有司月供食米，以赡终身。与弼感激，无以报称，条陈十事上之。复上表谢恩而去。

新会举人陈献章，屡试礼部不第，成化五年，遂还山养母。十五年，彭惠安公韶为广东左辖，朱中丞英总两广军事，交荐。旨下吏部，移文藩司，趣令赴京。以旧疾未平，母年加老，辞不赴。郡县促驾，不得已，十九年三月造朝。五月，吏部奉旨："恁部里还考试了，量授职事来说。"时献章方病，七月赴考，俄疾作，复归寓。八月，上疏言母老病，求归甚切。九月，上旨："陈献章既巡抚等官，荐他学行老成可用，今恳切求回养母，吏部还查，听选监生，愿告回家的例来说。"吏部覆请，上旨："陈献章既系巡抚等官荐他，今自陈有疾，乞回终养。与做翰林院检讨去，亲终疾愈，仍来供职。"献章上疏谢去。

莆田处士刘闵，弘治中林见素_俊言其恭慎纯粹，学行高古，日无二粥，身无完衣，而处之裕如。徐贯、刘大夏每拜其门。知府王弼斋所必迎致，曰：对刘君鄙吝，自去词藻。虽不逮其为人，而德宇道风，人自难及。乞仍布衣入侍东宫，有奏未上。

读成布衣《祭忠文诗》。成器，余姚人，正统末，闻刘忠愍_球死狱，即邑中龙泉山顶为文祭之。祭毕，以馂颁诸同志。其文历述古今权奸之祸，凡三千余言，人谓之《祭忠文》。今其地谓祭忠坛。诗曰："万古兴亡泪满笺，一坛遥忆祭忠年。大书笔在凭谁执，高调歌沉待我传。无地可投湘水裔，有天应照越山颠。布衣闵世尤堪吊，何处松楸是墓田。"邵文庄公云。

吾乡入国朝，名臣辈出。开创时文成刘基、文宪宋濂筹画军旅_刘、兴制礼乐_宋，未四十年，而有靖难之事，则逊志_{方孝孺}效夷、齐之节。又未五十年，而有岳狩之事，则肃愍_{于谦}收宗泽、李纲之功。又未八十年，而有南昌之变，则端敏_{胡世宁}发其奸，忠烈_{孙燧}死其难，阳明_{王守仁}平其乱。此皆焯焯在国史者。内阁今才七人，文简_{黄淮}、文懿_{吕原}、文毅_{商辂}、文正_{谢迁}、文忠_{张孚敬}，又南渠吕本、王文通共七人。皆能称其职矣。若章文懿_懋纯心正学，师表海内，称为"大老"，又不可以功名论也。

宸濠之役，王阳明_{守仁}、文成不顾九族之祸，贼擒奏凯。江彬、张忠诸佞幸导康陵_{武宗}南征，罪人未就旬师之戮，中外危疑汹汹，视行陈间尤费心力。媢嫉之徒，肆为诬谤，天日鉴之而已。其桶冈、横水、浰头之贼连穴数省，寇叛数十年。国无大费，竟尔荡定。此功岂在靖远王_骥、忠毅、威宁_{王越}之下。其学术，非潜心内省、密自体察者，慎勿轻訾也。

今人专指斥阳明_{王文成}学术。余不知学，但知《大学》恐不可直以宋儒改本为是，而以汉儒旧本为非。此须虚心静思乃得之。若宁藩反时，余时年二十一，应试在杭，见诸路羽书，皆不敢指名宸濠反。或曰江西省城有变，或曰江西省城十分紧急，或曰江西巡抚被害重情，或曰南昌忽聚军马船只，传言有变。惟阳明传报，明言江西宁王谋反，钦奉密旨，会兵征讨。安仁谓阳明学本邪说，功由诡遇，又曰王某心事，众所共疑。何其不谅至此！

麓川之役，大费财力，骚动半天下。比再出兵，益复虚耗。苟且奏捷，铁券金书王骥靖远伯，至今不绝。威宁王越、新建王守仁止终其身，岂不舛哉！今新建世，威宁未复。

知人不易得。杨文贞士奇不知王文端直。西杨挤王出内阁，叶文庄盛不知于肃愍谦。省垣弹少保，彭文宪时不知李襄敏秉。李冢宰考察，斥大臣姻党，忤彭，李文达贤不知叶文庄盛。李因丘文庄忤叶，丘文庄濬不知王端毅恕。丘代医官刘文泰诘王，倪文毅岳不知庄定山昶。冢宰不克用庄，马端肃文升不知刘忠宣大夏，崔文敏铣不知王虎谷凤云，张文忠孚敬不知王阳明守仁。张忌王归功本兵，不及内阁。

李叔正者，江西靖安人。性聪敏，年十三，以能诗名。既长，博通诸子百家言。时称江西十才子，叔正其一也。友谅陷南昌，其妻夏投井死，叔正义不再娶。洪武四年征，除国子学正，迁渭南，升兴化知县、礼部员外郎。请老，不许。除国子助教，迁监察御史、湖广参政，升布政使，召为礼部侍郎。十四年春，进尚书。是年，有司荐贤良，往往以儒学训导应诏。叔正上言："师范缺员，生徒废业，不可。"上曰："朕急作人，务求明师，有司又荐而他用，甚失朕意。"禁勿许。

经筵面奏，近世无闻。惟嘉靖甲申三年夏吕修撰柟言："五月十二日，献陵仁宗忌辰。是日讲筵，君臣不宜华服。"己丑八年夏，陆祭酒深言："讲官讲章，不宜辅臣改窜，使得自尽其愚，因以观学术邪正。"吕未几以论礼谪解州判官，陆竟以此谪延平同知。程正叔词严义正，范尧夫色温气和，皆贤讲官也。今难其人矣。

臣　　品

山西三杰：乔公宇，王公凤云，王公琼。白岩宇以德量胜，虎谷凤云以节概胜，晋溪琼以才略胜。然而晋溪有功于民社矣。

威宁王越出塞，俘馘甚多。虏自永乐以来，惟此夺其气。一时群臣忌功，百方诬讪，皆非实事也。汪直自敬惮威宁，威宁不峻拒之，亦未为过。后人乃以威宁比陈钺，何其忍也！

嘉靖中议文庙祀典,进文中子王通、后苍、胡瑷、欧阳修四人从祀。文中之学,得孔、颜正传,后以明礼,胡以善教,欧阳以濮议,故永嘉张孚敬以比韩退之也。

论大礼入内阁者,席文襄书、张文忠孚敬、桂文襄萼、方文襄献夫四人。霍文敏韬以礼书掌詹事府事。若杨文襄一清再入阁,以称张疏,李文康时以谕德是张说入阁。

小说云:永乐二十二年,雷震奉天殿,下诏求言。主事萧仪首言徙都北平非便。长陵震怒,加以极刑。时科道亦多云朝廷不宜轻去金陵,以致此变,因劾与议诸大臣。上命言官与大臣俱跪午门前对辩。都御史陈瑛言:“言官白面书生,不知大计,宜加重罪。”旨令侍臣诘问再三,得夏忠靖公原吉,解之。遂令各回衙门办事,否则又有萧仪之祸矣。陈瑛已于永乐九年有罪下狱死。

弘治十一年戊午三月,监生江瑢奏言:“刘健、李东阳杜绝言路,掩蔽聪明,妒贤嫉能,排抑胜己。急宜斥退。”健、东阳疏言:“近日两京科道,指陈时弊,并劾奔竞交结乞恩传奉等官,虽未尽当,类多可采。而乃漫无可否,概下施行,自祖宗朝至今,无有此事。皆臣等因循将顺,苟避嫌疑,不能力赞乾纲,俯从舆论,别白忠邪,明正赏罚。以致人心惶惑,物议沸腾,草野之下,其言乃至于此。乞罢。”上不许,下瑢诏狱。健等又上疏力救,瑢得释。

景泰四年八月,工科给事中徐廷章条上七事。一重官爵。部增尚书一人,左右副佥都御史至三十余人,人加师保,名器猥滥。二慎师儒。今教官多岁贡监生及山林儒士,素无问学,辄为人师,授经且句读不明,问难则汗颜莫对。宜用副榜举人便。三严科贡。近科举开额,陕西、山西百名,三倍于昔,会试礼部,百无一中。岁贡亦四倍于昔。比及入监,即以存省京储,悉遣还家。请依宣德、正统例。四却珍奇。蛮夷屡贡金银、宝石、火鸡、白鹿诸物,未为国瑞,而传道病民,纳侮夷狄。请一切谢绝。五固封守。河南、山东、湖广、浙江内地,可省巡抚官。辽东、永平、紫荆诸边镇不可缺,宜定选二人更代,无使熟情偾事。六禁诡渎。京师每节序,男妇杂沓寺观,淫秽败伦。乞悬榜禁约。七诛阿附。吏部尚书何文渊以奸邪免官,许资、王巍、汪庭训、陈钝、何澄、王远皆依附文渊,并宜治罪。上曰:"朕即位初,加秩旧臣,资匡辅,其如故。余下有司议,报闻。"

孝皇^{弘治}召见刘忠宣公,谕曰:"事有不可,每欲召卿商量,又以非卿部内事而止。今后有当罢者,卿可写揭帖,密封进来。"对曰:"不敢。"上曰:"何?"曰:"先朝李孜省可为鉴戒。"上曰:"卿与我论国事,岂孜省营私害物者比?"曰:"臣下以揭帖显行,是亦前代斜封墨敕之弊。陛下宜远法帝王,近法祖宗,事有可否,外付之府部,内咨之内阁,可也。如有揭帖,日久上下俱有弊,且非后世法。臣不敢效顺。"上称善久之。

嘉靖年来,浙中儒臣可为辅弼者,王文定公瓒、董中峰先生玘、张文定公邦奇,皆不得用。中峰文学蕴藉,行谊修洁,竟为永嘉^{张孚敬}中伤,一废不复起,善类甚惜之。王瓒官至礼部侍郎,张^{邦奇}南京兵部尚书。中峰^董及张,余尝接其言论,正人君子也。

张西磐润,自给舍历官南吏书,行业无玷。其当逆瑾时,著风节,在工部昌言正色,折翊国之骄悍,一时大臣罕能及之。嘉靖丁未^{二十六年},尚书一考。北上,改大仓尚书。未上,言官论劾,下吏部,不与题覆。候数月,西磐自陈疏至,内批致仕。王雨州学夔,文学深淳,操履廉洁,尝为文选郎中。守正庇善类,为张^{孚敬}、桂^萼所恶,出为南太仆少卿,改太常矣,复中他事,降外任,历升南礼、吏二部尚书。恭慎简实,不屑依比人。亦有才略,顾不肯发扬,人不知也。其擒治昂山中伪皇子事,不烦一兵,亦不奏功。嘉靖己酉^{二十八年},累乞致仕,不允。进南兵部尚书,参赞机务,益力辞。疏未下,言官又上劾章,内批王疏致仕。

户部尚书王杲,汶上人,甲戌进士。素称清谨,但待属吏稍严急。当是时,边隅多事,财用不给。杲一切取办,仓库空虚。嘉靖丁未秋,柄臣恶其执法,又入亲昵小人之言,言官又妄劾杲受贿,遂逮诏狱,考讯诬伏,谪戍,卒。

河南何瑭,字粹夫,有文学,行谊高古,灌园自给,不妄取予,洁身独行,君子也。王廷相,字子衡,少励名节,博学能文,扬历中外,著有声绩。皆近时名臣。后进好言人短,谓何迂腐,王晚年与翊国^{郭勋}共督团营，不能纠发其奸，可谓责人无己矣。

户部尚书梁公材，南京人，弘治己未进士，字大用，号俭庵。清修劲节，始终不渝，为翊国公郭勋所恶，削籍。初为县令，历知嘉、杭二府，皆有惠政。有《俭庵奏议》四册。

吏部尚书周用白川，都御史宋景，端明简谅，有风节，不肯依附人，人亦不敢干以私。嘉靖丁未正月朝觐，考察甫毕，相继卒。善类咸惜之。周赠太子太保，谥恭肃，宋赠太子少保、吏部尚书，谥庄靖。吏部侍郎武城王道，文学行谊，表著一时，难进易退，晚得向用，是秋亦病卒。

嘉靖初，浙江按察使陈鼎，山东人。才器卓荦，廉明有风裁。贪污之吏，望风走去。不久，卒于官，戊申二十七年，茶陵廖希颜自浙参政升按察使，未上任卒。廖有文学修行，检为屯田郎中。当翊国郭勋横骄时，力摧其势，江南得不加赋。南巡行宫，亦廖疏得撤。吏才精敏，又平恕不尽法，惜未尽其用。

近日武臣如梁震、马永，皆不易得。边事日疏，劳圣明拊髀之思，为之颂曰："赳赳梁公，行间奋迹。豸面鸢肩，鹰胸虎额。气拥霆雷，机深几席。士戢其武，亦甘其泽。移镇云中，兵骄将猥。旌旄一麾，声灵顿改。夜蹴黑山，晨搜青海。夺彼草泉，缮我沟垒。紫缰千群，苍头百队。祸耆唐藩，威行汉塞。胡陨干城，忧我恒、代。宠赠上公，增此敌忾。马公特起，明慈信劼。说礼敦诗，跨马穿札。守督渔阳，心悬大宁。曾是瓯脱，薄我郊坰。乃饵其酋，乃携其群。百里未辟，三捷来闻。密章献忠，收揽贤杰。义减坤囊，谲深需穴。全辽喁喁，载乘符斾。涉河陷阵，逾山毁巢。疆陲外靖，伍卒内嚣。腹心弗溃，掌股斯调。"

近见叙名臣者，多不及武臣。如总兵马永、梁震、王效、桂勇，山西战将张世忠，安庆守将崔文、杨锐，漕运顾仕隆，锦衣王佐，岂可多得！即内臣如王岳、徐智、范亨、怀恩、覃昌，镇守陕西晏宏，河南吕宪，皆忠良廉靖，缙绅所不及也。

宣德三年戊申，敕南京刑部侍郎段民考察在京百司，以民廉介端谨也。民字时举，武进人。永乐二年甲申进士，庶吉士，与修《永乐大典》。除刑部主事，又与修《五经》、《四书》、《性理大全》。进员外郎、郎中。十九年，升山东左参政。当是时，索唐赛儿急，尽逮山东、北京尼，既又尽逮天下出家妇女，先后几万人。民抚定绥辑，曲为解释，人情始安。上再征虏，敕民舟车转饷，节约曲算，省财力，民不扰，事集。上在道中，敕民与巡按御史考所过郡县吏。宣德二年，召充会试考官。三年，召入南京户部，为右侍郎，寻改南京刑部。九年卒官，贫不能丧。吴文恪公^讷力为经纪，始克殓。成化间，叶文庄公^盛请褒民，不果。

我郡守杨公承芳乞致仕疏云："钱若水居枢密，年四十而致仕。以臣观之，臣年尤多三岁。陶弘景奉朝请，年三十六而致仕。以臣观之，臣年尤多七岁。放臣致仕，死得与弘景、若水游于地下，足矣。"

赵古则^{字㧑谦名}，余姚人。洪武初征修《正韵》，众以谦年少，黜为中都国子监典簿。同官论事不直，罢归。筑考古台，述六书之旨，注《声音文字通》及《易学提纲》诸书，凡三百余卷。大臣荐，召为琼山教谕，进所注书，不报，还琼山。初，谦来京，宋濂遣子仲珩受业。谦归，仲珩校《正韵》，多用谦说。谦六书之学最精，既没，门人柴广敬以《声音文字通》进。学书者心好之，莫得而见也。谦于世利声华澹然无挂碍，直义所在，目无王公，以此厄穷无悔。卒于番禺。

父子天官。新安詹同，同子徽。徽才敏达，同有文学修行，皆仕洪武中。灵宝许襄毅公进，进子松皋赞。襄毅天官正德初，松皋嘉靖中。松皋恭慎小心，余为属吏，未尝见其以私怒中伤人。平居简易，至大黜陟，秉正不阿，以故内阁嫉之。襄毅文武全才，清劲谅达，近世名卿鲜能及之。松皋与兄诰同时为两京户部尚书。诰博学沉思，卒谥庄敏。论者曰："襄毅弘毅，庄敏毅而不弘，松皋弘而不毅。"余见松皋尽有毅。

薛文清公^瑄山东巡按时，尝言内外风宪缄默，都御史顾佐恶之。薛考满，署平常，以故不得进阶封赠父母。

方逊志^{孝孺}在翰林宠任时，荐西杨^{士奇}，西杨修《实录》，乃谤方叩头乞余生。西杨荐陈芳洲^循，不荐东西两王。芳洲嫉人讦西杨之子稷，稷竟坐法，论死西市。芳洲令徐武功^{有贞}更名，以图进用，又力荐武功。武功竟置芳洲于铁岭。武功为石总兵亨画夺门之谋，石总兵又置武功于金齿。近日永嘉张孚敬、贵溪夏言亦颇类此。

宣庙坐左顺门，少保夏原吉等侍，因语及古人信谗事。上曰："谗慝小人，真能变白为黑，诬正为邪。听其言若忠，究其心则险。是以帝舜圣谗说，孔子远佞人，唐太宗以为国之贼。朕于此等，每切防闲。有萌必为杜绝，不使奸言得入，枉害忠良。齐杀斛律光，国遂以弱。朕常为恨。汲黯正直，奸邪寝谋。卿等所宜法也。"原吉等顿首曰："幸遇圣明，臣等敢不竭尽愚直。"

胡忠安公㳠致仕归常，遣子长宁谢。自叙"由洪武三十三年进士，任尚书，历仕五十八年。中更迎驾复辟之劳，及卢忠、阮浪之狱。乞将臣男量为录用，臣虽死之日，犹生之年"。天顺改元，八月十三日奉裕陵旨：胡长宁升世袭所镇抚，锦衣卫带俸。洪武三十三年，实建文二年。

户部尚书王杲，简谅廉平，兵部尚书刘储秀，清贞恪慎，山西巡抚孙继鲁，清修苦节，文行卓然，皆一时人材。嘉靖丙午二十五年、丁未二十六年二年，相继去位。孙系死诏狱，王荷戟南荒，卒，刘削籍。非出内阁之意，即言官之口。其贪墨奸佞，依阿卑谄者，安享荣禄，即有论劾，行贿得解，职任如故，旋复升转。以故今之大臣，实难展布。上为内阁劫持，下为言官巧诋。相率低头下气者，以为循谨。千金双璧，络绎道路，即以雄才大器著声矣。

王文恪公鏊曰："予在翰林，与陆廉伯语及杨文贞士奇。廉伯曰：'文贞功之首，罪之魁也。'予问为何，廉伯曰：'内阁故有丝纶簿，文贞晚年以子稷故，欲媚王振，以丝纶簿付之。故内阁之权，尽移中官。'"余亦不知其然否。及余入内阁，见历朝诏诰底本皆在，非所谓丝纶簿乎？不闻送入。况中官之专与否，不在一簿之存亡也，顾人主信用何如耳。廉伯之言，不知何所从授，天下皆传之。

国初李太师善长、胡丞相惟庸、凉国公蓝玉诸狱未可知，若于少保谦、石总兵亨诸狱词，恐未为无枉。即刘瑾、钱宁、江彬，亦未必有反谋，坐奸党可也。武定郭积恶负恩，本有死罪，近言官所指，法官所拟，亦难服其心，侯爵终当复。惟曹贼吉祥反，是实。

正德时,神英封泾阳伯,本无大功。江彬平虏伯,许太安边伯,武德永寿伯,以义儿故,得封。彬诛死,太谪戍边。英、德及太监家七伯皆革。张富、张容,张永弟;谷大宽,谷大用兄;谷大亮,谷大用弟;马山,马永成兄;陆永,陆訚弟;魏英,魏彬弟,是为七伯。

天网恢恢,疏而不漏,慎哉! 慎哉! 江彬领兵杀一家二十口报功,论死,得脱。朱宁淫人之妻而杀其夫,逃入豹房。二人皆得幸康陵武宗,竟罹极刑。以语言竿牍之间,陷人于死,岂无果报! 况窃上权、矫王命而杀人。是一事而得二斩罪矣。况又不止于一事一人乎! 慎哉! 慎哉!

异　术

蒋用文初名武生,以字行,仪真人。洪武中为御医,永乐八年升院判,专侍文华殿。用文能视病制方,性谨愿恭恪,有行义,达世务。事东宫,每效规益。卒之明年,仁宗赠太医院使,谥恭靖。官其长子主善为院判。

戴元礼,名思恭,以字行,金华人,学于丹溪朱彦修。初任御医,事太祖,药饵辄效。风雨即免元礼朝。洪武三十一年五月,上病少间,舁出御右顺门,召诸医官治疾,无状者尽付狱。独召元礼至榻前,曰:“汝仁义人也。事无预汝,无恐。”太孙即位,诛诸侍医者,独拜元礼太医院使。辽简王、肃庄王、庆靖王皆奔丧至京,闻太孙道太祖语,哭问劳元礼。简王题“仁义”字大轴,庄王、靖王为《赞》、《咏》,赐元礼。或曰文皇以旧恩升元礼院使者,误也。初,洪武丙寅,文皇患瘕,韩公懋治,久不愈,请元礼至。问所用药,曰“是也”。又问文皇嗜何物,曰“生芹”。元礼曰:“得之矣。”投一剂,夜暴下,视之,皆细蝗也。晋恭王病,亦请元礼,得愈。病已,复发,卒。太祖怒,逮治王国诸臣。元礼侍曰:“臣尝奉命疗王,王饮臣药数矣。臣对王‘病毒在膏肓,即复作,不可治’。今果然。”太祖遂释晋王诸臣。尚书严震直病,上命元礼好治之,否且偿命。一剂而愈。有妃嗜烧酒,腹痛,治之愈。曰:“十年必复发,发不可治。”后十年,竟病腹痛死。王宾者,吴中高士,愿受元礼方书。元礼索宾“拜师事我,我与方书”。宾不肯。一日,诣元礼，值他出，有书八册案上，宾袖去。元礼归，惊叹自失。宾不娶，临终，以其书授盛启东、韩叔旸。

许绅，南京人。质实谨厚，不喜交游，大抵有恒人也。以医术仕至工部尚书，掌太医院事。嘉靖西苑宫人之变，圣躬甚危，得绅药始苏。余尝造问圣躬安否，绅曰："此变祸不测，论官守，非余辈事。切念受圣主深恩，当以死报。只得用桃仁、红花、大黄诸下血药。药进，余自分不效，必自尽。赖天之灵，辰时进药，未时，上忽作声起，去紫血数升，申时遂能言。又三四剂平气活血，圣躬遂安。天地庙社之灵也。"以故加绅宫保。后数月，绅病，余视之，曰："余必不复起。曩西苑用药，惊忧所致，至今神魂不宁，百药不效，余即死，主上万寿，死无憾。"竟以此病卒。上怜之，恤典甚厚。

袁珙，字廷玉，鄞人。少游海上，遇异人，授相术，论人吉凶辄验。成祖闻廷玉名，洪武二十三年九月密召至北平。一见，伏地叩头，仰对曰："殿下龙质凤姿，天高地厚，大明丽中，神略内蕴，真太平天子。"成祖问："度在几何时？"对曰："年逾四十，紫髯过脐。当是时，拨乱反正，万邦一统。"成祖喜，留府中久之。已而乞归，靖难后召为太常寺丞。子忠彻序班，出金钱币厚赏珙。巡狩北京，召珙父子至行在，出入禁廷。未几，珙请老归，卒赠太常少卿。忠彻能传父术。建文初，文皇召问忠彻，对曰："天命有之，无忧也。"献《人象大成书》。靖难后，除忠彻戎籍。会有言楚王子重瞳者，遣往视，还奏无他异。宣德中，尝侍上，言"天颜惨肃，恐宗人有急变谋上者"。未七日，乐安<small>高煦</small>反书至。官尚宝少卿，致仕，卒年八十三。

张三丰，辽东懿州人，名君实，字全一，又字玄玄，别号保和容忍三丰子。不饰边幅，人号张邋遢。日行千里，静则瞑目旬日。一啖斗升辄尽，又或辟谷数月。洪武初至太和山，往来长安、陇西、岷州、甘肃，又至扬州。成祖遣礼科都给事中胡濙名求邋遢，实访故君云。或曰三丰死于胜国，敛矣，临窆复生，入蜀，游行襄、汉间。

山西安邑全寅，少瞽，学《易》卜筮，以京房断占辄奇中。正统中，随父清大同。裕陵<small>英宗</small>北狩，令大同守阉装当问全筮，得"乾之复"。寅密附奏曰："大吉。夫四初应也，初潜四跃。明年岁在午，其于庚午,跃候也。庚,更新也。龙岁一跃,秋潜秋跃,浃岁也。明年秋,驾当复矣。繇勿用,应或之。或之者,疑之也。还而复也。幽然象龙也,数九也。四近五,跃近飞。龙在丑,丑曰赤奋若。复在午,午色赤也。午奋于丑若,顺也,天顺之也。其于丁,象大明也。位于南火,方也。寅其生也,午其王也,壬其合也。其复辟也,其当九年之后,岁丁丑,月寅,日午,合于壬乎"英宗天顺元年丁丑正月壬午复即位。裕陵心识之。寅至京,也先犯京城。将官召寅,筮曰:"虏无能为,彼骄我骁,战必胜。"虏果败。庚午,也先行成。朝议未坚决,寅劝石亨协谋于少保谦迎驾。驾至,以太上皇居南城。已而锦衣使卢忠上变告密,筮寅所。寅佯不知者,惊曰:"是何占也,而凶若是!不灭族且杀身,祸已种矣。奈何?"忠大惧,佯狂。事得不竟,忠卒坐诛。丁丑正月壬午,驾出南城,登极。召欲官寅,辞,乃范金"阴阳神灵"四字,为筮钱十有八,贮之牙盒,赐之。会清以指挥出莅徐州,上留寅京师,授锦衣百户。寅又辞,不允。时石亨大贵幸,寅每筮,戒以持满,石不悟,及祸。公卿大夫喜接寅。寅语不及私,大抵抑邪与正,拯人颠厄。年九十卒。

王士宁,生元至正甲辰,至成化癸卯十九年,百有二十。士宁少慕养生,不受室、饮酒、食肉。走蜀,入雪山,投见一老人,披毡衣,卧深洞中石床上,长三尺余,耳目口鼻手足皆类小儿。士宁顿首拜,不答。因执役左右。老人不饮食,坐侧悬一囊,中类干面,饥辄取啖,渴手掬饮硐水一二升。士宁饥,跪乞食。老人与囊中物,苦涩不能下咽。士宁拾啖山果、野菜。居三年,老人怜之,忽曰:"吾语子术,子识之宜。出山非其人莫授。"士宁出雪山,后事不可知。其在济宁,居城东深巷败屋中,已六十年。济宁人窃旁伺,士宁久绝火食,唯日啖枣数枚,或菜数茎,饮水少许。人馈遗,辄不肯受。济宁指挥王宣者,海州人,往见士宁,骇曰:"吾上世有叔祖士宁,好道,弃家去,竟不知所终。翁得无是?"扣家事,皆合。宣因日与往来。成化七年,朝廷下山东征士宁,俾乘安车来。杨文懿公道济,造士宁问,但曰:"静坐寡欲,坐久,瞑目闭息。"曰:"我老无能,朝廷过听召我。我未闻道,但习静已久,近乃日与人接,大败吾事。"文懿因问元末国初事,曰:"一身之外,百无所知。"

溥洽,字南洲,浙江山阴人。洪武初,荐高僧入京,历升左善世。靖难兵起,为建文君设药师灯,忏诅长陵。金川门开,又为建文君削发。长陵即位,微闻其事,囚南洲十余年。荣国公姚广孝疾革,长陵遣人问所欲言,言"愿释溥洽",长陵从之。释出狱时,白发长数寸,覆额矣。走大兴隆寺,拜荣国公床下,曰:"吾余生,少师赐也。"仁宗复其官。卒年八十二。

张正常者,世贵溪人。我兵取江西,正常以天师四十二代孙,号正一主教天师,遣人朝见,正常亦屡朝京师。洪武初,上谓群臣曰:"天至尊,岂有师?以此为号,甚亵渎。"遂革旧号,号真人。正常有术,投符故永寿宫井中,有疾人饮井水辄瘳。诏作亭井上,名太乙泉。十三年子宇初嗣,上言:"前朝尝给有'正一玄坛符箓之印',印之符箓。今钦给真人银印,止敢用上表笺。乞别赐'赐龙山正一玄坛之印',印如六品制。"宣德中,宇卒,无子,侄懋承嗣。弘治中,子玄庆病,子彦頨嗣。

越国公守兰溪,获月庭和尚。检囊中有天文地理书,越公留之帐下。上征婺州,越公与月庭见上,并上其书。上喜,问月庭"师何人",曰:"师龙游朱德明。"德明精于天文。及得婺州,立观星台,上与月庭夜登台观乾象。令长发,为取妻。月庭与铁冠道人议论时不合,又出语犯上,安置和州。参军郭景祥奏和尚怨谤,遣人至和州杖之死。又有复见心者,能诗文,上时召见赐食。见心本名天渊,髯长尺许,仕元,为学士,元亡,削发为僧,髯如故。上怪而问之,曰:"削发除烦恼,留须表丈夫。"

周颠仙,不知其名,自言建昌人。长壮奇崛,举止不类常人。年十余病癫,尝操一瓢入南昌乞食。久之,至临川,未几,复还南昌。日施力于人,夜卧闾檐间,祁寒暑雨自若。尝趋省府,曰"告太平",人皆异其言,遂呼为"颠仙"。不数年,天下果乱。陈友谅入南昌,颠仙隐迹不见。及孝陵自将定南昌,将还,颠仙从道左拜谒,潜随至金陵。每遇上出,辄趣进曰"告太平"。间见,或扪虱而谈,击节而歌,词多隐语。上颇厌之,命饮以烧酒。酣畅不辍。衣带常系菖蒲三寸许,日细嚼饮水。又自言入火不热,上命巨瓮覆之,积芦薪五尺许,燔瓮四旁。

火尽灭,发而视之,端坐如故。如是者三。寓蒋山寺月余,僧言颠仙与沙弥争饭,怒不食半月矣。上幸翠微亭,召之,步趋如常。因赐食,乃食。上问曰:"能不食一月乎?"曰:"能。"乃坐之密室中,不食者二十三日。上将幸寺赐食,京师将士闻之,争持酒殽往食之。既食,而尽吐之。须臾上至,与之食,乃复食如常。既醉,上将还。颠仙于道侧,以手画地作圈,曰:"破一桶,成一桶!"是时中原尚未定,友谅复围南昌。上欲勒兵往援,问颠仙曰:"陈氏已僭号,吾此行何如?"颠仙仰视良久,曰:"可行,上面无此人分。"曰:"与汝偕行,可乎?"曰:"可。"踊跃持杖,摇舞如壮士挥戈状。舟次皖城,无风不能进。颠仙曰:"行则有,不行则无。"既而行不数里,风果大作。至马当,见江豚戏水,曰:"水怪见前,损人必多。"上曰:"颠者言何妄! 复尔,投之江中。"周曰:"吾入水不濡。"遂命投之江。久而复来谒见,求食,命赐食。食已,正衣襟,前引项,曰:"今可杀矣。"上笑曰:"杀尔何为?"乃纵其还庐山。及友谅败死,遣人往庐山求之。至太平宫侧,有言:"一老人止民舍,曰:'我告太平来。'不食且半月。今去不见。"洪武癸亥秋,有僧名觉显者,自言庐山岩中老人使,来见。上以其虚诞,却之。会上不豫,饮药未瘳。前僧复徒跣至,云:"周颠仙遣进药。"上不纳。僧具言前事,乃饵其药,觉有菖蒲、丹砂气,是夕疾愈。僧亦去,不知所之。遂亲为文勒石,纪其事,命善应等往祠焉。

　　铁冠道人张中,字景和,临川人。孝陵登钟山,词臣扈从拥翠亭,给笔札赋诗。鲍尚纲、朱升、张以宁、秦裕伯、单友中、李某暨道人并应制。道人初举进士不得,遇异人,授以太极数学,谈祸福多验。狷介寡言,尝戴铁冠,自称铁冠子,人皆呼铁冠道人。孝陵尝微行至一寺中,群僧伏门道傍迎。上曰:"何以知朕至?"对曰:"闻铁冠道人云。"即召道人至,上手饼食未半,即赐道人,问:"道人能先知我至,试言我国事,顾直述,无我讳。"道人讯口诵数十句,中有曰"戊寅闰五龙归海,壬午青蛇火里逃"。至洪武、建文间,始验。余不敢传。先是,兵乱,归隐幕阜山间。至城市,与人言避兵处,从之者多获全。壬寅,参政邓愈荐,召至,上问曰:"予定南昌,兵不血刃,市不易肆,生民自此苏息否?"对曰:"天下自此大定,但此地且夕当流血,庐舍焚毁必尽，铁柱观亦仅存一殿耳。"后指挥康太反，果如其言。他日龙马两重之对，省署震扰之占，剪灯花，平友谅，类多奇中。

蜀有邵道人，年七十余，始至庆阳，庆阳前事不能知。道人馆庆阳周家，筑土被衲，昼夜露坐。郡中诸少年争事道人为弟子。道人不开口言，率颐指色授人。人见道人颐指色授，亦辄心解，为奔走，辄当道人意。道人喜视人病，令病人张目，又令张口嘘，即知病人可活。目诸弟子，诸弟子置饭病人前。道人出袖中铁尺，横饭上，诵大悲咒。已，起尺摩病者，曰："瘥矣，不可活。"道人移出，病家问死期，出指示日数，辄验。道人不取谢钱。每岁正月始活一人。取尺布里衲，衲完弗复取。病家有见饭饭道人，列碗案上，不问多少，尽饭。若加饭、更列碗，不食。饭草恶，道人顾喜更谢，造美食，不食。饭杂荤物，第择去荤物，终不欲更造。道人又喜饮水。乡野人闻之，争入城，愿观道人饮。诸弟子令乡野人碗水案上，无问多少，饮辄尽。冬月水冰，闻道人齿间瀺瀺声。顷之，肩踊面红，汗下如雨。庆阳李患胫疡，久不愈，问道人。曰："此祟也。汝往聘某氏，谓其女丑，将更聘。女惭死。此其祟汝。"李大惊，伏地顿首，请奈何。道人曰："今遇我，三日解矣。"疡果瘥。卒之日，设几三层，坐其上。诸弟子夜登几旁，守道人。夜半，霹雳隐隐起屋脊。俄有戈甲士马战斗声。诸弟子慑伏地，天明起视，道人死矣。

马钧阳文升尝上疏，言："国制：僧、道府各不过四十人，州三十人，县二十人。今天下百四十七府，二百七十七州，千一百四十五县，额该僧三万七千九十余人。成化十二年，度僧十万。成化二十二年，度僧二十万。以前所度僧、道，又不下二十万人。共该五十余万人。以一僧一道食米六石论之，该米二百六十余万石。足当京师一岁之用。况不耕不织，赋役不加。军民匠灶，私自披剃而隐于寺观者，又不知其几。创修寺观，遍于天下，自京师达之四方公私之财，用于僧、道过半。乞严加禁约。"

王虎谷凤云为祠祭郎中，疏请严试僧、道精通玄典者，始与度牒。王晋谿琼问之，曰："兄谓此可塞异端乎？若如兄策，此辈欲得度，必有精通玄典者出于其间。今二氏之徒，苟且为衣食计，尚不可遏塞与吾儒争胜负，若使精通玄典，又可奈何！"虎谷叹服。

历代笔记小说大观总目

汉魏六朝

西京杂记（外五种） ［汉］刘歆 等撰 王根林 校点

博物志（外七种） ［晋］张华 等撰 王根林 等校点

拾遗记（外三种） ［前秦］王嘉 等撰 王根林 等校点

搜神记·搜神后记 ［晋］干宝 陶潜 撰 曹光甫 王根林 校点

世说新语 ［南朝宋］刘义庆 撰 ［梁］刘孝标注 王根林 标点

唐五代

朝野金载·云溪友议 ［唐］张鷟 范摅 撰 恒鹤 阳羡生 校点

教坊记（外七种） ［唐］崔令钦 等撰 曹中孚 等校点

大唐新语（外五种） ［唐］刘肃 等撰 恒鹤 等校点

玄怪录·续玄怪录 ［唐］牛僧孺 李复言 撰 田松青 校点

次柳氏旧闻（外七种） ［唐］李德裕 等撰 丁如明 等校点

酉阳杂俎 ［唐］段成式 撰 曹中孚 校点

宣室志·裴铏传奇 ［唐］张读 裴铏 撰 萧逸 田松青 校点

唐摭言 ［五代］王定保 撰 阳羡生 校点

开元天宝遗事（外七种） ［五代］王仁裕 等撰 丁如明 等校点

北梦琐言 ［五代］孙光宪 撰 林艾园 校点

宋元

清异录·江淮异人录 ［宋］陶毂 吴淑 撰 孔一 校点

稽神录·睽车志 ［宋］徐铉 郭彖 撰 傅成 李梦生 校点

贾氏谭录·涑水记闻　〔宋〕张洎 司马光 撰　孔一 王根林 校点

南部新书·茅亭客话　〔宋〕钱易 黄休复 撰　尚成 李梦生 校点

杨文公谈苑·后山谈丛　〔宋〕杨亿口述、黄鉴笔录、宋庠整理　陈
　　师道 撰　李裕民 李伟国 校点

归田录(外五种)　〔宋〕欧阳修 等撰　韩谷 等校点

春明退朝录(外四种)　〔宋〕宋敏求 等撰　尚成 等校点

青琐高议　〔宋〕刘斧 撰　施林良 校点

渑水燕谈录·西塘集耆旧续闻　〔宋〕王辟之 陈鹄 撰　韩谷 郑世刚
　　校点

梦溪笔谈　〔宋〕沈括 撰　施适 校点

麈史·侯鲭录　〔宋〕王得臣 赵令畤 撰　俞宗宪 傅成 校点

湘山野录 续录·玉壶清话　〔宋〕文莹 撰　黄益元 校点

青箱杂记·春渚纪闻　〔宋〕吴处厚 何薳 撰　尚成 钟振振 校点

邵氏闻见录·邵氏闻见后录　〔宋〕邵伯温 邵博 撰　王根林 校点

冷斋夜话·梁溪漫志　〔宋〕惠洪 费衮 撰　李保民 金圆 校点

容斋随笔　〔宋〕洪迈 撰　穆公 校点

萍洲可谈·老学庵笔记　〔宋〕朱彧 陆游 撰　李伟国 高克勤 校点

石林燕语·避暑录话　〔宋〕叶梦得 撰　田松青 徐时仪 校点

东轩笔录·嫩真子录　〔宋〕魏泰 马永卿 撰　田松青 校点

中吴纪闻·曲洧旧闻　〔宋〕龚明之 朱弁 撰　孙菊园 王根林 校点

铁围山丛谈·独醒杂志　〔宋〕蔡絛 曾敏行 撰　李梦生 朱杰人 校点

挥麈录　〔宋〕王明清 撰　田松青 校点

投辖录·玉照新志　〔宋〕王明清 撰　朱菊如 汪新森 校点

鸡肋编·贵耳集　〔宋〕庄绰 张端义 撰　李保民 校点

宾退录·却扫编　〔宋〕赵与时 徐度 撰　傅成 尚成 校点

桯史·默记　〔宋〕岳珂 王铚 撰　黄益元 孔一 校点

燕翼诒谋录·墨庄漫录　〔宋〕王栐 张邦基 撰　孔一 丁如明 校点

枫窗小牍·清波杂志　〔宋〕袁褧 周煇 撰　尚成 秦克 校点

四朝闻见录·随隐漫录　〔宋〕叶少翁 陈世崇 撰　尚成 郭明道 校点

鹤林玉露　〔宋〕罗大经 撰　孙雪霄 校点

困学纪闻 〔宋〕王应麟 撰 栾保群 田松青 校点

齐东野语 〔宋〕周密 撰 黄益元 校点

癸辛杂识 〔宋〕周密 撰 王根林 校点

归潜志·乐郊私语 〔金〕刘祁 〔元〕姚桐寿 撰 黄益元 李梦生 校点

山居新语·至正直记 〔元〕杨瑀 孔齐 撰 李梦生 庄葳 郭群一 校点

南村辍耕录 〔元〕陶宗仪 撰 李梦生 校点

明代

草木子(外三种) 〔明〕叶子奇 等撰 吴东昆 等校点

双槐岁钞 〔明〕黄瑜 撰 王岚 校点

菽园杂记 〔明〕陆容 撰 李健莉 校点

庚巳编·今言类编 〔明〕陆粲 郑晓 撰 马镛 杨晓波 校点

四友斋丛说 〔明〕何良俊 撰 李剑雄 校点

客座赘语 〔明〕顾起元 撰 孔一 校点

五杂组 〔明〕谢肇淛 撰 傅成 校点

万历野获编 〔明〕沈德符 撰 杨万里 校点

涌幢小品 〔明〕朱国祯 撰 王根林 校点

清代

筠廊偶笔 二笔·在园杂志 〔清〕宋荦 刘廷玑 撰 蒋文仙 吴法源 校点

虞初新志 〔清〕张潮 辑 王根林 校点

坚瓠集 〔清〕褚人获 辑撰 李梦生 校点

柳南随笔 续笔 〔清〕王应奎 撰 以柔 校点

子不语 〔清〕袁枚 撰 申孟 甘林 校点

阅微草堂笔记 〔清〕纪昀 撰 汪贤度 校点

茶余客话 〔清〕阮葵生 撰 李保民 校点